陈明 赵毅/著

花间词新注

四川大学出版社
SICHUAN UNIVERSITY PRESS

项目策划：张　晶　于　俊
特邀编辑：于　俊
责任编辑：张　晶
责任校对：张伊伊
封面设计：墨创文化
责任印制：王　炜

图书在版编目（CIP）数据

花间词新注 / 陈明，赵毅著. — 2版. — 成都：
四川大学出版社，2021.9
ISBN 978-7-5690-4253-5

Ⅰ. ①花… Ⅱ. ①陈… ②赵… Ⅲ. ①花间词派-词
（文学）-诗歌欣赏-中国-古代 Ⅳ. ① I207.23

中国版本图书馆CIP数据核字（2021）第 015888 号

书名　花间词新注
HUAJIAN CI XIN ZHU

著　　者	陈　明　赵　毅
出　　版	四川大学出版社
地　　址	成都市一环路南一段24号（610065）
发　　行	四川大学出版社
书　　号	ISBN 978-7-5690-4253-5
印前制作	四川胜翔数码印务设计有限公司
印　　刷	成都市新都华兴印务有限公司
成品尺寸	170mm×240mm
印　　张	19
字　　数	301千字
版　　次	2021年9月第2版
印　　次	2021年9月第1次印刷
定　　价	58.00元

版权所有 ◆ 侵权必究

◆ 读者邮购本书，请与本社发行科联系。
　电话：(028)85408408/(028)85401670/
　(028)86408023　邮政编码：610065
◆ 本社图书如有印装质量问题，请寄回出版社调换。
◆ 网址：http://press.scu.edu.cn

四川大学出版社
微信公众号

再版序

诗歌,是我们普通读者最熟悉的文学体裁。我国最早的历史文献《尚书》就"诗歌"这一文学体裁之功用,曾有过这样的记载:"诗言志,歌永言,声依永,律和声。"而词属于诗歌的别体,萌芽于南朝,兴起于隋唐。有学者认为,词是大约产生于初盛唐,而后逐渐流行起来的新诗体。

1. 诗歌的抒情特征

诗歌的抒情特性,是世人皆认同的。中国文学最古老的典籍《诗经》开篇就是:"关关雎鸠,在河之洲;窈窕淑女,君子好逑。"孔子评价说:"《诗》三百,一言以蔽之,曰:'思无邪'。"自然,"诗"随时代变迁被赋予了独特的含义。

爱情,是诗歌的永恒主题之一。《礼记》有言:"饮食男女,人之大欲存焉;死亡贫苦,人之大恶存焉。"春花秋月,离情别绪,都可以拨动人们内心深处最微妙的情感。

历史上,从《诗经》开始,逶迤到汉魏民歌和乐府传统,直到璀璨夺目、独领风骚的唐诗时代,诗歌记载了各个时期的民情风俗、人间百态,为老百姓喜闻乐见。

孔子在教育自己的学生时就说:"小子何莫学夫诗!诗,可以兴,可以观,可以群,可以怨:迩之事父,远之事君。多识于鸟兽草木之名。"由此可见,诗歌的教育意义也是巨大的。

2. 张泌的诗和词

对个人来说，诗歌最能表达作者内心隐秘难测的微妙情愫，容易引发读者的共鸣。蘅塘退士在其编录的《唐诗三百首》中，拾掇了唐末五代诗人兼词人张泌的《寄人》诗：

别梦依依到谢家，小廊回合曲阑斜。
多情只有春庭月，犹为离人照落花。

该诗措辞考究，笔触细腻，诗情画意，委婉含蓄。诗歌固然能够描摹人委婉细腻的内心难以言说的情愫，但是以长短句为特色的"小令"，亦即今人所谓的"词"，其字数遵循特定的规制，因其构句精巧，措辞严密，也有异曲同工之效。张泌之小令造诣颇深，堪与其诗歌媲美，其《蝴蝶儿》就是一例：

蝴蝶儿，晚春时。阿娇初著淡黄衣，倚窗学画伊。
还似花间见，双双对对飞。无端和泪拭胭脂，惹教双翅垂。

此词词牌即为题目，切题不粘题，刻画暮春时节怀春少女"阿娇"内心隐秘的情思。词的前四句描写晚春时节，窗外无限光景，春草如碧丝，粉蝶翩跹，旖旎春光，勾起了深闺少女难以言说的心事，一缕闲愁，涌上心头，何不临窗描绘那袅娜翻飞的彩蝶，派遣愁怅，不负春光里的良辰美景。该词用语直白，娓娓道来，平淡的叙述中我们看到一位颇有艺术修养的美少女。词的后四句，目光由远而近，焦点由外向内，刻画"阿娇"所画粉蝶，"双双对对飞"，粉蝶成双起舞，作画人更是触景生情，遐思无限，一个"惹"字，让人洞悉少女那多愁善感的内心世界。无语先泪垂，"和泪拭胭脂"，粉蝶似飞欲歇，"双双""对对"这组叠字的运用，更是巧妙地烘托了倚窗画蝶少女的伤春之心，真是"玉容寂寞泪阑干，梨花一枝春带雨"。全词用语精细，玲珑剔透，"如切如磋，如琢如磨"，一唱三叹，虚虚实实，委婉曲折，意蕴缠绵。《毛诗》说："诗者，志之所之也。在心为志，发言为诗。情动于中而形于言，言之不足故嗟叹之，嗟叹之不足故咏歌之，咏歌之不足，不知手之舞之，足之蹈之也。"

有学者认为，张泌"还似花间见，双双对对飞"一句中的"花间"一词，为五代后蜀赵崇祚《花间集》书名提供了参考借鉴。《花间集》书名的历史沿革暂不是本书要考证的燃眉之急。总之，一种新的文学已经在张泌生活的晚唐时期，滋生萌芽，粉墨登场，因缘际会，花间词这种文学体裁，而后在孟蜀地区，即今天的"天府之国"四川，在无数词人深耕细作之下，得以发扬光大。

3. 花蕊夫人的《述国亡诗》

安史之乱爆发，"渔阳鼙鼓动地来，惊破霓裳羽衣曲"，唐朝由盛转衰，藩镇割据加剧，而后政治腐败，内乱四起，终致唐朝灭亡。战火不断，民不聊生，极目千里，无复烟火，历史进入五代十国时期。934年，少年孟昶承袭父业，即后蜀皇帝位，听劝纳谏，励精图治，劝农恤刑，轻徭薄赋，体恤百姓之苦，肇兴文教，整顿吏治，亲撰《官鉴》，晓瑜官吏"尔俸尔禄，民膏民脂"，警惕前朝倾覆教训，休养生息，发展农桑纺织，孜孜求治，颇有点文治武功。

孟昶治蜀近三十年，凭借巴蜀易守难攻的险峻地理，偏安一隅，龟缩于东西两川之地，稍享太平。孟蜀王朝后期，不思进取，君臣奢侈淫靡，以七宝饰溺器，亲佞远贤，群吏横征暴敛，醉生梦死，"隔江犹唱《后庭花》"，歌舞升平，江山风雨飘摇。北宋大军进击，蜀军闻风而降，孟昶北面称臣。国破家亡，后蜀将士不战而降。花蕊夫人徐氏忧戚悲愤，咏《述国亡诗》一首：

> 君王城上竖降旗，妾在深宫那得知？
> 十四万人齐解甲，更无一个是男儿！

据传，孟昶爱好诗词，托有《木兰花·冰肌玉骨清无汗》传世。东坡居士在《洞仙歌·序》说，自己小时听人诵读过孟昶的这首词，且还能"记其首两句，暇日寻味，岂《洞仙歌令》乎？乃为足之云"。此事虽真伪难辨，但想来孟昶也是一个多少有些才情的文学爱好者，且作为一国之君，亦会影响当时的文学创作实践。

战乱频仍的中原大地，流民遍地，关山险峻的巴蜀山水，成为不少中原难民的避乱之所。在相对安宁平和的环境里，成都的市民社会生活不断发展起来，流寓在此的文人士子感怀伤时，思古怀远，羁旅乡思，离情别绪，借助诗和小令，尽显其意，情致深婉。从晚唐至宋初，政治黑暗，战乱迭起，文人士子，晋级之路异常坎坷，辗转奔波，颠沛流离，四处飘零，"黯然销魂者，唯别而已矣"，孤独寂寞也成为一种人生常态，诗词成为不少读书人发泄内心愤懑情绪的载体。

  曾为流离惯别家，等闲挥袂客天涯。
  灯前一觉江南梦，惆怅起来山月斜。

诗人韦庄在《含山店梦觉作》一诗中，侧面刻画了当时文人士子现实生活的无可奈何。"惯别家"和"等闲"的字眼，表达了诗人些许飘逸和坦然情愫。全诗风格清丽，意蕴深厚，成为千古绝唱，也让我们一窥当时文人士子的现实窘境，感悟其生命中一种挥之不去的痛，让人唏嘘不已。

4. 诗客曲子词

孟蜀赵崇祚编纂的《花间集》，汇集晚唐五代十八家词人的五百首小令，大部分属于晚唐中原词人和中原入蜀词人的作品，其余部分为蜀地本土词人所作。花间词体被称为诗客曲子词，题材相对局促狭隘，主要表现深闺之寂寞，"绣幌佳人"之香艳，"绮筵公子"之审美情趣。

有研究指出，花间词多为艳词，主要为酒席间娱乐助兴而作，起于微末，生而寒微，格调不高，孟蜀社会的享乐奢靡风气催生了词的兴旺。仔细想来，任何一种文学样式的问世，都有其因缘际会。事实上，任何文学作品都离不开创作主体的生活经历。花间词是一个时代的缩影。这些作者，或因战乱流离漂泊，或因被贬他乡失意惆怅，或独处一隅，抒发离别之苦，经历之悲，时世之叹，哀怨情思，悲怆爱情，不一而足。

花间词语多绮丽幽怨，情感细腻，意境婉约，朦胧含蓄，沉郁顿挫，绝丽沉博，雅俗共存，精雅至美，辞藻富丽，"镂玉雕琼，拟化工而迥巧；裁花剪叶，夺春艳以争先"，有齐梁诗歌精工艳丽之遗风，亦不乏屈原寄寓香草美人的意蕴风骨，故能成其大，风靡一时，彰显于世，传诸久远。

5."花间鼻祖"温庭筠

花间词成为晚唐时期的一种文学现象，离不开众多文人士子的实践和推广，其中温庭筠尤为突出，与韦庄并称"温韦"，二人之词分属花间词发展历程中的两座高峰。

温庭筠是学界公认的"花间鼻祖"。温庭筠精通音律，诗词多香艳，秾艳精致，辞藻华丽，凄艳哀婉，诗美意境，情思深微，意境婉丽，细美幽约，词赋诗篇冠绝一方，与李商隐齐名，并称"温李"。温庭筠卓尔不群，诗才横绝一时，然恃才傲物，放浪形骸，才高诡激，坎壈困顿。客江陵，贫病交加，旅况颇窘，潦倒而终。

温庭筠属于晚唐中原词人，词多以江南风情为题材，更偏重于描写闺情。《花间集》收录温词六十六首。黄昇《花庵词评》中指出，温词极流丽，乃《花间集》之冠。自唐末五代始，南唐、西蜀及中原词家，多仿效之。温庭筠在塑造词的意境上，具有其独特的艺术表现力。如《菩萨蛮》（小山重叠金明灭）：

> 小山重叠金明灭，鬓云欲度香腮雪。懒起画蛾眉，弄妆梳洗迟。
>
> 照花前后镜，花面交相映。新帖绣罗襦，双双金鹧鸪。

这首词给我们展示了一幅美女梳妆的画面，对美女的容貌、装饰和情态皆予精细描绘，刻画了美女为情所困、企盼爱人的关爱，又难遂己愿，退而求其次，精心打扮自己，百无聊赖，日复一日，就这样荒废掉美好的青春的画面。"照花前后镜，花面交相映"两句，烘托出人物貌美如花，命薄如花的悲剧色彩。

书写离愁别绪，也是温庭筠词的一个特色。如《更漏子》（玉炉香）：

> 玉炉香，红蜡泪，偏照画堂秋思。眉翠薄，鬓云残，夜长衾枕寒。

> 梧桐树，三更雨，不道离情正苦。一叶叶，一声声，空阶滴到明。

全词着眼于画堂人的"秋思"和"离情"。画堂无情之景物被拟人化，无形的秋思也变得具象起来。画堂外，三更秋雨，淅淅沥沥，正打落在梧桐叶上，看似写景，实则描绘画堂内之人。雨声让人心惊，雨点的啪嗒声更烘托出思妇心中的离情之苦，秋雨梧桐愈显无情，"别来几向梦中看，梦觉尚心寒"。秋夜漫漫，"夜长衾枕寒"，卧听雨声点点，犹如打在未眠人的心上，顿感怆惶。李清照《声声慢》词："梧桐更兼细雨，到黄昏、点点滴滴。这次第，怎一个愁字了得！"温庭筠的这首词，通篇写秋思离情，凄丽而有情致，历来为人所称道。

据《旧唐书·本传》记载，温庭筠常流连于妓馆歌楼，"能逐弦吹之音，为侧艳之词"，很难融于主流社会。温庭筠词多写闺怨绮情，词语雕琢，给花间词发展带来了一定的消极影响，难免为人诟病。

6. 清新明快的"韦词"

韦庄，晚唐诗人，生性疏狂，属于流寓蜀地的"迁客"诗人兼词人，出任过五代前蜀宰相。一生饱经离乱，羁旅漂泊，备尝艰辛。韦庄诗《含山店梦觉作》，淋漓尽致地描绘了自己颠沛流离与羁旅乡思的酸辛和孤寂：

> 曾为流离惯别家，等闲挥袂客天涯。
> 灯前一觉江南梦，惆怅起来山月斜。

韦庄的诗多怀恋往昔繁华之日，较多颓废色彩。然而，韦庄的词作却不乏淡雅明快。韦词是花间词发展过程中的另一座高峰，很具有代表性。如果说温庭筠的词华丽香软，韦庄的词则清逸素雅，情深而意悲，这也许和韦庄积极入世的人生态度有一些关联。

韦庄在长安居住较久，足迹遍及晚唐不少地方。国破家亡，流寓西蜀，情非得已，好景难常驻，国运扑朔迷离，让词人难以释怀。韦庄将词作为抒发自己内心情感的一种艺术手段。如《思帝乡》（春日游）：

> 春日游，杏花吹满头。陌上谁家年少，足风流。
> 妾拟将身嫁与，一生休。纵被无情弃，不能羞。

这首词刻画了一位热情奔放的青春少女渴慕爱情，向往爱情，为爱不惜一切，"多情总被无情误"也在所不惜。德国文豪歌德说：哪个女子不怀春？哪个男子不钟情？"情人眼里出西施"，"为伊消得人憔悴"，亦是人之常情。在封建社会，词人生动刻画出了这样一个纯情少女，难能可贵。一个敢爱敢恨的烈女形象，跃然纸上。词人以近乎白描的手法，歌颂人间最甜美的爱情，宛如一股清流，让人难以忘怀。

7. 花间词的影响

晚唐五代，是中华民族历史上较为独特的历史阶段。晚唐以降，社会动荡，文人理想遭到毁灭性打击，斯文扫地。《花间集》作为第一部文人词总集，标志着一个新的"倚声"时代的到来。施蛰存先生认为《花间集》是文人间的俗文学。

欧阳炯在《花间集·序》中写道："自南朝之宫体，扇北里之倡风。何止言之不文，所谓秀而不实。"虽如此，花间词人多少应是继承了宫体诗一些艺术特色的，为词的后来发展奠定了基础。北宋词家视花间词为典范，致力借鉴和模仿，扩展了词的内涵，丰富了词的表达艺术，词最终发展成为宋代文学的主流。

《花间集》是我国传统文化的有机组成部分。我们提倡和弘扬社会主义核心价值观，必须深刻理解和认识中华优秀传统文化的思想精华，从中获得强大而有益的精神滋养。学习欣赏《花间集》，知其然，知其所以然，俯而读，仰而思，亦是方家提倡的读书学习方法，虽然"一千个读者眼里有一千个哈姆雷特"，只要我们带着批判的精神去学习领会，开卷有益，就一定能够有所收获。

《花间词赏析》自 2020 年 3 月正式出版以来，得到了广大读者的喜爱。"闻道有先后，术业有专攻。"不少读者来信给予多方的批评指正，让本书作者倍感鼓舞和欣慰。四川大学华西口腔医学院读者来信说：

> 作为一名理工背景的高校教师兼医务工作者，也许是因重视灵魂的升华，重视情感的体验，亲历山川河流万事万物，每每感慨之时，甚感词穷；偶然获得《花间词赏析》一书，不胜欣喜，放于枕边，繁忙工作之余读上一词，体会此情、此景，通过赏析解读穿越

时空与古人共鸣，体会每一个当下，虽不能担负起"文起八代之衰，道济天下之溺"的重任，也会坚持理想与责任，守护文学赋予的精神家园，在滚滚红尘中也不曾忘记回家的路。

四川泸州医学院读者、新疆维泰开发建设股份公司读者和达州中心医院读者说，阅读《花间词赏析》，有助于知晓晚唐五代的历史轮廓和花间词形成的历史脉络，丰富了历史典故和传统文化知识，滋养心灵，对增强民族文化自信，具有非常积极的意义和作用。

四川省人民医院读者说，在描写坊间生活方面，《花间集》更婉约细腻，引人共鸣。西华大学读者和中共丹东市委党校读者说，对于文言文基础不好的读者来说，《花间词赏析》有助于读者学习研读古诗词，增强读者的学习兴趣，更有利于中国传统文化的发扬光大。

四川省渠县巨光乡中心校读者来信说："《花间词赏析》注解翔实有据，欣赏紧扣原作，深入浅出，条分缕析，与同类其他书作比，有自己的独特见解，给读者豁然开朗、耳目一新之感。"

2021年春节，四川大学出版社编辑告诉笔者，《花间词赏析》入选"四川省2020年农家书屋重点出版物推荐目录"。此书出版，得到广大读者的认同，我们喜出望外。我们对该书又进行了认真的修改，出版社的编辑们对该书的体例、文献引证、赏析文字等进行了全方位的细读和检查，力争完善，对读者和作者负责，我和陈明老师很是感动。此次再版，更名为《花间词新注》，对版式、开本等进行了重新设计，以期给读者全新的阅读体验。

本书再版之际，我将此信息迅即告知远在北京的陈明老师，陈老师嘱咐我认真对待读者来信中提到的各种问题，心存敬畏，在再版序中，增补说明本书修正之处。本书只是作者的一孔之见，不当之处，诚望读者和词学行家批评指正。

赵 毅

2021年9月1日谨识于四川大学竹林村

序

中国文学史上第一部文人词总集《花间集》的问世，标志着一种新的音乐文学样式的出现，它是配合唐代新的音乐燕乐的歌辞，是一种以词从乐、以调定律的"律词"。晚唐五代时期北方战乱，而西蜀社会相对安定，从王建在成都建立前蜀国，至后蜀主孟昶广政年间，西蜀的经济与文化发展到前所未有的水平。西蜀本有乐营，集中官妓供地方官员歌舞娱乐。武成元年（907年）十月，王建下诏将成都府署堂宇厅馆改为宫殿，其中的乐营改为教坊，仿唐京都教坊之制。后蜀广政三年（940年），时任银青光禄大夫、卫尉少卿的赵崇祚与词人欧阳炯商议编纂了《花间集》十卷，共选晚唐至后蜀十八家词人的作品五百首，作为词体文学范本，同时为歌妓们提供一个典雅华丽的唱本。这十八家词人除温庭筠、皇甫松、孙光宪、和凝外，其余均为入蜀词人和蜀中词人，他们是韦庄、牛峤、张泌、毛文锡、牛希济、欧阳炯、顾敻、薛昭蕴、魏承班、鹿虔扆、阎选、尹鹗、毛熙震、李珣。此集的编者赵崇祚的父亲赵廷隐是后蜀的开国功臣。词人欧阳炯的《花间集叙》是中国词学史上第一篇珍贵的词学文献。

《花间集》在词学史上意义重大，它明确地称这种新体音乐文学为"曲子词"。"词"在唐代原指声诗，如长信宫词、舞马词、乐世词、宫词、竹枝词等，它们并非新体的音乐文学歌辞。唐代称新体音乐文学歌辞为"曲子"，如敦煌文献中的《云谣集杂曲子》。"杂曲子"即"曲子"，是配合新体燕乐的单支乐曲的歌辞，以区别于"大曲"之曲辞。因此，以"曲子词"为新体音乐文学定名，在概念上是很确切的。欧阳炯在《花间集叙》中称"诗客曲子词"，表明作者是"诗客"，这样就提高了"曲子词"的文化品位。新体曲子词由精通音律的词人根据流行的燕乐曲的音节旋律配以歌辞制成，以求得歌辞之情感及声韵与乐曲的和谐；最初以某乐曲倚声而制之词为创调之作，乃是始词。此后依照始词之分段、分句、字声平仄、用韵规则而作之词，自然可以入乐歌唱，由此形成严密的格律，故称"律词"。《花间集》的编者赵崇祚可能认为词体是自温庭筠始成熟的，但他尚缺乏严格的律词观念，以致集中混入了《杨柳枝》《浪淘沙》《八拍蛮》《采莲子》等三十一首声诗，而其余的四百余首词皆是律词，这说明西蜀文人的律词概念已较为明晰。当时词人们倚声制词时，由于对乐曲认识的差异以及乐曲本身的差异，出现同词调格律的差异，故有"花间无定体"之说。《花间集》的作品基本上是小令，虽然出现同调作品体制的繁多，但是其中大部分常用词调已经是体制稳定的律词。例如《菩萨蛮》《小重山》《谒金门》《浣溪沙》等调的体制皆已固定，而温庭筠的两首《河传》和孙光宪的三首《酒泉子》格律亦严格。花间词的许多词调皆为宋人沿用，词由此开始定体。《花间集》中的作品因容虽广，但因其是供歌妓们演唱的，仍以恋情为主，体现了当时人们对个性自由与幸福的追求。同时，这些词作以强烈的主观抒情和细致的客观描述见长，形成了独特的艺术风格，为后世词体文学的发展奠定了基础，因而在文学史上闪耀着艺术的光辉。

中国古典文学作品的赏析是一种新的作品解读方式，兴起于20世纪之初，盛行于90年代。它适应了当时新的学术与新的文学思潮，受到年轻读者的欢迎。它能引起读者欣赏古典艺术的兴趣，带领读者感受古典艺术之美，热爱中国文学，可帮助读者树立民族文化的自信。"赏析"的热潮已过去数十年了，现在似有复兴之势，本书的问世，正适应了这种文学趋势。书中之作品皆是花间词的佳作，编者注重艺术的分析与鉴赏，对词人的艺术特色与成就有较为合理的评论，十分适合古典文学爱好者阅读，能产生"奇文共欣赏，疑义相与析"的接受美学效应。

谢桃坊

2018年4月24日于成都百花潭侧近之爽斋

前　言

五代后蜀赵崇祚选录了唐开成元年（836年）到后晋天福五年（940年）十八家词五百首，编为《花间集》十卷。这些词人词风大体一致，因此，后世就称他们为"花间词人"或"花间派"。欧阳炯《花间集叙》云："昔郢人有歌《阳春》者，号为绝唱，乃命之为《花间集》。"由此可知，"花间"比喻美文。

"词"正称为"曲子词"，指按一定曲子腔调演唱的歌词。刘熙载云："词，即曲子词；曲，即词之曲。"陈明先生认为，古歌、古乐府是先有词文，后再配以曲子。词则不同，它是先有曲子，后配词文，所以作词又称"填词"。整齐的齐言诗句式有时不便灵活入乐，于是人们就想办法增减字数。所增之字最初或并无表意作用，只是为了适应节拍的需要，此所谓"泛声"也。然久而久之，这些泛声词文化了，于是齐言诗变成了"句读不葺之诗"，这就是词，故词又称"长短句"。这一过程主要发生在唐五代。

《花间集》是我国文学史上首部文人词集，标志着词作为一种文体的正式确立。《花间集》有开创之功：其一，《花间集》是"倚声填词之祖"（陈振孙《直斋书录解题》），是"长短句之宗"（陈善《扪虱新话》）。其二，《花间集》属于选本，便于流传，保存了一些重要作家的作品。其三，由于是几个时代作家的精品选集，有助于读者了解那几个时代的文学面貌。

二十年前，偶读《魏晋玄学视野下陶渊明的美学观探究》一文，意外发现文章作者就是我的同事陈明，心存仰慕，渴望见到文章作者。那时，四川大学、成都科技大学和华西医科大学合并，组建成新的四川大学，三个校区的同事平时难得一见，彼此不相识。陈明先生中医世家出身，从小涉猎医学典籍，诵读过《黄帝内经》《伤寒论》《金匮要略》《温病条辨》等中医经典，悬壶济世，足迹遍及桑梓，在当地是有名的郎中。尔后，陈明先生留学加拿大渥太华大学，学成回国，在原成都科技大学外语系执教。陈明先生性情温和，彬彬有礼，为人厚道，对宗教文化亦颇有研究。

我自弱龄慕道，身体羸弱，夙好养生，自学过一些中医，闲来诵读诗词，附庸风雅，偶尔吟唱几句，自娱自乐。幸遇陈明先生，相见恨晚，亦师亦友亦同事。我们时常品茗于望江公园，讨论英语教学和科研问题。躬逢盛世，中国文化为世人所慕，川蜀文化亦有走向世界的迫切需要。陈明先生提议先编写《花间词赏析》，供普通诗词爱好者阅读，然后再译成英语，让世界认识中华文化。我自欣然从命，愿为先生助手。陈明先生主笔，确定了主体架构和写作大纲，我则做些修补工作。

然世事难料。书稿既成，难以付诸铅字，也就束之高阁，忘诸脑后。忽一日，品茗于望江公园竹林茶舍，听九眼桥下的潺潺流水，望落日孤鹜，发思古之幽情，忽又想起二十年前的这桩事来。此时，陈明先生已经退休好久，我也迈入知命之年。

在征得陈明先生同意之后，我向四川大学外国语学院提出了这本书稿的出版事宜，希望得到学院资助，以了却多年的夙愿。没想到外国语学院院务会一致同意资助，院长段峰教授亲自过问此事，让我和陈明先生尽快改定书稿，交给出版社。学院党委书记王彬同志表示祝贺，副院长王欣教授也给予支持，督促我们加快工作进度。领导的关怀、微笑和赞誉，让我们倍感亲切，深受鼓舞。恰逢"五四"青年节，学院工会邀请我国著名词学家、四川省社科院谢桃坊研究员为全院师生讲授中国文化对外传播故事，谢老欣闻此事，给予鼓励和祝贺，表示愿为此书作序。

本书仅一孔之见，为作者自学之心得体会，诚望读者和词学行家批评指正，以求进步。

赵 毅
2018 年 5 月 15 日谨识于四川大学望江校区

本书说明

1. 本书共收花间派十八位词人的作品一百八十首。所选作品,既充分考虑了每位词人的艺术特色,也兼顾了风格、题材的多样性。

2. 本书词人、作品的排列顺序皆以南宋绍兴十八年(1148年)晁谦之校刻本《花间集》为准。

3. 本书面向中等文化水平的读者,注释力求翔实、简明,所列词条较多,并对其中个别字词进行了注音。

4. 本书每首词后都附有一篇赏析,主要是对所选词的思想内容和艺术特点进行详细的分析和鉴赏。凡结论和专家评语,都有具体的分析,力求言之有据。

5. 本书使用简体字。原词作中有个别字可能产生歧义,故据原词内容,酌用异体字。

6. 每位词人的作品前附该词人小传。

目　录

花间集叙 …………………………………………………（ 1 ）

温庭筠 ……………………………………………………（ 7 ）
　菩萨蛮 …………………………………………………（ 8 ）
　更漏子 …………………………………………………（ 22 ）
　酒泉子 …………………………………………………（ 32 ）
　定西番 …………………………………………………（ 36 ）
　南歌子 …………………………………………………（ 37 ）
　河渎神 …………………………………………………（ 41 ）
　女冠子 …………………………………………………（ 42 ）
　玉蝴蝶 …………………………………………………（ 44 ）
　清平乐 …………………………………………………（ 45 ）
　遐方怨 …………………………………………………（ 47 ）
　诉衷情 …………………………………………………（ 49 ）
　梦江南 …………………………………………………（ 50 ）
　河　传 …………………………………………………（ 53 ）
　番女怨 …………………………………………………（ 55 ）
　荷叶杯 …………………………………………………（ 57 ）

皇甫松 ……………………………………………………（ 59 ）
　浪淘沙 …………………………………………………（ 60 ）

| 摘得新 | （61） |
| 梦江南 | （62） |

韦　庄 （65）
浣溪沙	（66）
菩萨蛮	（69）
归国遥	（77）
应天长	（80）
荷叶杯	（81）
清平乐	（84）
谒金门	（87）
江城子	（90）
河　传	（91）
天仙子	（93）
喜迁莺	（96）
思帝乡	（98）
女冠子	（99）
木兰花	（102）
小重山	（104）

薛昭蕴 （107）
浣溪沙	（108）
喜迁莺	（113）
小重山	（115）
离别难	（117）
谒金门	（119）

牛　峤 （121）
| 柳　枝 | （122） |
| 女冠子 | （125） |

感恩多 ……………………………………………… (127)
　　应天长 ……………………………………………… (129)
　　更漏子 ……………………………………………… (130)
　　望江怨 ……………………………………………… (132)
　　菩萨蛮 ……………………………………………… (133)
　　定西番 ……………………………………………… (136)
　　江城子 ……………………………………………… (137)

张　泌 ……………………………………………… (139)
　　浣溪沙 ……………………………………………… (140)
　　临江仙 ……………………………………………… (142)
　　河　传 ……………………………………………… (144)
　　生查子 ……………………………………………… (146)
　　柳　枝 ……………………………………………… (147)
　　江城子 ……………………………………………… (148)
　　蝴蝶儿 ……………………………………………… (150)

毛文锡 ……………………………………………… (153)
　　更漏子 ……………………………………………… (154)
　　甘州遍 ……………………………………………… (155)
　　柳含烟 ……………………………………………… (157)
　　醉花间 ……………………………………………… (159)
　　诉衷情 ……………………………………………… (160)
　　巫山一段云 ………………………………………… (162)
　　临江仙 ……………………………………………… (163)

牛希济 ……………………………………………… (165)
　　临江仙 ……………………………………………… (166)
　　酒泉子 ……………………………………………… (170)
　　生查子 ……………………………………………… (171)

欧阳炯 ……（173）
- 浣溪沙 ……（174）
- 三字令 ……（175）
- 南乡子 ……（176）
- 江城子 ……（181）

和 凝 ……（183）
- 小重山 ……（184）
- 临江仙 ……（185）
- 何满子 ……（186）
- 望梅花 ……（187）
- 天仙子 ……（189）
- 春光好 ……（190）
- 渔 父 ……（191）

顾 夐 ……（193）
- 虞美人 ……（194）
- 河 传 ……（197）
- 杨柳枝 ……（199）
- 诉衷情 ……（200）
- 荷叶杯 ……（201）
- 醉公子 ……（203）

孙光宪 ……（207）
- 浣溪沙 ……（208）
- 河 传 ……（212）
- 菩萨蛮 ……（214）
- 河渎神 ……（217）
- 后庭花 ……（218）
- 生查子 ……（220）

酒泉子 …………………………………………………… (221)
清平乐 …………………………………………………… (223)
风流子 …………………………………………………… (225)
定西番 …………………………………………………… (226)
谒金门 …………………………………………………… (227)

魏承班 ………………………………………………… (229)
菩萨蛮 …………………………………………………… (230)
玉楼春 …………………………………………………… (231)
诉衷情 …………………………………………………… (234)
生查子 …………………………………………………… (236)

鹿虔扆 ………………………………………………… (239)
临江仙 …………………………………………………… (240)
女冠子 …………………………………………………… (243)

阎　选 ………………………………………………… (245)
虞美人 …………………………………………………… (246)
浣溪沙 …………………………………………………… (247)
河　传 …………………………………………………… (248)

尹　鹗 ………………………………………………… (251)
临江仙 …………………………………………………… (252)
菩萨蛮 …………………………………………………… (254)

毛熙震 ………………………………………………… (257)
清平乐 …………………………………………………… (258)
南歌子 …………………………………………………… (259)
后庭花 …………………………………………………… (260)
菩萨蛮 …………………………………………………… (262)

李　珣 ……………………………………………………（265）
　　浣溪沙 …………………………………………………（266）
　　渔歌子 …………………………………………………（268）
　　巫山一段云 ……………………………………………（271）
　　南乡子 …………………………………………………（272）
　　酒泉子 …………………………………………………（276）
　　菩萨蛮 …………………………………………………（277）
　　河　传 …………………………………………………（280）

花间集叙

武德军节度判官欧阳炯 撰

镂玉雕琼,拟化工而迥巧;裁花剪叶,夺春艳以争鲜。是以唱《云谣》则金母词清,挹霞醴则穆王心醉。名高《白雪》,声声而自合鸾歌;响遏青云,字字而偏谐凤律。《杨柳》《大堤》之句,乐府相传;《芙蓉》《曲渚》之篇,豪家自制。莫不争高门下,三千玳瑁之簪;竞富尊前,数十珊瑚之树。则有绮筵公子,绣幌佳人,递叶叶之花笺,文抽丽锦;举纤纤之玉指,拍按香檀。不无清绝之词,用助娇娆之态。

注释

"镂玉"句:此句形容刻画工巧。镂:雕刻。琼:美玉。

"拟化"句:谓模仿自然造化而非常巧妙。拟:模仿。化工:造化之工,指大自然创造化育万物的力量。迥:远,引申为"非常"。

"裁花"二句:谓《花间集》作品注意刻画剪裁,可与春天的百花争奇斗艳。

"是以"句:是以,因此。《云谣》:即《白云谣》,古歌谣名。据说周穆王西游时,曾在瑶池接受西王母的宴请,西王母为周穆王唱歌谣道:"白云在天,山陵自出。道里悠远,山川间之。将子无死,尚复能来。"金母即西王母。《太平广记》:"西王母与东王公共理二气。"男子得道,名隶木公;女子得道,名隶金母。古代将"五行"(木、火、土、金、水）与"五方"（东、南、中、西、北）相配属，以木配东，其余类推，金就配西。西王母位于西方，所以称"金母"。

"挹霞"句：挹（yì）即舀。《诗经·小雅·大东》："维北有斗，不可以挹酒浆。"霞醴：仙家的美酒。霞醴、《云谣》皆喻《花间集》中的作品。此句写西王母以美酒佳酿款待，使周穆王怡然心醉。

《白雪》：古代名曲，喻指《花间集》作品的高雅。《文选》卷四十五："客有歌于郢中者，其始曰下里巴人，国中属而和者数千人；其为阳阿薤（xiè）露，国中属而和者数百人；其为阳春白雪，国中属而和者不过数十人……是其曲弥高，其和弥寡。"此句谓《花间集》中的词作犹如歌于郢中的"阳春白雪"。

鸾歌：谓歌声如鸾凤之鸣，优美动听。《山海经》："轩辕之国在此穷山之际，其不寿者八百岁。"鸾鸟自歌，凤鸟自舞。

响遏青云：谓歌声优美激扬，使行云止步聆听。遏：阻止。青云：飘动的云彩。典出《列子·汤问》："薛谭学讴于秦青，未穷青之技，自谓尽之，遂辞归。秦青弗止，饯于郊衢，抚节悲歌，声振林木，响遏行云。薛谭乃谢求返，终身不敢言归。"

"字字"句：谓字字皆与十二音律谐和。凤律：即音律，指音乐的调型。《汉书·律历志》："制十二筒以听凤之鸣，其雄鸣为六，雌鸣亦六，比黄钟之宫，而皆可以生之，是为律本。"古代"律"和"音"是不同的概念。律，本指用来定调的竹管，古称"筒"。古人用十二个长度不同的筒，吹出十二个不同的标准音，这就叫"十二律"，相当于现代音乐的C，D，E，F，G，A，B等调。音，主要指音阶，相当于现代音乐的1，2，3，4，5，6，7等音。

《杨柳》《大堤》：指代乐府中的名曲。《杨柳》：古乐府中的曲名，即《折杨柳》，或称《杨柳枝》，到隋代变为宫词。《大堤》：古乐府中的曲名，即《大堤曲》。宋郭茂倩所编《乐府诗集》收有《大堤》《大堤曲》《大堤行》三个调名，作者自梁简文帝以下共六家。

《芙蓉》《曲渚》：指代古诗的名篇。《古诗十九首》其六前二句："涉江采芙蓉，兰泽多芳草。"何逊《送韦司马别》前二句："送别临曲渚，征人慕前侣。"

"莫不"二句：玳瑁：爬行动物，形状像龟，甲壳黄褐色，有黑斑，极光润，可做装饰品。簪：别在发髻上的装饰品。玳瑁簪：玳瑁甲壳做成的簪子。《史记·春申君列传》："赵平原君使人于春申君（楚国），春申君舍之于上舍。赵使欲夸楚，为玳瑁簪，刀剑室以珠玉饰之，请命春申君客。春申君客三千余人，其上客皆蹑珠履以见赵使，赵使大惭。""三千玳瑁之簪"就是用此典故，表示豪门斗富。

"竞富"二句：指石崇与王恺争豪之事。据《晋书·卷三十三·列传第三》载，石崇与贵戚王恺比富争豪。晋武帝司马炎是王恺外甥，常暗中帮助他，曾以一株高约二尺的珊瑚树赐之，王恺拿给石崇看，石崇用铁如意将其击碎，随后命人拿出六七株高三四尺的珊瑚树，与王恺之前那株一样高的珊瑚树不知有多少。王恺对之，怅然若失。"数十珊瑚之树"就是用此典故，是豪门竞富之意。

绮筵：华丽的酒席。古人席地而坐，把铺在底下的叫筵，设在上面的叫席，筵长而席短。

绣幌：彩绣的帷幔，此指华美的闺房。

"递叶叶"二句：花笺出自徐陵《玉台新咏序》："五色华笺，河北胶东之纸。"笺：题诗填词或写信所用之纸。文抽：文思，即文章的构思。此二句承上"绮筵公子"而言，谓这些公子哥儿在酒席间传抄其词作。

"举纤纤"二句：纤纤之玉指：形容手指柔软细嫩、洁白如玉。拍按：依节拍而敲击。檀：檀木，此指檀木制成的拍板。承上"绣幌佳人"而言，谓美人按照檀板的节拍而演唱。

自南朝之宫体，扇北里之倡风。何止言之不文，所谓秀而不实。有唐已降，率土之滨，家家之香径春风，宁寻越艳；处处之红楼夜月，自锁嫦娥。在明皇朝，则有李太白应制《清平乐》词四首，近代温飞卿复有《金筌集》。迩来作者，无愧前人。

注释

宫体：指南朝梁陈以来的一种风格靡丽的诗体，即宫体诗。《梁书·本纪第四·简文帝》："余七岁有诗癖，长而不倦，然伤于轻艳，当时号为'宫体'。"

"扇北里"句：扇：作动词，扇起，有扩散之意。北里：唐代北里又称平康里，是秦楼楚馆的集中地，在长安城北，故称北里。倡风：指歌妓们的演唱风习。承上句，谓南朝宫体诗之风靡，助长了歌妓们演唱词的风气。

言之不文：《左传·襄公二十五年》："仲尼曰：'志有之，言以足志，文以足言。不言，谁知其志？言之无文，行而不远。'"本谓语言没有文采，此指语言不合雅正。

秀而不实：《论语·子罕》："子曰：'苗而不秀者有矣夫！秀而不实者有矣夫！'"朱熹注曰："吐华曰秀。"此指文章华而不实。

有唐已降：自从唐朝建立以来。

率土之滨：指整个国家。《诗经·小雅·北山》："溥天之下，莫非王土。率土之滨，莫非王臣。"

香径：有花草的小道。

越艳：古代越国的美女西施，此泛指南方的美女。

"处处"二句：红楼：此指妓院。嫦娥：古代传说中的仙女，后羿之妻，此泛指美貌妓女。

明皇：唐玄宗李隆基。

"则有"句：应制：唐宋人诗题中称"应制"者，乃受帝命而作也。又称应制体。李白《清平乐》词共五首，均见于《尊前集》。此言四首，因李白之词非一时之作。

飞卿：温庭筠字。《金荃集》：温庭筠所作词集，为词家最早的专集，今佚。

迩来：那时以来。

今卫尉少卿字弘基,以拾翠洲边,自得羽毛之异;织绡泉底,独殊机杼之功。广会众宾,时延佳论。因集近来诗客曲子词五百首,分为十卷。以炯粗预知音,辱请命题,仍为序引。昔郢人有歌《阳春》者,号为绝唱,乃命之为《花间集》。庶以阳春之甲,将使西园英哲,用资羽盖之欢,南国婵娟,休唱莲舟之引。

时大蜀广政三年夏四月日序。

注释

弘基:赵崇祚之字。《四库全书·总目·卷一百九十九》:"《花间集》十卷,后蜀赵崇祚编,崇祚字弘基,事孟昶为卫尉少卿,而不详其里贯,《十国春秋》亦无传。"

拾翠:捡拾翠鸟的羽毛,比喻选录新词。

羽毛之异:喻词中佳作。

"织绡"句:编辑精妙的词集。《博物志·卷二·异人》:"南海外有鲛人,水居如鱼,不废织绩。其眼能泣珠。"《述异记》:"南海出鲛绡纱,泉先潜织,一名龙纱,其价百余金。以为服,入水不濡。"

"独殊"句:指编辑词中佳作独具功夫。机杼,织机上的杼柚。《诗经·小雅·大东》:"大东大东,杼柚其空。"朱熹注:"杼,持纬者;柚,受经者。"机杼,名词作动词,纺织也。

时延佳论:时常引述好的评论。延:接引,接纳。

诗客曲子词:唐五代时,词的名称不一,有"曲子词""今曲子""曲子""小词""诗余""长短句"等称谓。曲子词前加"诗客"二字,表示与民间的俚俗曲词不同。

五百首:有些版本实收四百九十八首。

"以炯"句:以:因为。炯:欧阳炯自称。

"辱请"句:谓别人请我命名。辱请:一种自谦的说法。命题:为集子取名。

仍为序引:仍:通"乃",就。为:作。叙引:序言、引言。

郢人:郢为战国时楚国的都城,在今湖北江陵北面。郢人:指歌唱名曲《阳春白雪》之人（见第一段下注"《白雪》"条）。

"庶以"句：庶：期望。西园：汉代禁苑名，帝王打猎的场所，后来泛指游乐之处。这里以"西园英哲"代指文人雅士。

"用资"句：资：供也。羽盖：贵族人家的仪仗。承上句之意，指这本集子中的绮丽辞章，足供文人雅士欢宴聚会之用。

"南国"句：南国：南朝，特指梁陈宫中。也有人认为，南国指蜀和江南地区。婵娟：美女。

"休唱"句：莲舟之引：即《采莲曲》，南朝乐府曲调名。此不言"采莲"，而言"莲舟"，是为了与上句"羽盖"对偶。引：曲子。承上句之意，指有了《花间集》新声，南国美女也不必再唱南朝乐府"采莲"之类的旧曲了。

广政：后蜀主孟昶的第二个年号。

温庭筠

温庭筠（约812—约870），本名岐，又名庭云，字飞卿，太原祁（今山西省晋中市祁县）人。他傲视权贵而失意科场，以致屡试不第，仅任隋县尉、方城尉、国子助教等微职，所以《花间集》称他为"温助教"。飞卿为晚唐词坛巨擘，亦有诗名。他的诗与李商隐齐名，时称"温李"；词与韦庄并列，号为"温韦"。前人对他的词有许多评价，黄升《花庵词选》云："（温庭筠）词极流丽，宜为《花间集》之冠。"胡仔《苕溪渔隐丛话》也云："庭筠工于造语，极为绮靡。"

《花间集》录其词六十六首，内容多写闺情，风格秾艳，结构绵密，词旨隐曲，声律谐和，如本书所选《菩萨蛮》其一（小山重叠金明灭）、其二（水精帘里颇黎枕）、其十（宝函钿雀金鸂鶒）和《更漏子》其一（柳丝长）、其六（玉炉香）等，都属于"香而软"的篇章。温飞卿的创作还涉及边塞题材，如《定西番》（汉使昔年离别），上片以家乡亲人口吻，写昔年送别使者时的情景；下片言边塞之荒寒，化用王之涣《凉州词》诗句："羌笛何须怨杨柳，春风不度玉门关。"

菩萨蛮①

其一

小山②重叠金明灭③,鬓云欲度香腮雪④。懒起画蛾眉⑤,弄妆梳洗迟。

照花前后镜,花面交相映。⑥新帖绣罗襦⑦,双双金鹧鸪⑧。

注释

①菩萨蛮:唐教坊曲名。是《骠苴蛮》《符招蛮》的异译,为古代缅甸音乐,后用作词调名。此调有多种异称,如《子夜歌》《花间意》《重叠金》《巫山一片云》《梅花句》《花溪碧》《晚云烘日》等。②小山:指屏风或屏山。③金明灭:金色的阳光照在屏风上,忽明忽暗,闪烁不定。又一说,小山,指小山眉,又称远山眉。因是宿妆,一夜辗转,眉黛已狼藉,有深有浅,如小山重叠。金明灭:唐时女子额上涂黄色,叫"额黄",一夜之后,浓淡不均,故曰"金明灭"。④鬓云:乌黑如云的鬓发。度:遮过。发乱下垂,故曰"欲度"。香腮雪:香而白的面颊。⑤蛾眉:眉毛细长如蚕蛾之触须。⑥"照花"二句:梳妆时对镜簪花,前后各置一镜;双镜之中,花饰与人面交相辉映,更显得人面如花。⑦帖:通"贴",即贴金。绣罗襦(rú):绣花的短罗袄。襦:短袄。⑧金鹧鸪:指罗袄上有金箔贴成的鹧鸪花纹。又解,"贴绣"是当时流行的一种饰物样式,即绣好单独的花样之后,再将花样贴绣在衣物上。

赏析

这是温飞卿的名词,写一个闺妇空虚寂寞的生活。辞藻华丽,风格秾艳,是他"香而软"(孙光宪《北梦琐言》)、"香而艳"(王士贞《弇州山人词评》)词风的代表作。

起始二句写闺妇甜睡未起。词以山指屏风，因为屏风的形状像山，这是其一；因为屏风上通常画有山的图案，这是其二。由此可以看出"重叠"一词的巧妙。"重叠"一词可以从两个方面去理解：一方面是指屏风摆放的重叠曲折，另一方面是指屏风上所画的山势重叠。既然"小山重叠"是指曲折的屏风和屏风上所画的山，那么屏风上的山水画就应是一幅金碧山水画。金色与碧色交相辉映，必然产生富丽堂皇的效果；而这时初日生辉，并与画屏相映，不就更加富丽堂皇吗？屏风是固定于枕前的，兼有挡风、倚枕两种用途。"小山"句既然是枕屏和屏风上的山水画，那么"鬓云"句当是描摹一个睡在床上的女子。她鬓云乌黑，香腮似雪。描写的对象本来是"鬓"（发）和"腮"，但在"鬓云"和"香腮雪"中，"鬓"和"腮"成了修饰语，描写的对象似乎成了"云"和"雪"，这就使读者产生另一种联想："云""雪"和枕屏上的"山"都是大自然的意象，它们合起来构成一幅完整的山水画。云，仿佛是缭绕于山间的云；雪，仿佛是积在山上的雪，于是这个女子的容颜就化为自然风景的一部分。实看，是一个在枕屏之下睡着的娇慵女子；虚看，是一幅美丽的富有动感（"度"字造成）的自然风景。接下来写思妇起床，所涉及的内容很多，但笔触非常细腻。词中写了起床、弄妆、梳洗、画眉等一系列动作。这些动作，又用"懒""迟"等字加以渲染，特别传神。"懒起"，从词意看，写出了起床、穿衣等动作的懒散缓慢。从神态上看，更是表现出无精打采的状态。起床后的第一件事是梳洗、打扮。本应先梳洗，后画眉，现在她却对着镜子先画起眉来了。这种词意的颠倒，是词人的巧妙安排，它突出了主人公唯美是求的内心世界。"弄妆"，写其梳洗神态：她摸摸这个，弄弄那个，拿起梳子，放下脂粉，结果还是什么都没有做成，所以这梳洗就"迟"了。伤心之态，溢于言表。

下片落笔转为明快。"照花前后镜，花面交相映"，写梳妆的具体情形。"花"，指插戴的鬓花。由于前镜照面，后镜照其后面所插鬓花，故人可于镜中看见"交映"。与之手法相似的有"人面桃花相映红"（崔护《题都城南庄》），写人面与桃花相映。还有李珣的"强整娇姿临宝镜，小池一朵芙蓉"（《临江仙》），以小池比镜，以出水芙蓉象征人的脸。情境不同,用法也各异,但都"映"出了人之美。既然前面写了"懒"和"迟",而此处又写她这样细致、认真地打扮,这正是她内心矛盾的真实反映,因情人不在而懒起迟妆,但思妇的爱美本能又促使她细致地打扮。最后,她化妆完毕,穿上新做的绣花短罗衩,这时她似乎才发现:这衣服上还有用金箔贴成的一双鹧鸪鸟儿。鹧鸪和鸳鸯之类的鸟儿,是爱情幸福的象征。鹧鸪鸟成双成对,反衬出思妇的孤独和寂寞。"怨",前六句为正面描写,从人的形貌着笔,而后二句则用侧笔,但对于题旨的表达,仍采取了含蓄的手法。

整首写闺怨之情,上片描写闺妇的娇慵,下片抒写闺妇的情思。上下片之间,以"残妆""梳妆""照镜""视衣"四个画面一气贯穿。全词形象鲜明,情意婉转,欲露不露。

其二

水精帘里颇黎枕①,暖香惹梦鸳鸯锦②。江上柳如烟,雁飞残月天。藕丝秋色③浅,人胜参差剪④。双鬓隔香红⑤,玉钗⑥头上风⑦。

注释

①水精:即水晶,用以为帘。颇黎:即玻璃。古代所说的玻璃,大抵指天然水晶石一类,有各种颜色,并非现在的人造玻璃。②暖香:燃着的炉香。惹:逗引,撩起。鸳鸯锦:绣有鸳鸯的锦被。③藕丝秋色:藕成熟于秋季,故称淡紫近白之藕色为"秋色",此代服色。④"人胜"句:谓剪成参差不齐的彩胜戴在头上。人胜:即彩胜,花胜。梁宗懔《荆楚岁时记》:"正月七日为人日……剪彩为人,或镂金薄为人,以贴屏风,亦戴之头鬓。"参差剪:剪成长短不一的样子。⑤香红:香而红润的面容。隔香红:谓两鬓被脸面分开,故曰"隔"。⑥钗:古时妇女的首饰,常以金、玉制成。⑦风:动词,微微颤动。

赏析

这首词写闺中晓梦之春恨,对闺妇微妙而细致的心理状态的刻画很成功。

起二句写入梦。先写居室的华美,水晶帘里,玻璃枕上,炉香袅袅,引鸳鸯锦被中的人进入梦乡。古时绣织品上多以鸳鸯图案喻男女恩爱。如《古诗十九首·客从远方来》:"文彩双鸳鸯,裁为合欢被。"作者用水晶帘、玻璃枕、鸳鸯锦以示室内之华丽,透出温馨的氛围,因而使人"暖香惹梦"。杨慎《升庵诗话·卷五》认为"惹"字"绝妙"。"梦"被"暖香"招引、挑逗而发生,虽静而给人以动感,似触到女主人公那本来并不平静的心。紧接着的"江上柳如烟,雁飞残月天"二句,写室外之景。这既可看成实景,也可认作梦中景。梦中景色迷蒙而旷远,江岸上柳色如雾如烟,让人忆起送别(古人常折柳赠别)亲人时的情景,不免令人惆怅。大雁飞过残月斜挂的天空,让人感到有些凄凉。"柳如烟""残月天",是破晓时的情景。柳如烟、雁南飞,可知是春天。大雁尚能按季节归来飞去,而所盼亲人却总不归来。眼前只有朦胧的柳色和斜挂天边的残月,新的一天又将开始,企盼又将落空,真令人无可奈何。如把"江上"二句看成实景,除点明时间外,主要作用在于以室外空明澄澈的江天月夜景色,加重室内静寂的气氛。这两句既虚而实,既实而又虚,令人遐思不尽。俞平伯《读词偶得》云:"帘内之清秾如斯,江上之芊(qiān)眠(草木茂密繁盛)如彼,千载以下,无论识与不识,解与不解,都知是好言语矣。"

下片写闺妇晨妆。原来今天是"人日",她穿上如藕丝秋色般颜色的衣裙,把剪成凹凸不平的人形彩胜戴在头上。双鬓被香而红润的脸颊隔开,簪花如画,在和风骀(dài)荡之中,微微颤动。结句"风"字下得极轻灵,使下片四句所写事物全部生动起来。我们可以想象,用丝绸剪成的浅淡荷花色的人胜在插着玉钗的头上,和她香而红润的脸颊上的鬓发,一并在轻风中飘动着。在这里,夜是这么静,只有风的吹动,却不见人的活动,但其中却有"暖香惹梦"的人。这个人是睡着的人,任凭轻风吹拂着她头上的一切,使人遐思无尽。

通观全词,在一片清幽的氛围里,呈现出动象,无形中还有个莫测的境界在主人公的梦里活动,这一切足以引起读者的遐想。

其四

翠翘金缕双鸂鶒①,水纹细起春池碧②。池上海棠梨③,雨晴红满枝。

绣衫遮笑靥④,烟草粘飞蝶。青琐对芳菲⑤,玉关⑥音信稀。

注释

①翠翘鸂鶒(xīchì)翘起翠绿色的尾巴。金缕:鸂鶒金色的花纹。鸂鶒:水鸟名,雌雄相匹,状如鸳鸯而较大,又名紫鸳鸯,如鸳鸯一样成双成对,是象征爱情的鸟。②"水纹"句:鸂鶒成双成对地游于春池碧水上,水面泛起细细的波纹。③海棠梨:即棠梨,落叶乔木,一般开白花,这里说"红满枝",是一种艺术化的夸张。又解,海棠梨即海棠花。④靥(yè):俗称酒窝,此处指美好的笑颜。⑤青琐:古代门上的雕花装饰。芳菲:花草芬芳繁茂。又解,指美好的时节。⑥玉关:玉门关之简称,此泛指边塞地区。

赏析

这是一首怀旧思远之作,以往昔的欢乐来反衬今日的寂寞。

上片写往日春天的景色。那是一个春意盎然的日子,紫鸳鸯成双成对,它们身上有着金色花纹,翘起翠绿色的尾巴,在水池里嬉戏。它们身后春水泛起细细的波纹,春心也随之荡漾,两情如此欢洽。接下来作者由池及岸,池边的海棠花开得鲜美艳丽。尤其是雨过天晴之后,花儿带露含笑,更觉鲜艳芬芳。春心萌动,如花容颜,哪能不惬意?又哪能不娇羞?布局有动有静,设色有浓有淡。吴衡照《莲子居词话》云:"言情之词,必藉景色映托,乃具深宛流美之致。"从这四句看,正是用此明媚春光、佳景良辰,来衬托人的欢愉。

"绣衫遮笑靥,烟草粘飞蝶。"至此才出现人物,并着力描写往昔的乐事。在心悦的男人面前,词中人不由自主地抿嘴一笑,却露出了那一对可爱的酒窝儿,于是她赶紧用绣衫遮住脸。这里写少女的娇羞既有形，又有神；既有动作，又有对动作的掩饰。既写出了见时的内心欢悦，又展现出女儿家天然的内心慌乱，这五字形神兼备地写出了少女与心上人见面时的心境。"烟草粘飞蝶"承前启后。草地上彩蝶翩翩飞舞，不时停在翠绿的青草上。此句既承接前面的春日欢会，是虚写；又是词末两句的伏笔，是实写。在"烟草"和"飞蝶"间着一"粘"字（粘在此有"招惹"的意思），是青草招惹蝴蝶，还是蝴蝶招惹青草？看来是彼此招惹吧。一个"粘"字，写出了蝴蝶与青草之间的绵绵情意。面对春景，光彩照人的少妇，难道不为所动？一个"粘"字，又点活了景与情的关系。然而，这是过去的赏春欢会之乐事，如今却是"青琐对芳菲，玉关音信稀"。"青琐"，亦作"青锁。此处借指华贵之家。面对的虽然仍是大好春光（芳菲），但意中人远戍边关，音信稀少，只留她独守空闺，哪还有赏春的心情？此时的少妇与春光再也不"粘"了。意中人远在边关，音信稀少，是常理中事；少妇又度一春，怨其稀少，是人情中事；她期盼音信，聊慰其怀，以冲淡她生活中的寂寞。因恼人而伤春，感情流动自然。刘永济云："后二句则以孤寂之情，与上六句作对比，以见芳菲之景物依然，而人则音信亦稀，故思之而怨也。"（《唐五代两宋词简析》）

其五

杏花含露团香雪①，绿杨陌上②多离别。灯在月胧明③，觉来④闻晓莺。

玉钩褰翠幕⑤，妆浅旧眉薄⑥。春梦正关情⑦，镜中蝉鬓轻⑧。

注释

①"杏花"句：谓杏花含露凝聚，色白（或淡红）而香。团：凝聚。②陌上：路上。陌：本指田间小路，东西为"陌"，南北为"阡"。③月胧明：月色朦胧。④觉来：醒来。⑤玉钩：玉制帘钩。褰（qiān）：揭起。翠幕：翠绿色的帐幕。⑥妆浅：早上未新妆。旧眉薄：原来所画眉色已经浅淡。⑦春梦：充满爱情色彩的梦境。关情：牵情，引起情

思。⑧蝉鬓：鬓分两侧，梳成如蝉之两翼。轻：稀疏。

赏析

这道词托梦中之境，抒怀念情侣之情，寄思幽渺而深邃。

梦境是美丽的。杏花如团团白雪，含露放香，正是芳春美景。春日融融，情思绵绵，于是思妇因别而忆，因忆而梦，她做起了春梦。"绿杨陌上多离别"，点明当日送别在"绿杨陌上"。如此美好的春色，她不仅无意去观赏，反因别离而忧伤。大道上，杨柳依依，自古以来，攀柳多为赠别。"黯然销魂者，唯别而已矣。"（江淹《别赋》）人间最令人丧魂失魄的，只有离别，所以思妇刻骨铭心，在梦里也不曾忘记心上人。离别时难舍难分，但离别后的长久孤独更让人难以忍受。这时回忆别时情景，不仅是一种安慰，也是一种寄托。她之所以恼莺，就在于惊梦。紧接着就写梦醒后的情景："灯在月胧明，觉来闻晓莺。"愁梦刚醒，就见窗内残灯茫茫，窗外残月朦胧，恼人的晓莺鸣叫，声声入耳，新的一天就要开始，这一天又该如何度过呢？梦中之情与醒后之景相互缠绕，愁思绵绵，让人柔肠寸断。唐圭璋《唐宋词简释》云："其境既迷离惝恍，而其情尤可哀。"

下片写天明后的活动。先叙因离别而无心梳洗的懒散心情：她慵思恹恹地起床了，无精打采地把翠绿的帐幕挂在玉钩上，宿妆已残，黛眉已淡，她也无心化妆。女为悦己者容，如《诗经·卫风·伯兮》："自伯之东，首如飞蓬。岂无膏沐，谁适为容？"（译文：自从夫君去征东，我头发散乱如蓬草。难道是没有润发油脂？叫我为谁来美容！）"春梦正关情，镜中蝉鬓轻"是倒叙。看见镜中蝉鬓轻薄、容颜憔悴的自己，不禁又思及昨宵春梦，平添相思之情，其凄凉哀怨，难以言表。俞平伯《读词偶得》云："对镜梳妆，关情梦断，'轻'字无理得妙。"

屋外是杏花，是杨柳，是晓莺，是良辰美景；屋内是"谁适为容"的女主人公，她正被春梦缠绕，哪还有赏春之意，只剩下伤春之情。

其六

玉楼明月长相忆，柳丝袅娜①春无力。门外草萋萋，送君闻马嘶。②

画罗金翡翠③,香烛④销成泪。花落子规⑤啼,绿窗残梦迷。

注释

①袅娜:婀娜,轻轻飘动貌。②"门外"二句:《楚辞·招隐士》:"王孙游兮不归,春草生兮萋萋。"江淹《别赋》:"樟容与而讵(jù)前,马寒鸣而不息。"萋萋:草木茂盛貌。这两句既追忆别时情景,又叹息游子不归,语意双关。③"画罗"句:罗帏上绘绣着金色的翡翠鸟。翡翠:也叫翠鸟,生活在水边,毛色蓝或碧绿,异常鲜艳,可做装饰品。《埤雅》:"翠鸟……或谓之翡翠……雄赤曰翡,雌青曰翠。"④香烛:古之烛多掺以香料,故云香烛。⑤子规:即杜鹃鸟。传说杜鹃鸟为古蜀帝杜宇之魂所化,故又称之为杜宇。《埤雅》:"杜鹃,一名子规,苦啼,啼血不止。一名怨鸟,夜啼达旦,血渍草木。凡始鸣皆北向,啼苦则倒悬于树。"其叫声仿佛在说"不如归去"。

赏析

这首词上片言忆,下片言梦,表现了思妇在玉楼苦于思忆之情。

"玉楼明月"指居所环境华贵清幽。"玉楼",华丽的楼。每当明月相照之时,玉楼上所住之人总念及远人之不归。张若虚《春江花月夜》:"谁家今夜扁舟子,何处相思明月楼。"一开篇就点明相忆之切与相忆之久。次句以春柳衬上句之别,丰富了"玉楼"景象。楼外,细长的柳丝在柔和的春风中摇曳,在月光的映照下,景色多么清幽!此句点明季节,交代了相思之客观因素。"悔教夫婿觅封侯"就是"陌头杨柳色"(王昌龄《闺怨》)触发之故。这里特别传神的是"春无力"三字,它不仅体现出春柳之柔媚,更表现出思妇思念的心绪,遂觉无力,柳丝摇曳也无力,透露出一种无可奈何的情态。"门外草萋萋,送君闻马嘶"二句,有声有色地写出别离时的情景。送君门外,亦是"伤如之何"了;行人已远,只见"萋萋满别情"的春草,更渲染了离愁别苦;远处还传来马不忍离去的嘶鸣,让人心惊而神伤。多方烘托,"离愁"被渲染到了极致。

下片写眼前事。这时室内景象凄清：罗帐上绣有金色的翡翠鸟，成双成对，芳香的蜡烛化为滴滴眼泪。"画罗"二句，均带有思妇强烈的感情色彩。翡翠鸟双双对对，与形单影只的人形成鲜明的对比。香烛滴下蜡油，在心情悲痛的思妇眼中，竟如眼泪一般，真所谓"蜡烛有心还惜别，替人垂泪到天明"（杜牧《赠别》）。罗帐掩映，香烛已残，更觉室内之空寂。末二句亦从侧面烘托。窗外，花之飘落令人想到容颜易老、青春易逝，子规悲啼惊人残梦，让人心里更为凄苦。窗外是如此令人悲凄的景色，窗里的人儿正残梦迷离，尤难排遣那刻骨铭心的相思与忧愁。

全词将"长相忆"与"残梦迷"交错映衬，不断借景抒情，"通体景真情真，浑厚流转"（唐圭璋《唐宋词简释》）。

其十

宝函钿雀①金鸂鶒，沉香阁②上吴山③碧。杨柳又如丝，驿④桥春雨时。

画楼音信断，芳草江南岸。鸾镜⑤与花枝，此情谁得知？

注释

①宝函：指华丽的枕头。又解，指宝盒。钿（diàn）雀：指有雀形装饰的发钗。②沉香阁：用沉香木制作窗户、栏杆之类的楼阁，此指楼阁的华贵。③吴山：此处泛指江南一带的山。④驿：古代供官员途中歇息的馆舍。⑤鸾镜：镜之美称。南朝宋刘敬叔《异苑》载："宾国王买得一鸾……三年不鸣。夫人曰：'尝闻鸾见类则鸣，何不悬镜照之？'王从其言，鸾睹影悲鸣，冲霄一奋而绝。"故后世将镜子称为"鸾镜"。

赏析

这是一首伤春怨别的词。写思妇面对春日美景，生怀思远人、自叹青春虚度之情。

首句"宝函钿雀金鸂鶒"，描写闺人所用之饰物的华丽精美。函是宝枕，钿是花钿，雀是金雀钗，金鸂鶒是鸂鶒形首饰。这些蹙金结绣的小道具，在词中大有用处。其一，以枕上首饰暗示闺人起床不久。其二，"雀"，《说文解字》解为"依人小鸟也"。成语"小鸟依人"形容少女娇小可爱。钗作雀形，当本此。其三，鸂鶒，又名紫鸳鸯，象征爱情，引人联想。从全句看是写闺人起床不久，枕上还留有首饰。那么，她为什么起床后不化妆呢？原来是急于登高望远。"沉香阁上吴山碧"，写登临所见春山之美。"沉香阁"，《开元天宝遗事》载：杨国忠用沉香造阁，用檀木造栏，并用麝香、乳香筛土和泥，涂饰墙壁，称沉香阁。词中阁名应本此。思妇所居名之以"沉香阁"，极言其绮丽宜人。承上句，补足一笔。倚阁而望，吴中春山皆为碧色。碧色，往往能引发忧伤之情，如李白《江行寄远》："思君不可得，愁见江水碧。"倚阁远望，吴山如碧；近观阁下，杨柳如丝，青青郁郁。又是柳色青青的时节，如丝的杨柳勾起她无限的情思，于是思妇忆起"驿桥春雨时"。也是在一个杨柳如丝的春天，蒙蒙细雨中，驿桥边，她送走了爱人。如今几度风雨，几度春秋，却不见离人归来。一"又"字，一"时"字，传惊叹之意，突出相别之久、相忆之深，情感缠绵往复。

下片直写人去信断，苦苦怀思及自伤之情。"画楼音信断"一句，人去楼空，已够忧伤了；加之音信杳无，更让人绝望。"芳草江南岸"，再写春景，与上片呼应，同时又渲染离情之浓重。自古以来，凡写草的诗歌，多以草象征离情，如"青青河畔草，绵绵思远道"（《汉乐府·饮马长城窟行》）。结尾二句委婉、曲折，写出了女主人公的怨情。鸾鸟雌雄相守，离则不甚其哀，如果让它睹镜中之影，其哀尤甚。"鸾镜"喻人失偶，"花枝"喻人之美丽容颜。如花的美人只能顾镜自伤，顾影自怜。花开易谢，青春易逝，这种深情又有谁知？无限委屈，欲说还休，蕴藉缠绵。这两句中，情感是回旋的，由镜与花而联想到自己，又由己推及镜与花，真是千回百转、回肠荡气。

这首词从物写到景，从景写到情；自今忆昔，又由昔到今。看似散乱而自有脉络相连，体现了温词婉转绵密、情韵悠长的特色。

其十一

南园满地堆轻絮①,愁闻一霎清明②雨。雨后却斜阳,杏花零落香。③

无言匀睡脸,枕上屏山掩。④时节⑤欲黄昏,无憀独倚门。

注释

①轻絮:喻杨花,又称柳絮、柳绵。②一霎(shà):时间很短,一阵子。清明:节气名。③"雨后"二句:雨后太阳西下,杏花被雨打风吹显得零落稀疏,却飘来一缕缕清香。却:又,再。④"无言"二句:默默无语,只是用手匀一匀睡意犹存的脸上之脂粉。匀:抹匀脂粉。屏山:屏风,因上面多有山水图画,故又称屏山。掩:遮掩。⑤时节:时下,眼下。

赏析

这首词写闺人午睡起时的情景,刻画她独处深闺的惆怅和孤寂。

上片写景,景中透露人情。如烟如雪的柳絮堆满南园,一会儿下起了清明小雨,但很快雨过天晴,夕阳映照着园林,零落的杏花飘来一缕缕清香。这是一幅鲜明的暮春图景。从此处之"闻"与下片起句之"睡",可判定思妇是午睡起来,睡到"一霎清明雨"后就"斜阳"。此处暗含思妇"闻"雨声而"愁"之意。满地柳絮,哪堪风雨!杏花凋零(花谢尚可再开,青春容颜则去而不返),夕阳西下(日出日落,终有归宿),可人却不归,思妇哪能不愁?这暮春晚景,在她眼里,带上了冷落的色彩,是她感情向外投射的结果,也是她孤寂的反映。所写景物乃"愁闻"之人所见,这春色晚景当然就染上了主观感情色彩。

午睡起来,已近傍晚。"无言匀睡脸":默默无语,只是用手抹匀睡意犹存的脸上之脂粉,懒得去重新梳妆。"无言",无人可言,也无话可言,唯有寂寞相伴。"枕上屏山掩",屏风重叠,遮掩枕上,黄昏的光线渐渐暗了下来,床榻空空,使人心情压抑。这两句从人的动态和物的静像入手，渲染了虚寂的气氛。结尾二句明写思妇无所事事。黄昏就意味着一日又将终了，是愁人最难消磨的时光。"暝色入高楼，有人楼上愁。"（李白《菩萨蛮》）黄昏在古诗词中往往激起愁绪。"无憀独倚门"，在百无聊赖中，也许她倚门翘首，在盼望离人的归来；也许这只是她无意识的动作，心中早已无盼无望了。一"独"字，点活全篇。原来，所写主人公，乃是一位空房独守的闺妇。方千里《大酺》"况时节黄昏，闲门人静，凭栏身独"与之意境相同。

上片作为衬景的庭园景物，十分宁静；下片写人物活动，很舒缓。这样的气氛表现了思妇空虚、无聊、惆怅之情。

其十二

夜来皓月才当午①，重帘②悄悄无人语。深处麝烟③长，卧时留薄妆④。

当年还自惜，往事那堪忆。⑤花落⑥月明残，锦衾⑦知晓寒。

注释

①皓月：皓洁的明月。当午：正当中天，即正当夜半之时。②重帘：帘幕重重，以言闺深。③深处：承上句"重帘"。麝烟：熏炉里麝香燃起之烟。④薄妆：淡妆。⑤"当年"二句：当年：往年，即少年，妙龄之年。那堪：哪能承受。⑥花落：亦作"花露"。⑦锦衾（qīn）：锦缎缝制的被子。衾：被子。

赏析

这首词描写思妇彻夜不眠，追忆往事，自怜自惜的慨叹心情。

起始二句从室外到室内写深夜的寂静景象："夜来皓月才当午"，"夜来"，而不说"觉来"或"醒来"，可见女主人公在午夜前长久未眠。"月才当午"，一个"才"字，尽显长夜之难熬。女主人公在孤寂中打发时光，感觉时间过得特别缓慢，觉得夜格外漫长。室外明月当空，室内帘幕重重。"重帘"，给人以幽深、凄清的感觉，而帘内"悄悄无人语"，更显出环境的幽静、冷清。在这凄凉的深夜里，重帘深处的她仍无睡意，只看见"麝烟长"。长烟氤氲，既显出室之深静，也暗含愁绪如烟缕般缥缥缈缈、缭绕不断之意。客观的描绘文字中渗透着人的主观感情，这就是下句"卧时留薄妆"所体现的。卧时还留着淡妆，也许是卸妆时无心无绪、漫不经心；抑或是独处寂寞时的自赏自怜，故不尽易妆容。由室外的皓月当空至室内的重帘，再由帘内麝烟袅袅而至尚留薄妆的人，由远而近，烘托渲染，层层递进，刻画出闺中人孤苦寂寞的形象。

下片写女主人公的内心活动，径直抒怀。"当年还自惜"，过去正当青春年华，还能自爱自怜，但岁月蹉跎，往事如烟，其中有欢聚，也有辛酸、悲苦。特别是离别后长期独守空房，更使人形憔心碎，于是不敢再想，却又不能不想，便发出了"往事那堪忆"无可奈何的哀叹。"那堪"，哪能忍受得了。上片结句"留薄妆"，亦有不甘憔悴之意，与"当年"句转接自然。就在这悲欢交错的忆念中，室外已是"花落月明残"了。花落月残，既点明她从午夜一直忆念到破晓，也喻花颜已去、人已离散。"锦衾知晓寒"，长夜独宿，通宵无眠，这孤独之凄凉实在令人难堪。诗人不言人知晓寒，而言锦衾知晓寒，这种移情手法深刻地揭示出人物所遭受的精神折磨。天寒，锦衾寒，人更寒。"寒"前着一"晓"字，即知新的一天开始了，那新的一天又将如何度过呢？其中苦况实难言传。仅五字即点明女主人公此际之"寒"、晓后之更"寒"，意味深长。结句一"知"字尤凄婉，张惠言《词选》卷一云："此自卧时至晓，所谓'相忆梦难成'也。"

其十四

竹风①轻动庭除②冷，珠帘月上玲珑影③。山枕隐④浓妆，绿檀金凤凰⑤。

两蛾⑥愁黛⑦浅，故国吴宫⑧远。春恨正关情⑨，画楼残点声⑩。

注释

①竹风：竹微动而有风。②除：廊阶，台阶。③"珠帘"句：月上珠帘，显影精美。珠帘：珍珠缀成的帘子。玲珑：精巧细致。④山枕：枕形边高中凹，如山形，故称"山枕"。隐：倚，倚凭也；又解为藏，即隐藏。⑤绿檀：指枕头。全句意为绿色的檀香枕，饰以金凤凰。金凤凰另解：金凤钗。⑥蛾：蛾眉。⑦黛：青黑色的颜料，古代女子用来画眉，后常用黛指眉。⑧故国：故乡。吴宫：春秋时吴国的王宫，此指思妇怀念之人所在之所。此暗用西施思越不堪吴宫幽禁的典故。⑨关情：牵情，引起情思。⑩残点声：漏壶计时的滴水之声。残：将尽；漏尽更残，即天将明也。点：更点。古时以铜壶滴漏计时，一夜分为五更，一更分为五点。壶分播水、受水两部分，播水壶分二至四层，均有小孔漏水，最后流入受水壶。受水壶中立有箭标，标上分一百刻，箭随蓄水上升，漏水的多少从刻度可见，以表示时间。

赏析

这是一首宫怨词，写宫人的春恨情愁。

起始二句写环境，庭院内竹影森森，微风摇动着竹梢，更显庭阶清冷，人自然也感到了一阵寒意。月光从珠帘外透入室内，月影被微风摇碎，使人倍觉寒气逼人。以上二句寓情于景，借物遣怀，表现出宫人的寂寞情怀。在这月影清幽的晚上，打扮艳丽的宫女凭枕闲卧，似有等待君王之意，否则，她怎会"浓妆"呢？绿色的檀香枕上，凭枕之人头上金灿灿的凤凰钗，显得非常明艳。"绿檀金凤凰"补足"浓妆"，暗示女子身份的高贵。

下片"两蛾愁黛浅，故国吴宫远"为倒置句，前句写愁之貌，后句写愁之因。只因她幽处吴宫之中，思念遥远的家乡、亲人，所以两眉带愁，粉黛薄施。这里暗用西施思越不堪吴宫幽禁的典故，以寄寓作者对现实处境的不满。张惠言《词选》卷一云："故国吴宫，略露寓意。"据孙光宪《北梦琐言》卷四记载：唐宣宗爱听《菩萨蛮》词，丞相令狐绹请温庭筠代制以进，戒其勿泄。温泄于人，宣宗由此而疏远他。最终，竟流落他乡而亡。张氏所谓"寓意"，或谓温以西施事寓自身之不得志，或借西施事暗指对现实处境的不满。"故国吴宫远"，表明这是一首宫词，其所愁是宫怨。结尾二句展现出更深一层的境界：宫人独居画楼，通宵不眠，愁思无限，苦不堪言；外面传来漏壶滴水之声，天将明，新的一天又将如何度过？企盼是宫人生存的动力，也是她们痛苦的根源。企盼与失望总是伴随着她们，这是何等的痛苦啊！春日漫漫，岁月流逝，虚度青春年华，她的愁怨更深了。陈廷焯《云韶集》云："'春恨'二语是二层，言春恨正自关情，况又独居画楼而闻残点之声乎？"

这首宫怨词，首先寓情于景，意蕴句中。继则写人，珠帘月上，凭枕闲卧，或有待君王之意。下片写"愁黛""春恨"，黯然神伤，缠绵凄凉，但仍出以柔婉之笔，用语清雅，韵味悠然。

更漏子①

其一

柳丝长，春雨细，花外漏声迢递②。惊塞雁③，起城乌④，画屏金鹧鸪。

香雾薄，透帘幕，惆怅谢家池阁⑤。红烛背⑥，绣帘垂，梦长⑦君不知。

注释

①更漏子：《填词名解》："唐温庭筠作秋思词中咏更漏，后以名调。"《词谱》共收八体，以温庭筠、韦庄二人词为正体。唐词宗温，宋词宗韦。古代用滴漏计时，夜间凭漏刻传更，故名更漏子。子，语尾助词，无实义。前人所作多以调为题，咏深夜之情景。②漏声：滴漏声。迢递：持续不断。迢：本形容路途遥远，此处形容漏声从花丛外远

远地传来。③塞雁：北雁，春来北飞。④城乌：宿于城堞之乌鸦。⑤惆怅：失意，伤感。谢家池阁：唐李德裕妾谢秋娘，有姿色，太尉专造华屋贮之。词人多用其事，指代青楼女子，有时也泛指妇女。⑥背：此作熄灭讲。⑦梦长：梦境悠长。又一解：长，远也，言远梦见君。

赏析

《更漏子》，即所谓夜曲，借更漏夜景写女子的相思之情。本词写春夜里，因漏声而触发的女子相思、惆怅之情。

"柳丝长，春雨细，花外漏声迢递。"在寂静的夜里，女主人公听到从遥远的花丛外传来清晰的滴漏之声，这声音好像柳丝那样柔长、春雨那样轻细。由此可知，已是夜深人静了，否则她听不到遥远的漏声。同时，也点出女主人公失眠了，因为只有失眠的人，才会听见这又远、又细、又长的声音。这三句以柳丝之长、春雨之细烘托漏声之悠长绵远，使人心烦意乱。接下来"惊塞雁"三句给人的感受更为强烈，这漏声虽细，却能惊飞边塞上的雁儿和城堞上的乌鸦，而只有屏风上画的金鹧鸪不惊不起、无动于衷。在凄静的雨夜里，"塞雁""城乌"也受到惊吓而鸣叫飞去，更增添女主人公内心之孤寂、烦乱。本片结句"画屏金鹧鸪"尤为巧妙。它将外景兜转回内景，回到女主人公身上，无形中前两句倒成了很好的反衬，妙不可言。"惊塞雁""起城乌"二句都冠以动词，为什么"画屏金鹧鸪"句不着一动词？鹧鸪鸟不惊不起，是何道理？温词《菩萨蛮》（小山重叠金明灭）中有"双双金鹧鸪"之句，由此可知，本词写金鹧鸪不惊不起，是由于它们成双成对，无忧无愁。这样写是反衬人的孤独。同时，此句呼应全词结句"梦长君不知"。鹧鸪双双对对之乐与女主人孤独之苦，"梦长"者之苦与"君不知"之乐，扣合何其自然！张惠言《词选》卷一云："'惊塞雁'三句，言欢戚不同，兴下'梦长君不知'也。"

下片承"画屏金鹧鸪"一气贯下，直写室内情景。"香雾薄"三句，由"惆怅"转向抒情。檀香燃起的烟雾渐渐稀薄，透过重重帘幕，到达惆怅之人独居的华丽池阁。独居深闺之人观察得如此仔细，正由于她百无聊赖;她的相思之苦,也如缭绕之香雾,不仅纠缠不清,而且无孔不入。这样一写就把"惆怅"二字具体化了。她为什么"惆怅"?"红烛背,绣帘垂,梦长君不知。"红烛熄灭了,绣帘低垂,女主人公在一夜的惆怅之后进入梦境。梦毕竟是梦,就是梦见了她所怀念的人,而被念者又哪能知道呢?她再度陷入无奈与绝望。一个"长"字,足见怀念的幽深、梦境的曲折。"梦长君不知"与温氏《菩萨蛮》中的"此情谁得知"写法一样,都是意在说明一切努力皆归于失败。下片结句点明惆怅的原因,隐微曲折。

全词柔情缱绻,细致入微,正所谓"怨而不怒,无限低回"。

其二

星斗稀,钟鼓歇,帘外晓莺残月①。兰露重②,柳风斜,满庭堆落花③。

虚阁④上,倚栏望,还似去年惆怅⑤。春欲暮,思无穷,旧欢如梦中⑥。

注释

①残月:将落之月。②兰露重:形容露重而兰叶低垂。③"满庭"句:谓落花满庭,已暮春矣。④虚阁:人去阁虚,谓游子去而未返。⑤"还似"句:游子去而不返,惆怅已非一年。惆怅:失意,伤感。⑥"旧欢"句:谓昔日的欢乐只能在梦中重现。

赏析

这首词写暮春清晨早起无聊怅望之情。着重写一个"望"字。这个"望"字包含"观望"和"盼望"两层意思。

起始写破晓暮春景色,这些景色蒙上主人公的主观感情色彩,含蓄地表现出她寂寞独处的惆怅心情。满天星斗渐稀,城楼上报时的钟鼓声渐渐停歇,帘外的晓莺啼送着半残的清月。一"稀"、一"歇"、一"残",把"晓"(破晓)烘托得非常具体形象。作者为什么要强调这个"晓"字呢？闺中之人如无离愁别苦，破晓正是酣睡之时，怎么会使这些景物进入她的耳目？又怎么会这样早起？起句写所见，第二句写所闻，第三句兼而有之，可谓错落有致。接下来仍写室外暮春景色。兰叶已被浓重的露水压得低垂，柔弱的柳枝在微风中摇曳，落花堆满了庭院。这三句所写庭中之景色，渲染出令人伤感的气氛。因"露"和"风"，故有"落花"。"落花"满院堆积。春天就将过去，惜春伤春之情，逝去华年之叹，都已呈现于笔端。

下片写人的活动和情思。在空荡荡的楼阁上，倚着栏杆远望，游子去而不归，还如去年那样惆怅。"倚栏望"，明言心系远人。为什么要"望"？因"阁"之"虚"。人去阁空，形单影只，无人共赏春光，哪能不虚？人远去，阁已虚，何况今年又"望"，仍落得个形影相吊，其心更虚。主人公"惆怅"了，而且这"惆怅"与去年相同。"还似"，表明她已惆怅多年，这期间有多少企盼、等待与忧伤！"还似"二字，足见相别之久、怀念之深。由"还似"句自然过渡到下三句的抒情，写"倚栏望"的感情活动。春天就将过去，悠悠相思无穷无尽，那往日的欢乐如在缥缈的梦中。"春欲暮"与上片"满庭堆落花"相呼应，把春光易逝、美人迟暮之感写尽。今春又将逝去，也如去年，她非但不思竭，反而"思无穷"。她思远人、思往事，想现在、想将来，绵绵相思，万种情意，这就是她的念想。由日"思"而转入"梦"，往事距今已很遥远，思虑至极反觉渺茫，就如梦幻之不可捉摸。"旧欢"似"梦"，主人公"倚楼"面对"落花"，只剩下"思无穷"的"惆怅"了。

其三

金雀钗，红粉面，花里暂时相见。①知我意，感君怜②，此情须问天。

香作穗，蜡成泪，还似两人心意。③山枕腻④，锦衾寒，觉来⑤更漏残。

注释

①"金雀钗"三句：金雀钗：华贵的雀形首饰。又名金爵钗、凤头钗。红粉面：面涂脂粉。暂：短也。②怜：爱。③"香作穗"三句：香作穗：此指香燃烧后下落的残灰。蜡成泪：蜡烛燃烧流下的蜡油状如眼泪。还似两人心意：依旧像两人的心意。④山枕：枕形边高中凹，如山形，故称"山枕"。腻：泪痕所污也。又一解，光滑也。⑤觉来：醒来。

赏析

这首词写一女子对负心情人的怨恨。

起始回忆与情人初次幽会的场面。"金雀钗"二句，写她当时的打扮和表情：以"金雀钗"表示她装饰的华美、身份的高贵，以"红粉面"描写她的美丽与含羞。"红"，因有不寻常的相见而娇羞脸红。这就自然引出"花里暂时相见"了。"花里"，不仅点明幽会的地点，也表明环境与心情是一致的。"花"字耐人寻味。只是说"在花丛中与情人短暂相见"吗？温词《南歌子》其六："转盼如波眼，娉婷似柳腰。花里暗相招。忆君肠欲断，恨春宵。"这位女子明眸善睐，秋波流转，姿态秀美，腰肢婀娜如春柳。"花里暂时相见"犹如"花里暗相招"。两处"花里"，均含幽会欢合之意。薛道衡《宴喜赋》："妖姬淑媛，玉貌花丛。""花丛"喻指美人。所谓"暂时"，因她陶醉于爱情之中，再长的时间也觉得短暂。"知我意，感君怜，此情须问天"，直表衷肠：你是知道我对你的一片深情的，我也被你的爱而感动，两心如此相知，两情如此相通，唯天可鉴，我们有过说不尽的海誓山盟，上天可以为我们作证。

转入下片，情景大变。如今呢，"香作穗，蜡成泪"，你弃我如燃烧殆尽的香灰，全无光热；我对你如蜡泪长流，痛苦煎熬。如李商隐《无题》诗所说："蜡炬成灰泪始干。""香穗"与"蜡泪"对举，可见负心人之可恨，痴情者之可怜。以"还似"句总结前两句：君心似死灰，我心似蜡泪，两心迥异。结尾三句承上写她的痛苦情状：她痛苦不堪，躺在床上，华美的枕头已被泪痕所污，锦被已不能暖身，痛苦折磨着她，似睡非睡，醒来不觉更深漏残，天将明，又是一个不眠之夜啊！"锦衾寒"与温庭筠《菩萨蛮》（夜来皓月才当午）中的"锦衾知晓寒"有异曲同工之妙。长夜独宿，通宵难眠，负心人如"香穗"，哪能不心寒？何况天即将明，晓寒已至。天寒，锦衾寒，人更寒。

此词将女子曲折痛苦的遭遇和爱悔交加的心态写得细致入微，委婉动人。

其四

相见稀，相忆久，眉浅淡烟如柳①。垂翠幕②，结同心③，侍郎熏绣衾④。

城上月，白如雪，蝉鬓⑤美人愁绝⑥。宫树暗⑦，鹊桥⑧横，玉签⑨初报明。

注释

①"眉浅"句：眉黛描得很浅，如淡烟笼罩下的柳叶。②垂翠幕：垂下翠绿色的帘幕，指夜幕降临。③结同心：结下相爱之心。同心：即同心结。用锦带制成的连环回文结，故称"同心结"。或象征爱情，或为夫妻定情的信物。④"侍郎"句：精心侍奉郎君，以香料熏绣花被子使之暖和而散发香味。绣衾：绣花被子。⑤蝉鬓：鬓分两侧，梳成的形状如蝉之两翼。⑥绝：极。⑦宫树暗：院内树影昏暗。⑧鹊桥：传说七夕那夜，喜鹊填河成桥，以助牛郎织女相会。此处指天河。天河位置移动，表明夜间时光不多，黎明即将到来。⑨玉签：古代计时工具漏壶中的浮箭之美称。

赏析

此词现在与过去交错，对比鲜明，描绘了闺妇彻夜不眠、等待情人归来的情景。

词一开头就对现实中的闺妇进行描写。相见时是那样转瞬即逝，相忆时却已经年累月，日复一日。悦己者不在，她无意为"容"：眉黛浅淡，如轻烟中朦胧的柳叶。"稀"与"久"相对，说明"忆"之深、"忆"之苦。然后承以"蝉鬓美人愁绝"，描写外貌。把相思之深、之苦外化为具体形象，同时也点明了忆者身份。一"忆"字提起"垂翠幕"三句，回忆往日欢欣愉悦的场面。在低垂的翠绿色的帘幕内，与情人互诉衷肠，并结下同心结，表示对爱情忠贞不渝。在侍奉情郎的时候，精心熏暖绣花锦被，长夜共眠。过去的良宵佳会是那么温馨，两人之间有着无尽的柔情蜜意。

但是回到现实，却是"城上月，白如雪"：夜已深，人未归，只见明月高挂城头，洒下清冷的光辉，如白雪一般令人生寒。温馨的回忆与冰冷的现实形成强烈的对比，让闺妇更感孤寂、心寒。"蝉鬓美人愁绝"，一头秀发的美人，面对如此景物，怎能不哀哀欲绝？温词用"蝉鬓美人"形容女子的轻灵动人。王士祯《花草蒙拾》："'蝉鬓美人愁绝'，果是妙语。飞卿《更漏子》《河渎神》，凡两见之。"美人彻夜相思，不觉已是破晓时分了。树影昏暗，鹊桥横斜，漏壶预报着天明。结尾三句，既点明时间，又描写树影之暗淡、鹊桥之横斜、漏壶之报晓，以此三者之无情，不让人有更多的时间相思相忆，来衬托她内心的空寂与悲凉。

该词以明白通畅的语言写相思相忆，甚至"相见稀，相忆久"这样的口语同样写得真挚动人。所以《汤显祖批评花间集·卷一》云："口头语，平衍不俗，亦是填词当家。"

其五

背江楼，临海月，城上角声呜咽。①堤柳动，岛烟昏，两行征雁分②。

京口③路，归帆渡，正是芳菲欲度④。银烛尽，玉绳低⑤，一声村落鸡。

注释

①"背江楼"三句：海月：海上明月。角声：画角的声音。画角是古代军中的乐器之一，用来司号令、整军容。②"两行"句：雁阵飞时常作"人"字形，故云两行分。征雁：远飞的雁群。此句也象征自己与情人分手。③京口：今江苏省镇江市。④芳菲欲度：春光将尽。芳菲：泛指春天景色。⑤玉绳：星名，在北斗星第五星的北边，共两星。此句言天将明。

赏析

这首词写思妇对心上人的思念，通篇为行舟上的所见所闻所想。景显情隐。

词由景入手，贯穿全篇。起虽写景，但景中见人。此刻她背靠江楼，眼前是海月，正极目远眺。这时耳畔响起"城上角声呜咽"。此句虽是景语，却透出"情"。杜甫《宿府》诗云："永夜角声悲自语，中天月色好谁看。"与此句比较，同中有异。温句内敛含蓄，以"悲"铺陈字面。角声本来就悲切，这里更以"呜咽"状其幽咽低泣，更让人感觉凄楚。接着写其所见：堤上柳条摇曳，岛上暮色昏暗。仰视长空，便见"两行征雁分"。此句寓离情。征雁，即鸿雁，古有鸿雁传书之说，早已把雁与离别联系在一起，更何况唐人七岁女子有诗曰："所嗟人异雁，不作一行归。"（佚名《送兄》）所以征雁分飞令女子想到自己与征人的分离，更加伤悲。如李清照《一剪梅》词："云中谁寄锦书来？雁字回时，月满西楼。"更何况自己也是行旅之人，即使鸿雁传书，何由传达？

下片开头三句，从虚处落笔，遥想征人此刻已登上归舟。她期盼着离人的归来，长江下游重镇之京口的道上，行人匆匆；那江上片片归帆，正鼓风破浪，可曾有一片是自己所企盼的？以"路""渡"显示离人心意，日夜兼程，表现出思妇期盼之切。"正是芳菲欲度"，春天又将过去，良辰难再，青春难复，你怎么还不归来？幽怨、悲痛在春光流逝与愿望落空中，更显深切。所以她只有面对现实："银烛尽，玉绳低，一声村落鸡。"时间的脚步在静悄悄地前进，由烛光昏暗（夜），星移斗转（将明）而至村鸡报晓，一夜又过去了。白天愿望落空，夜晚彻夜难眠，明天仍将是如此无奈的凄苦等待。

看似句句景语，而人之孤寂的怀远情思寓于其中。正如王夫之所说："语有全不及情而情自无限者。"（《古诗评选·卷三》）俞陛云《唐五代两宋词选释》云："由城内而堤边，而渡口，而村落，次第写来，不言愁而离愁自见。"

其六

玉炉香，红蜡泪，偏照画堂秋思。①眉翠薄，鬓云残②，夜长衾枕寒。

梧桐树，三更雨，不道离情正苦。③一叶叶，一声声，空阶滴到明。

注释

①"玉炉香"三句：指红蜡烛偏偏映照着画堂里凄清的情景，映照着满怀愁思的女子。玉炉：形容香炉精美。红蜡泪：红蜡烛燃烧流下的蜡油状如眼泪。偏：单单，偏偏，副词。秋思：秋天的愁思。②"眉翠薄"二句：眉翠薄：眉上所画黛色浅淡。眉翠：即翠眉。翠指深青色，即黛色。鬓云残：鬓云零乱。③"梧桐树"三句：雨滴梧桐，不理会听者的愁思。不道：不管，不理会。

赏析

这首词通篇写秋思离情，历来为人所称道。胡仔在《苕溪渔隐丛话后集》卷十七中评道："庭筠工于造语，极为绮靡，《花间集》可见矣。《更漏子》一词尤佳。"李冰若亦称："温词如此凄丽有情致，不为设色所累者，寥寥可数也。"（《栩庄漫记》）语言流畅自然，不假雕饰，确是本词特色。词着重写景，借景抒情。

上片以画堂景物衬托长夜秋思。先写画堂中静景，似静实动。玉炉中香烟袅袅,烛影摇红,本该令人舒畅,但一"泪"字却埋下了忧伤的种子。"蜡泪",是蜡在流泪,抑或人在流泪,语意双关。李白《清平乐》:"更被银台红蜡烛,学妾泪珠相续。"李词言蜡学妾而流泪,温词由蜡泪暗示人亦流泪,一直一曲,一显一隐,高下自分。"泪"字所带有的无限愁思,把人立即引入愁境:"偏照画堂秋思。"上句之景,一下变成了思妇的愁根。原来她在秋宵有所思念,想到离人不与己共此良宵,于是室中一切不仅成为虚设,还引出她无穷孤寂的苦绪。"秋思",本无形无影,抽象不可见,却说烛光照着它,将"秋思"形象化。又说烛光"偏照",将无情之物拟人化,对之恼恨万般,足见思妇秋思之深。第一句衬景,第二句景中含情,第三句感情色彩强烈。在室内景象的刺激下,思妇长夜难眠。在辗转衾枕、不能成眠时,眉上画的翠黛色被擦掉许多而显得浅淡了,如云的鬓发也乱了。一"薄"字、一"残"字,不仅写外貌,也同时写出了她内心难言的苦闷。由于整夜无眠,遂觉秋夜漫长,独居空闺,乃感衾枕冰寒。"夜长衾枕寒",不仅点明了时间——长夜漫漫;还写出了人的感受——衾枕生寒,如李清照思夫的"玉枕纱厨,半夜凉初透"(《醉花阴》)。以上景物,都是长夜不眠之人目之所见,身之所感。这些景物如粒粒珍珠,是"秋思"这条线把它们串了起来。

上片写画堂中人所见,下片从室内转到室外,写人之所闻。梧桐叶大而秋日枯槁,雨点拍打,其声响亮,更何况正值三更人静之时。空闺独守的思妇,秋思正苦,哪能不伤情!"不道离情正苦"之"不道",又是将人之情强加于物。梧桐秋雨本无情,人们以为它有情,它却竟如此无情,才令人恼恨万端,刻画出思妇离情之深、之苦。这离情之苦,与"偏照画堂秋思"呼应,可见"秋思"即是离情。"不道"句语气直贯以下三句。雨似乎有意和人过不去,要把人弄到极为难堪的地步。她彻夜无眠,从三更到天明,只有任秋雨打在桐叶上,一声声是那样响亮,而且从三更到天明,雨滴在空寂的台阶上,声音更加响亮。卧听雨声点点,亦似敲打在心上,令人不寒而栗。秋雨连绵不停,也正如她的离情连绵无尽。李清照《声声慢》词:"梧桐更兼细雨,到黄昏、点点滴滴,这次第,怎一个愁字了得。"由玉炉生香、红烛滴泪的傍晚,到闻"三更雨",再到"滴到明",思妇彻夜不眠,当然更非"一个愁字了得"了。

这首词通篇写画堂人的"秋思""离情"。上片的意境,在《花间集》中颇多见;下片的写法则独辟蹊径,直接写雨声,间接写思妇,亦是"夜长衾枕寒"的进一步说明;但整夜不眠却仍用暗示,始终未曾点破,这就是直致中有含蓄之处。因此,给人以"语弥淡,情弥苦"(谢章铤《赌棋山庄词话·卷八》)之感,而不会一览无余,索然寡味。

酒泉子①

其二

日映纱窗,金鸭小屏山碧②。故乡春,烟霭③隔。背兰釭④。
宿妆惆怅倚高阁⑤,千里云影薄。草初齐,花又落。燕双双。⑥

注释

①酒泉子:唐教坊曲名,后用作词调名,始见于《教坊记》。有两体。酒泉:地名,今甘肃省酒泉市。②金鸭:金属铸成的鸭形香炉。屏山碧:枕前的屏风上绣着或刻画着的青山。屏风是固定于枕前的,兼有挡风、倚枕两种用途。③烟霭(ǎi):云烟,这里指室内烟雾。④背:背对着,又解为熄灭。兰釭:即"银釭",也就是所谓"香灯"。兰:兰膏,即把兰花渍入灯油中,取其香味。⑤宿妆:隔夜的残妆。谓未重新梳妆。惆怅:失意,伤感。倚高阁:凭倚高楼。⑥"草初齐"三句:草刚刚铺遍郊野,花却零落了,燕子来往双飞。

赏析

这首词写一个"单栖无伴侣"的女子的乡思惆怅之情。

旭日已映纱窗,女子还未起床。她看到枕前的小屏风上绣着的青山,想起了遥远故乡的春色,使她沉浸在甜蜜的回忆中。但现实是

"烟霭隔"，故乡是看不见的。"烟霭"承前"金鸭"而来，着一"隔"字，不仅使"屏山碧"模糊，而且身处异乡的现实使她的回忆如烟霭一样虚无缥缈。现实与理想隔得太远了，虽心念故乡，而所见唯此经宵未灭之残灯，情何以堪！无可奈何，女子只好"背"对"兰釭"，陷入更深的思念与愁绪中。

"宿妆惆怅倚高阁"承上片"故乡春"而来，不待梳洗打扮就凭倚高楼而望，可见其急切的思乡之情。"云影"虽"薄"，但故乡在"千里"之外，无论如何还是望而不见，哪能不"惆怅"？故乡不能见，见到的是"萋萋满别情"的"初齐"之"草"，这更惹起她的离情别绪。"花落"既写花的凋谢，也点明是暮春时节。中间着一"又"字，含年复一年之意，妙不可言。"花落"次年尚可再开，故可有"又"；花容月貌，经年累月，一旦"凋谢"，失而不复，故不可能有"又"。面对一去不复返的青春年华，她怎能不惆怅？"燕双双"，反衬她的孤独，"独在异乡为异客"（王维《九月九日忆山东兄弟》），思乡之情更浓。

全词由室内写到室外，由未起床的所见所想写到起床后的倚高凝望，触景伤情，脉络分明，层次井然。全词紧扣"惆怅"二字写情：所想让人惆怅，所见使人惆怅，可见女子思乡之情的深切。

其三

楚女不归，楼枕小河春水。①月孤明，风又起。杏花稀。
玉钗斜簪云鬟髻，裙上金缕凤。②八行书③，千里梦。雁南归。

注释

①"楚女"二句：楚女：泛指南方女子。此指词中所怀之人。枕：坐落。"楼枕"句：楼阁坐落在小河春水之畔。②"玉钗"二句：簪：（斜）插着，动词。谓用玉钗斜插。云鬟：高耸的发髻。古时常用"云"形容女子头发，鬟称"云鬟"，髻称"云髻"。金缕凤：金色丝线绣成的凤鸟图形。③八行书：指信札。古时信笺每页八行，故称。

赏析

这首词是写男子对美人的怀念,在温词中是鲜见的。

"楚女不归",既点明楚女飘零在外的境况,也是男子长久思念之后的深情叹息。"不归"暗含着"想归""欲归"而不能归之意。楚女如此念归,出于男子之设想,耐人寻味。次写男子所居环境。孤独一人住在临河的楼上,听着春水向东日夜奔流。"枕"字极轻灵,既是春水临楼的实写,又是男子枕上长忆、梦随流水的虚写。此刻明月无伴,如我一样孤独,春风吹来,杏花稀疏零落。"孤"而"又"而"稀",层层递进,情词凄楚。月明本是乐景,月明而觉"孤",盖因人孤。用字隐见情意。句短意促,不加润饰,而从"又"而"稀"可知,这种情况已非一年了,突出了他的伤春情怀、内心的孤独和冷落。陈廷焯《白雨斋词话》:"'月孤明'三句中有多少层折,情词凄楚。"细品其味,确是如此。

下片忆昔。因沉浸于对楚女的追忆之中,眼前幻化出她美丽动人的形象。"玉钗斜簪云鬟髻,裙上金缕凤。"玉钗斜插,如云般高耸的发髻似坠非坠,穿着绣有金色凤鸟图案的裙子。这想象虽恍若梦幻,但于深夜不寐、卧听小河春水的男子来说,却是精神的安慰。于此再由虚转实。南飞大雁的几声长唳打断他的梦幻:既然地遥人远,魂牵梦萦,还是赶快写一封信带给远行的楚女吧。虽凭雁传书,但锦书难托,无限惆怅只好随南飞的鸿雁而去。

这首词清隽秀雅,句短意丰,转折自然,"小弦切切","香"却不"软"。

其四

罗带惹①香,犹系别时红豆②。泪痕新,金缕旧,断离肠。③
一双娇燕语雕梁④,还是去年时节。绿阴浓,芳草歇⑤,柳花狂。

注释

①惹:引,这里有"带来"的意思。②红豆:又名相思子,生于

岭南，果实为荚，种子大如豌豆，色鲜红，有黑色斑点，可供装饰或药用。相传有人死于边塞，其妻思之，哭于红豆树下而卒，故以为名。③"泪痕新"三句：泪日日流，旧泪痕被新泪痕所掩盖，故曰"新"。金缕旧：金缕花饰已无心收拾，所以"旧"。断离肠：即因离别而断肠。断肠或肠断：形容极度悲痛。④雕梁：雕画之房梁。⑤歇：深邃，这里形容草丛的幽深。又解，歇：泄也，谓香气消散。

赏析

这是一首闺妇伤春怀人之词，清新可喜，文意流畅。

词起以物引出离情。罗带上还系着分别时所赠红豆，虽别已多时，但仍有芳香。"罗带"，可系同心结，是定情的丝织物。林逋《长相思》词："君泪盈，妾泪盈，罗带同心结未成。""红豆"，既象征相思，又象征爱情。王维《相思》："红豆生南国，春来发几枝？愿君多采撷，此物最相思。"二者系在一起，睹物怀人，怎不令人倍感伤情！接云"泪痕新，金缕旧"："新"，可见直到如今仍日日以泪洗面，相思何其情深！"旧"，长期无心收拾金缕花饰，见离别之久。相别已苦，长别更苦，故"断离肠"。相思之久、之苦，哪能不使人柔肠寸断！

下片以景寓情。去年的燕子又飞回来了，在雕梁间呢喃细语，情意绵绵。念起去年时节，自己与情人也是双双对对，欢会恩爱。然而时过境迁，人去楼空，形单影只，令人唏嘘。最后以景结情，总言岁月匆匆，春光老去。绿树繁茂，草丛深深，柳絮狂飞。大自然展现出旺盛的生命力，自然之物仿佛争先恐后地生长，展示自己蓬勃的活力。大自然越是朝气蓬勃，越反衬出人之寂寞、孤单。在如此的春光里，离愁别恨，溢满女子的胸怀，压得人喘不过气来，使人心绪极度迷乱。"结句须要放开，含有余不尽之意，以景结情最好"（沈义父《乐府指迷》），本词用的就是此法。

定西番①

其一

汉使②昔年离别。攀弱柳③，折寒梅④，上高台⑤。

千里玉关⑥春雪，雁来人不来。羌笛⑦一声愁绝，月徘徊。

注释

①定西番：唐教坊曲名，始见于《教坊记》。词始见于《花间集》温庭筠词。双调。②汉使：指汉张骞。《汉书·卷六十一·张骞李广利传第三十一》："骞以郎应募，使月氏，与堂邑氏奴甘父俱出陇西。"张骞死后，西域人常思念他。③攀弱柳：攀折细柳枝表示赠别。《三辅黄图》："霸桥在长安东，跨水作桥，汉人送客至此桥，折柳赠别。"④折寒梅：折梅花寄远人。《荆州记》："宋陆凯与范晔相善，自江南寄梅一枝，并赠诗曰：'折梅逢驿使，寄与陇头人。江南无所有，聊赠一枝春。'"⑤上高台：登高遥望。⑥玉关：即玉门关。⑦羌笛：笛名。出于羌族，始为三孔，后有五孔，可吹五音。《风俗通》："汉武帝时丘仲作笛，其后又有羌笛。"

赏析

这首词写故乡亲人对征人的思念以及征人思乡、念国之情。

词上片以家乡亲人口吻，写昔年送别使者时的情景。汉张骞出使西域，历尽艰险，九死一生，使汉帝国与西域各国的联系得以打通，立下了汗马功劳，人民永远怀念他。词起用张骞之事，是希望现在的使节也如张骞一样，能起到安防作用。首句"汉使"，并非确指张骞，此泛指出使边塞的使节。"昔年"表示追叙。那么，家乡亲人送别时的心情如何呢？词人连用九字三短句以抒情。折柳赠别，以表达依依不舍之情。离别之后，折寒梅托使者寄给远方亲人，以表达思念之情。典出陆凯

《赠范晔诗》:"折梅逢驿使,寄与陇头人。"登台望远,以寓挂念之情。别地重临,仍不见使者归来,家乡亲人曾把满腔的挂念与期盼寄托在他身上,但人却不归,失望之情溢于言表。"攀",是将别;"折",是已别;"上",是久别矣。从这些镜头的转折递进,知家乡亲人对边塞征人的思念之情越来越深了。

下片转到现实中来写征人。尽管是春天,玉门关外,仍是白雪皑皑,冰天雪地。离故国千里之外的征人,多么盼望使者带来家国的信息。然而大雁已经归来,却不见使者的到来,可见其盼望之殷切。盼使节之来亦如"枯木期填海,青山望断河"(庾信《拟咏怀·其七》),精卫鸟衔枯木填海,希望青山崩裂堵塞黄河,这是绝不可能的。羌笛常吹离别之曲《折杨柳》,哀怨动人。思念家国的戍边征人听到如此凄怨的曲子,哪能不"愁绝"?感情已升至极点,怎么办?"愁绝"之人唯有见"月"影而"徘徊"了,其思乡离愁无限悠远。下片化用王之涣《出塞》诗句"羌笛何须怨杨柳,春风不度玉门关",言边塞之荒寒。

董其昌《评注便读草堂诗余·卷七》:"攀柳折梅,皆所以写离别之意。末二句闻笛见月,伤之也。"

南歌子①

其一

手里金鹦鹉,胸前绣凤凰。②偷眼暗形相③,不如从嫁与④,作鸳鸯⑤。

注释

①南歌子:唐教坊曲名,始见于《教坊记》。此调又名《南柯子》《春宵曲》《水晶帘》《碧梦窗》《十爱词》《望秦川》《凤蝶令》等。有单调、双调两体。②"手里"二句:手里玩着金鹦鹉,胸前绣着凤凰鸟,这是写富贵公子形象。用真鸟与假鸟对举成文,以引出末句抽象

之鸳鸯鸟。③"偷眼"句：偷偷地暗中仔细打量。暗形相：暗中仔细打量。形相：端详，打量。相：视也。④从嫁与：就这样嫁给他。从：任从，随意。与：给，后省宾语"他"。⑤作鸳鸯：此句与上句皆是写女子的心理活动，不如就这样嫁给他，做夫妻。

赏析

温庭筠在《南歌子》中，一改含蓄委婉的词风，变得轻盈直率。这首词直写女子心愿。

手里玩着金鹦鹉，衣上绣着凤凰鸟，这是位风流公子哥儿。前面温氏《更漏子》："花外漏声迢递。惊塞雁，起城乌，画屏金鹧鸪。"此言漏声迢递，边塞之雁，闻之则惊；宿城之乌，闻之则起。其不为感动者，唯有画屏上之金鹧鸪也。这里亦是真假鸟对举，只是情境不同，于本词中盖见贵公子装束华艳，因而引得佳人注目。构思巧妙，寓意含而不露。将真鸟、假鸟与比喻夫妇的鸳鸯（抽象之鸟）联结起来的，是"偷眼暗形相"。这句是摹神之笔：她端详、打量、细看，这是出于强烈的潜意识，迫得自己非如此不可。但在有此动作之前，作者又以"偷眼""暗"来形容，这就把一个为情爱所挑动、内心火热却因年轻没有经验而又胆怯害羞的少女形象，活脱脱地展现在读者眼前。"不如从嫁与"一句颇觉突兀，而"作鸳鸯"又使这句变得顺理成章。不如就这样嫁给他，做夫妻。意象的转换揭示了少女从害羞偷看到决定要嫁的心理变化过程。

李冰若《栩庄漫记》评曰："《花间集》词多婉丽，然亦有以直快见长者，如'不如从嫁与，作鸳鸯''此时还恨薄情无'等词，盖有乐府遗风也。"

其三

倭堕低梳髻①，连娟细扫眉②。终日两相思，为君憔悴尽，百花时③。

注释

①"倭堕"句：低梳倭堕髻。倭堕髻：即堕马髻，斜垂在头部的一侧，呈欲堕之状。《汉乐府·陌上桑》："头上倭堕髻，耳中明月珠。"②"连娟"句：指眉画得弯曲而纤细。连娟：又写作"联娟"，即弯曲细长的样子。宋玉《神女赋》："眉联娟以蛾扬兮，朱唇的其若丹。"③百花时：百花盛开的季节。

赏析

这是一首写女子相思落空之词。

起二句描绘女子着意打扮：发髻梳得高高，斜垂在头的一侧，欲堕未堕；她轻轻描画黛眉，把眉画得弯曲而纤细。这不仅刻画了女子的姣美容貌，而且揭示出她盼君早日回归的急切心情，正所谓"女为悦己者容"。但是，尽管彼此两地终日相思，不知何故他仍未回来，女子的期盼终于落空了。因此，她憔悴到了极限。结尾以"百花时"点活全篇。终日为君相思，身心憔悴，正在这百花盛开的季节。以花貌与容貌对举，惜春伤春之意全出。李商隐《无题·其四》写道："春心莫共花争发，一寸相思一寸灰。"春心，即相思之心。向往美好爱情的心愿（即"春心"），切莫和春花争荣竞发，因为寸寸相思都化成了灰烬。这里，有幻灭的悲哀，也有强烈的不平。春心，永远无法抑止，也不会泯灭。以"春心"喻爱情的向往，是平常的比喻；但把"春心"与"花争发"联系起来，不仅赋予"春心"以美好的形象，而且显示了它的自然合理性。"相思"本来是抽象的，由香销成灰生出联想，创造出"一寸相思一寸灰"的奇句，化抽象为形象，而用强烈对照显示了美好事物被毁灭的悲剧美。温词容貌与花貌对举，是形象对形象；但"花貌"是百花争荣竞发时节的花貌，"容貌"是憔悴到极点的容貌。以"花貌"的美丽反衬"容貌"被摧残，含蓄蕴藉，李诗与温词各有其妙。

其七

懒拂鸳鸯枕①,休缝翡翠裙②。罗帐罢炉熏③。近来心更切,为思君。

注释

①鸳鸯枕:绣有鸳鸯鸟图形之枕。②翡翠裙:绣有翡翠鸟图形之罗裙。③罢:停止。炉熏:古时用炉燃香料,熏烤衣服和被帐等物,使之香暖。

赏析

这首词描写女子相思之苦。

起始三句,一连用三个否定写相思之苦,三句三层。绣有鸳鸯鸟图形的枕上积满了灰尘,说明久已不用;积满灰尘而不去拂扫,说明主人公无情无绪;更何况"枕"上还有"鸳鸯",她就难免不睹物伤情了!不去缝翡翠裙,既是无心针黹,也是无心用翡翠裙打扮自己,正如《诗经·卫风·伯兮》所言:"岂无膏沐?谁适为容!"不再熏罗帐,当然就更增添了夜间的孤寂凄凉。"懒""休""罢"三字,充分表现她相思时百无聊赖的情态,非常生动。"近来心更切",为什么?"近来"而"更",相思之心日盛一日,将今之相思之情更翻一倍。"为思君",点明前四句之原因,提振全词,"思"字成为点睛之笔。

全词围绕一个"思"字,极具匠心。李冰若《栩庄漫记》评曰:"'懒'、'休'、'罢'三字,皆为相思之故。用'近来'二字,更进一层。于此可悟用字之法。"

河渎神①

其一

河上望丛祠②,庙前春雨来时。楚山无限鸟飞迟,兰棹③空伤④别离。

何处杜鹃⑤啼不歇,艳红开尽如血⑥。蝉鬓美人⑦愁绝,百花芳草佳节。

注释

①河渎神:唐教坊曲名,始见于《教坊记》。唐五代词皆依调名本意,咏河边祠庙之事。双调,有两体。②丛祠:建在荒野丛林中的祠庙。又一解,指庙宇之多,不确。③兰棹(zhào):兰木做的船桨。棹:划船的桨。④伤:感伤(离别)。⑤杜鹃:鸟名,亦名子规。又,杜鹃也是花名,杜鹃花即映山红,花朵鲜红。这句的"何处"当领此句和"艳红"句。⑥"艳红"句:是说花色鲜艳,红如血色。从上句杜鹃啼血而来,即杜鹃不停地啼叫,使花红如血。⑦蝉鬓:鬓如蝉之两翼。温词中常用"蝉鬓美人"来形容轻灵动人的女子。

赏析

这首词缘题而借咏祠庙,以写景抒离情,实为温庭筠之首创。

"望"为全篇之骨:景由"望"见,情由"望"生。"河上望"知女主人公在船上。"丛祠"以下皆望中所见,也渗透望中所感:船从荒野丛林中的庙宇前经过,庙宇均被笼罩在泠泠烟雨之中,凄迷朦胧,其意境与杜牧《江南春绝句》中的"南朝四百八十寺,多少楼台烟雨中"相似。但词非客观叙述,隐隐含情,至三句益显——"楚山无限鸟飞迟"。古代诗词中多用"楚"来泛指南方。如柳永《雨霖铃》词"暮霭沉沉楚天阔"。这里又以"无限"形容之,更见其迤逦、连绵、远无边际,大有"连山到海隅"(王维《终南山》)的接连不断之势。"迟"字下得传神。一方面,雨中之鸟,羽翅被打湿以后,当然就飞得"迟"了;另一方面,又注入了作者的主观感情,也许只有飞鸟才能越过群山,带去对心上人的关切,但它面对"楚山无限",也似乎无能为力,故嫌其"迟"。从另一角度言,江天辽阔,楚山有情,鸟似恋春而迟飞,也是离人情怀的曲折表达,是感情的反射。"兰棹"句更为婉转深透。棹从水中举起,水珠滴下,也如惜别的眼泪,无情之物尚且如此,更何况有情之人呢?"伤别离"而且是"空伤",可见别离的无奈;明知是"空伤"而要伤,更可见离情之难于摆脱之苦。

下片以"何处"二字领起两句,承首句之"望",从听觉、视觉两方面来渲染离情之悲。杜鹃哀啼,"不如归去",声声不歇。相传杜鹃鸟啼尽泣血,血洒在地化为杜鹃花,艳红如血。杜鹃花开,夫君应该返回,而现实是他偏偏离去了,这正好反衬出离情的悲苦。思路回还,笔法跳脱,并用"不歇"状声,"如血"烘色,更使哀情深重,如泣如诉。春天,百花争奇斗艳,芳草碧绿如茵,在这样美好的季节,本该欢聚在一起,共享这良辰美景,然而却天各一方,遥相思念,哪能不令"蝉鬓美人愁绝"?这正是以乐景写哀情倍见其哀的典型例证。

以丛祠、春雨、春鸟、兰棹、杜鹃(鸟和花)以及百花芳草为衬托,句句含"伤别离"之情。陈廷焯《词则·别调集·卷二》曰:"寄哀怨于迎神曲中,得《九歌》之遗意。"祠庙祭祀之地,本身就隐匿伤情,见其"寄"字之妙。

女冠子①

其一

含娇含笑,宿翠残红窈窕②。鬓如蝉。寒玉簪③秋水,轻纱卷碧烟④。

雪胸鸾镜⑤里,琪树⑥凤楼前。寄语青娥⑦伴,早求仙。

注释

①女冠子：唐教坊曲名，始见于《教坊记》。唐五代词中多咏女道士。今存词中，小令始于温庭筠，双调；长调始于柳永，双调。②宿翠残红：指隔夜妆淡红。窈窕（yǎotiǎo）：文静而美好的样子。③寒玉：玉簪凉爽，故称寒玉。簪：用作动词，即簪上，与下句"卷"字对文。④轻纱：指窗纱。碧烟：形容窗纱质地薄而成碧色。⑤雪胸：胸脯白皙如雪。唐代女装微露胸，故言。鸾镜：镜之美称。⑥琪树：玉树，古人想象仙境中的树，此谓女冠妆成，闲立玉楼前，亭亭玉立，如玉树般。琪：美玉。⑦寄语：传话，传信。青娥：美貌女子。

赏析

《女冠子》多咏调名本意，即女道士。本词写女道士容貌之美丽和神态之清秀，表现出她对幸福美满爱情生活的热爱。

起四字意似浅露，但又觉蕴情深厚。"娇"（柔美可爱）、"笑"前着一"含"字，说明她美而不太展露，笑而不过分外显，把女道士娇媚动人的情态刻画了出来。隔夜妆虽浅淡，却还文静而美好（窈窕），那么新妆初试，当更加妩媚动人。沈际飞云："宿妆残红尚窈窕，新妆又当何如？"（《草堂诗馀别集》）鬓发如蝉翼，轻灵缥缈。头上玉簪清凉如秋水，屋里窗纱透薄如碧色轻烟。以饰物的美好衬托出女道士之冰肌玉骨，美艳绝伦。"寒玉"两句，写得仙气飘飘。

下片承上，继写女道士之美。酥胸映照在鸾镜里，光彩照人；同时，也含临镜自怜之意。她梳妆毕，闲立楼前，如风中玉树，亭亭玉立。"寄语"同伴"青娥"，说明她思之久、思之深、念之切，所以后句承以"早"字。"早求仙"，是说早觅得心目中的神仙伴侣、美好郎君，不然如花的容颜和美妙的青春就将浪费掉，故在"求仙"前冠以"早"字。

女冠多为失嫁之女，以道观为转身待嫁之地。词既写女冠的"仙骨珊珊，知非凡艳"（陈廷焯《词则·闲情集》），又表现出她对美好生活的向往。虽纤词丽语，然脱却凡俗。

玉蝴蝶[①]

秋风凄切伤离，行客未归时。塞外草先衰，江南雁到迟[②]。
芙蓉凋嫩脸[③]，杨柳堕新眉[④]。摇落使人悲，断肠谁得知？[⑤]

注释

[①]玉蝴蝶：有小令、长调两体。《词谱》："小令始于温庭筠，长调始于柳永。"长调别名为《玉蝴蝶慢》。[②]雁到迟：语意双关，以"雁迟"喻"雁书"到迟之意。[③]"芙蓉"句：芙蓉即荷花。此句言嫩脸憔悴，如芙蓉之凋谢。[④]"杨柳"句：新眉懒画，如柳叶之脱落斜坠。堕：下落。此指眉色淡如枯柳之叶。[⑤]"摇落"二句：摇落：指萧瑟的秋气。宋玉《九辨》："悲哉，秋之为气也！萧瑟兮，草木摇落而变衰。"断肠：形容极度悲痛。

赏析

这首词写闺人秋日盼望远人归来的急切心情。

秋风之凄切为伤离定下了悲凉的调子。起首二句，一写往日离别，一写今日望归，双起单承，而秋风则是共同的典型环境。由"伤别"而"未归"，其间不知经过了多少个难眠之夜！出语看似平淡，却词情酸楚。后二句全由"未归时"展开，写思妇的内心活动："塞外"句一笔宕开，设想远人所在地域的荒寒——还未到秋天，草木早已枯黄。"江南"句，由远及近，由"塞外"而"雁"，由"雁"而连接远人书信，脉络明晰。思远情致描摹深透，柔情洋溢于字里行间。"草先衰""雁到迟"，足见地远天遥。"迟"字下得很传神，因盼望之切，故怨鸿雁传书来迟。不怨人而怨雁，此乃古代诗词中常用的移情手法。陈廷焯《白雨斋词话》曰："'塞外'十字，抵多少《秋声赋》。"上片在时间上与空间上回环跳跃，把怀人的殷切情意，表达得淋漓尽致。

下片写思妇的形象。面容、翠眉之憔悴,如凋谢之芙蓉、脱落之柳叶。"芙蓉如面柳如眉"(白居易《长恨歌》),她以前是那样美丽动人,如今却是"为君憔悴尽"(温庭筠《南歌子》),只因行客未归来。这两句既写人,又与前后之秋景相照应,格调一致。结尾二句,总揽全篇,纵笔写情:草木凋落的秋天,本来就使人悲凉,在思妇看来更增愁苦,而这种伤心的境况又有谁知道呢?不只悲秋,而且悲人,双重的悲哀令她"断肠"。然而"断肠谁得知"?柔肠寸断无人知,其情就更为可哀。陈廷焯《白雨斋词话》曰:"飞卿词'此情谁得知''梦长君不知''断肠谁得知',三押'知'字,皆妙。"

清平乐[1]

其二

洛阳愁绝,杨柳花飘雪。[2]终日[3]行人恣攀折[4],桥下流水呜咽。

上马争劝离觞[5],南浦[6]莺声断肠[7]。愁杀平原[8]年少,回首挥泪千行。

注释

[1]清平乐:唐教坊曲名。又名《忆梦月》《醉东风》等。《唐五代词·笺评》:"按《清平乐》为南诏乐调,当时南诏有清平官,司朝廷礼乐等事,相当于唐朝宰相。《清平乐》当源于清平官。"双调。此调创自李白。[2]"洛阳"二句:洛阳:东周都城,后来东汉、魏、西晋、北魏等都曾建都于此。愁绝:哀愁欲绝。杨柳花飘雪:柳絮漫天飘飞如雪。[3]终日:从早到晚,整天。[4]恣攀折:任意攀折。古人有折柳赠别的风习。恣:任意,随意。[5]离觞(shāng):此指离别之酒。觞:酒杯。[6]南浦(pǔ):泛指送别之地。浦:水边。[7]断肠:形容极度悲痛。[8]愁杀:愁到极点。平原:战国时赵胜,号平原君。《史记·平原君列传》:"平原君赵胜者,赵之诸公子也。诸子中胜最贤,喜宾客,

宾客盖至者数千人。"此借平原君以喻燕赵慷慨悲歌之士的挥泪惜别。

赏析

这是一首别词,却无绮靡之气,将离别写得悲壮而有气概,一反温词风格。

词一起便渲染出一种悲壮苍凉的气氛。"洛阳愁绝,杨柳花飘雪。"柳絮漫天飘飞旋舞,如降下白色雪花一般。在这古老的都城洛阳道上,行人离别,哀愁欲绝。虽"愁绝",但仍觉天上地下辽阔旷远。"洛阳愁绝"与"锦衾知晓寒"(温庭筠《菩萨蛮》)一样,运用了移情手法,将无情之物写得有情,衬托出有情人之感情深厚。古人有折柳赠别之习俗,折柳"终日",暗示离人之多。"攀折"冠以"恣"(恣者,任意或听任也)字,表现出即将离去的男主人公对所爱女子的担心,她会像杨柳花一样"终日行人恣攀折"吗?但又不能不别。这时,平日里悦耳的小桥流水,也变成呜咽之声。流水呜咽,正是人的呜咽,以物写人,更为生动。陈廷焯《云韶集·卷一》曰:"上三句说杨柳,下忽接'桥下流水呜咽'六字,正以衬出折柳之悲,水亦为此呜咽。如此着墨,有一片神光,自离自合。"

下片写将别。"上马争劝离觞",此句将"劝君更进一杯酒"(王维《渭城曲》)从客舍移至马前,更显情之深切。人已上马,本该扬鞭起程,然而一"劝"字,点明行者酒已到量,从而暗示出别宴上频频举杯、殷勤话别的场景。在"劝"字前再着一"争"字,巧妙地照应了上文的"恣"字,而送行者"争劝离觞"不只是让离者多带一份情谊,还有意无意地拖延分手的时间,好让对方再多留一会儿。

山东壮士挥泪而去,或报效边关,或行侠仗义。上马离别在即,往往无言相对,"争劝离觞",就不自觉地打破了这种沉默,包含对行者处境、心情的深切关怀,也包含前路多珍重的殷勤祝愿。在这种沉默之中,从南浦边传来黄莺的声声啼鸣,使人"断肠"。"送君南浦,伤如之何!"(江淹《别赋》)"愁杀平原年少"中,"杀"引申极甚。"愁杀"二字将前面的离愁别恨全部收罗进去,动人心魄。"回首挥泪千行",丈夫有泪尚且不轻弹,何况这是"平原年少"慷慨悲歌之士,有泪就更难轻弹了。"回首"而"挥"千行之泪,何其悲壮淋漓,又含情无限,把"愁杀"情态渲染到极致。

"柳花飘雪""水流呜咽""莺声断肠""挥泪千行"这些具体可感的形象,把不可捉摸的离愁完全写出,感人至深。陈廷焯《云韶集·卷一》曰:"上半阕最见风骨,下半阕微逊。"并非确评。

遐方怨[①]

其一

凭绣槛[②],解罗帏。未得君书,肠断潇湘春雁飞。[③]不知征马[④]几时归。海棠花谢也,雨霏霏。[⑤]

注释

①遐方怨:唐教坊曲名,始见于《教坊记》。此词调有两体,单调始于温庭筠,双调始于顾敻(xiòng)、孙光宪。《词谱》谓唯《花间集》中有此调,宋人无填之者。②槛(jiàn):栏杆。③"未得"二句:肠断:即断肠,形容极度悲痛。潇湘:两条水名。《山海经》:"潇水,源出九嶷山;湘水,源出海阳山。至零陵合流而于洞庭也。"春雁飞:春天雁往北飞。这里指雁按季节北归,而征人却至今不归。④征马:以"征马"指代"征人"。⑤"海棠"二句:暮春时节,海棠花凋谢,细雨连绵。霏霏:细雨纷纷的样子。

赏析

这首词属征妇怨词,写闺人对在外戍边丈夫的思念之情。

开头两句,按正常顺序应是"解罗帏,凭绣槛"。作者把它倒过来,给人一种突兀的印象:一位思妇静静地倚着栏杆,向远方眺望,企盼远人归来或者捎来书信。过后才点出她是解开罗帐起床之后就来凭栏眺望的，表现出她急切的期待之情。然而结果却是"未得君书"，故"肠断"（极度悲痛）；同时也暗示凭栏解帏之由：前者盼，后者怨。偏偏在这时"潇湘春雁飞"。雁，春分后飞往北方。潇湘见雁，似是"过客"。词以雁北飞反衬人情：雁尚知按时节归去，可是"不知征马几时归"？其一，雁归人不归，人不如雁。其二，鸿雁飞来，应是锦书寄来，只有潇湘水无语东流，"问君能有几多愁，恰似一江春水向东流"（李煜《虞美人》）。流不断的江水，暗示"肠断"之不绝。"云中谁寄锦书来？雁字回时，月满西楼。"（李清照《一剪梅》）李词这一句与温词异曲同工。其三，"不知"，企盼茫然之情如见。其四，潇湘合流处乃洞庭湖，是鸟善居之地，可雁仍要飞走，岂不更令人伤感！最后以景结情："海棠花谢也，雨霏霏。"暮春时节，海棠花凋谢，细雨连绵。"海棠"是指物呢？还是代人？两者兼而有之。正所谓"美人迟暮"：既慨叹空负三春美景，无意观赏，又有花颜易老而无可奈何的自伤自怜之意。一个"也"字，不仅说明海棠花已然凋谢，而且似乎还听见思妇的叹息之声。故此"也"字尤声情并茂，而人物形象便愈加鲜明。"雨霏霏"，愁绪如细雨般连绵不绝。"自在飞花轻似梦，无边丝雨细如愁"（秦观《浣溪沙》）。"丝雨"是说细雨蒙蒙，一片迷茫，正如闲愁那样无边无际。至于是因见雨而生愁，还是因愁闷而烦那细雨？这恐怕只有凭栏人知道了。温词以雨写离愁，秦词以雨写闲愁，前者暗，后者明，各尽其妙。

其二

花半坼①，雨初晴。未卷珠帘②，梦残惆怅③闻晓莺。宿妆眉浅粉山横④。约鬟鸾镜⑤里，绣罗轻⑥。

注释

①半坼：花苞未完全开放。坼（chè）：裂开。这里指花朵半开。②珠帘：用珠玉所饰的帘子。③惆怅：失意，伤感。④宿妆：隔夜之妆，残妆。粉山横：指粉面上有两道浅色黛眉，其状如山，即"宿妆

眉浅"的具体化。⑤约鬟：以手束发为鬟髻。约：缠束。鸾镜：镜之美称。⑥绣罗：绣花罗裙。轻：薄也。

赏析

这是一首闺怨词，写思妇因思念远人而惆怅。

花苞刚刚绽开，犹似半羞半喜，报道春天来了，然而人却不到。雨后初晴，人的烦闷之情却依然如初。"未卷珠帘"，承上句"初晴"，写白天。此句写出了思妇的慵懒无聊和彻底绝望。正因为如此，她只好到睡梦中去寻求寄托和安慰了。但是，这又使她大失所望："梦残惆怅闻晓莺。"梦虽来了，晨莺鸣叫，惊破美梦，空闺寂然，实难独守。一切又恢复如初，又一个白天来到了，哪能不惆怅！"宿妆眉浅""粉山横"，粉脸上横陈着隔夜的两道如山的浅色黛眉，写思妇因惆怅而无心打扮；即使打扮又"谁适为容"？既然这样，她就只好对镜顾影自怜："约鬟鸾镜里，绣罗轻。"日复一日，花开花谢，而自己的如花容颜、美妙青春，却将一去不返。顾影本为自怜，谁知反而倍增惆怅，真是无可奈何。

诉衷情①

莺语，花舞，春昼午②，雨霏微③。金带枕④，宫锦⑤，凤凰帷⑥。柳弱蝶交飞，依依。辽阳⑦音信稀，梦中归⑧。

注释

①诉衷情：唐教坊曲名，始见于《教坊记》。此调又名《一丝风》，又名《桃花水》，有单调、双调两体。②"莺语"三句：莺啼叫，花飞舞，正值春天中午。③霏微：细雨弥漫的样子。④金带枕：以金带装饰的枕头。⑤宫锦：宫中特制的锦缎。此指床上所用被垫均用宫锦所制，言其富丽。⑥凤凰帷：绣有凤凰的帷帐。⑦辽阳：在今辽宁省境内，当时为边防重镇。此指征人所在之地。⑧梦中归：梦中见到征人归来。

赏析

这首词写闺人对戍边丈夫的思念之情。

这首词起始平列"春昼午"的三种景物:"莺语""花舞""雨霏微",巧妙地组成一幅"春景图"。这春日正午之时,她所闻所见是莺声婉转啼唱,花儿回旋飘舞,细雨迷蒙,展现出环境之美丽。写了室外,接写室内。又平列三物:"金带枕"(以金带为饰的枕头)、"宫锦"(宫廷所用之锦缎)、"凤凰帷"(绣有凤凰的帷帐),写床上用品之华丽。再由室内到室外,只见"柳弱蝶交飞,依依"。柔细的柳丝与轻盈的蝴蝶翩翩起舞,彼此相依,如此良辰美景尤其使人依恋。此以"柳弱"(即弱柳)自喻,蝴蝶上下双飞,彼此依恋,触发对征人的怀念,反衬闺妇的孤独、寂寞。接下来笔势陡转,点明虽有良辰美景,锦衣玉食,但因征人远在"辽阳"而又"音信稀",即使有心于良辰美景,亦是徒增愁苦,她就只好到梦中去相会了。梦境毕竟是虚幻的,征人远在"辽阳"而又"音信稀",现实与梦境两相对照,更平添一段新愁。

这首词清疏轻快,语言爽朗,写室内、室外之景,均具特色。陈廷焯《词则·别调集·卷一》:"节愈促,词愈婉,结三字,凄然。"

梦江南①

其一

千万恨,恨极在天涯②。山月不知心里事,水风空落眼前花③,摇曳④碧云斜。

注释

①梦江南:唐教坊曲名。此调别名很多,如《忆江南》《望江南》《梦江口》《谢秋娘》等。《乐府杂录》谓此调本名《谢秋娘》,系李德裕为悼念亡姬谢秋娘而作,后改此名。有单调、双调两体。②极:顶

端。此句指怨恨的终点就在天涯。天涯,此指远在天边的爱人。③"山月"二句:山月、水风不了解思妇的感情,而让眼前的落花纷飞。④摇曳:双声词,犹摇摇。以碧云之摇摇,兴离愁之悠悠。

赏析

这两首同调闺怨词(指本词和其二),与温氏《菩萨蛮》的秾丽绮靡不同,清丽幽凉,别具风味。本词写思妇恨远方之情郎久不归。

起二句一反温词先写景后抒情的惯例,将蕴蓄的感情倾泻而出。"恨"而有"千万",可见恨之多、之无穷,实有不胜枚举之慨。然而恨虽千头万绪,但所恨之事只有一桩,即远在天涯之人久不归来。一语道破,了无剩义。后三句以景寓情,悠远而有余味。"山月"二句,淡雅轻灵,写出心中的幽恨。闺妇既有"千万恨",当然"心里"有"事";但更使她难过的却是"有恨无人省"(苏轼《卜算子》)。她一天到晚茕茕孑立,形影相吊,无人理解她的心事,只有山月不时临照闺房罢了。不说"人不知",而说"山月不知",其孤独无聊之状可以想见,这是一层。山月常来相照,看似有情,其实却根本无情。心有恨事,总想对人诉说,但平时并无诉说的对象。好不容易盼到月亮来了,似乎可以向它倾诉了,可向月亮倾诉其实也毫无用处,甚至比不倾诉心情更坏。于是"山月不知心里事"也成为恨的内容了,这是第二层。"举头望山月[今本作'明月'],低头思故乡"(李白《静夜思》),望山月能使客子思乡,也能使闺妇怀远。"四更山吐月"(杜甫《月》),人看到月亮时天快亮了,这就表明闺妇是经常彻夜无眠的,这是第三层。《诗经·邶风·柏舟》:"日居月诸,胡迭而微。"(太阳啊!月亮啊!为何轮流暗无光?)以日月喻丈夫,是传统的比兴手法。"山月不知",即远在天涯的夫君并不能体谅自己的这一片苦心,这是第四层。"水风"句与上句角度相异,用意实同。夜里看月有恨,昼间看花也还是有恨。"山月"句以日月喻夫,此句以花自喻。惜花落,正是惜自己如花的容颜与如花的青春都在思念苦恨中悄然逝去。而"眼前花"是"空落",自己的等待与企盼都是无望的、徒劳的。所谓"水风",指水上之风。水面风来,风吹花落,落到何处?自然落在水中。"花自飘零水自流,一种相思,两处闲愁"(李清照《一剪梅》),但这里的闺妇却连两处闲愁都没有,只能让自己的一腔幽恨随落花流水而去。这正是李煜的"流水落花春去也"(《浪淘沙》)的另一种写法,其意更深远。夜对山月,昼对落花,在昼夜交替的黄昏又怎么样呢?"摇曳碧云斜",反用江淹"日暮碧云合,佳人殊未来"(《休上人怨别》)之意。惆怅中抬头凝望,只见碧云摇摇,而自己之离愁相思,也就随摇摇之碧云悠悠而去,飘落天涯,一天的光阴又在不知不觉中消逝了。不着"恨"字,但"恨极"之意已和盘托出。因此,后三句与前二句是互为补充呼应的。没有前两句,不见感情之深切;没有后三句,不见词旨之遥深。

其二

梳洗罢,独倚望江楼。过尽千帆皆不是,斜晖脉脉①水悠悠。肠断白蘋洲②。

注释

①斜晖:夕阳西斜,指日暮时。脉脉:含情欲吐的样子。这里用来形容夕阳余晖,忽隐忽现,含情脉脉。②肠断:形容极度悲痛。白蘋洲:长满蘋草的水边小洲,泛指水路送别之地。

赏析

这也是温词的闺怨名作。陈廷焯认为:"绝不着力,而款款深深,低回不尽,是亦谪仙才也。"(《云韶集》)

"梳洗罢",有多层意思。首先,点明了时间,"梳洗"才"罢",是清晨,与下文"斜晖"句相呼应。其次,写出了闺妇"好修以为常"(屈原《离骚》),所以早晨起来就梳妆打扮一番。第三,作者反用"岂无膏沐,谁适为容"(《诗经·卫风·伯兮》)之意,进一步替闺妇设想:也许他今天就要回来,我还是打扮好等着他吧。梳妆好了,于是

"独倚望江楼"。一个"独"字,闺妇苦闷的心情和孤寂的处境跃然纸上。"倚"而"望"之,正表示她耐心地殷切企盼。而"望"的结果,却是"过尽千帆皆不是",可见她失望之极。"过尽"的是"千帆",此以"帆"代船。在这无数次"不是"中,内心的伤悲该是多么深重啊!下一"皆"字,深有怨情,意思是一天的希望又落空了。闺妇就是在这希望与失望中度过每一天的。江上"千帆"已过,剩下的即是"斜晖脉脉水悠悠",只有"斜晖"照"水"而已。这个倚楼而望的闺妇,对落日并不见得有好感,因为它标志着一天的时间就要过去了;可是斜晖却偏要脉脉含情地依恋着她。"斜晖"尚且有依恋之情,离去的他不也该这样吗?"脉脉",言此而意彼。闺妇对江水倒是寄予感情的,希望它能把自己的郎君从远方带回身边;然而江水依然无情地流逝,丝毫不关心她的命运。"悠悠"一词,正写出江水长逝的无情。俞陛云《唐五代两宋词选释》:"'千帆'二句窈窕善怀,如江文通〔江淹〕之'黯然销魂'也。""白蘋洲",当初二人分手之地,亦是望之所见。想见者,远人也,然而见不到;不想见者,分手之地也,然而白蘋洲就在眼前,于是她就只有"肠断"了。"空灵疏荡,别具丰神"(唐圭璋《唐宋词简释》),此乃中肯之评。

河 传①

其二

湖②上,闲望。雨萧萧③,烟浦花桥路遥④。谢娘翠蛾愁不消⑤,终朝,梦魂迷晚潮。

荡子⑥天涯归棹⑦远。春已晚,莺语空肠断⑧。若耶溪⑨,溪水西,柳堤⑩,不闻郎马嘶。

注释

①河传:郭茂倩《乐府诗集》:"《水调河传》,隋炀帝幸江都时所

制。曲成奏之，声韵怨切。王令言闻而谓其弟子曰：'但有去声而无回韵，帝不返矣。'"调名始于隋代，其词则创自温庭筠。双调。②湖：指镜湖，又名南湖，乃后汉马臻为太守时所造凿。③萧萧：或写作"潇潇"，拟声词，马叫声或风雨声。④"烟浦"句：望着烟雾弥漫的湖边花桥，更觉路途遥远。浦（pǔ）：水边。⑤"谢娘"句：谢娘此刻愁绪萦绕，翠眉紧蹙。谢娘：谢秋娘的省称，此处代指思妇。翠蛾：翠眉。⑥荡子：指久行在外，游荡忘归之人。⑦棹（zhào）：本为桨，此处指代船。⑧肠断：形容极度悲痛。⑨若耶溪：水名，在浙江会稽（今绍兴），相传西施曾浣纱于此，又名浣纱溪。源于若耶山，北流入镜湖。⑩柳堤：溪水西边之柳堤，郎君马行经的地方。

赏析

这首词写思妇春日里盼望情人归来的急切心情。

上片写谢秋娘。"湖上"是游春之处，"望"字之前冠以"闲"字，足见她并非悠然自得，陶醉于春景，而是若有所思，借游春以排遣忧愁而已。"望"为一篇之主干，顺势带出"雨萧萧，烟浦花桥路遥"。听着潇潇雨声，望见远处水边花桥之旁，烟雾迷蒙一片。"路遥"一词透出望中之情，原来她并非怨恨雨本身，而是怨恨雨阻断了"荡子"的归路。"路遥"一词既是景物描写的结束，又是后三句的起始，且为下片张本，真是天衣无缝之笔，转换自然。以上是写湖上"望"中雨景，下面写"望"中愁情。"谢娘翠蛾愁不消，终朝，梦魂迷晚潮。"谢秋娘此刻愁绪萦绕，翠眉紧蹙。"终朝"，表明从早到晚的整个白天，她都是在思念中度过的，并与"晚潮"之"晚"相呼应，写出了她日日夜夜的企盼。"迷"之饰"晚潮"，刻画出她思潮之深广，夜梦魂飞天壤间，与晚潮相逐。将愁思与带雨的晚潮混在一起，如幻如梦，没完没了，恰切地刻画了她惆怅至极、难以平静的心情。

下片从荡子和思妇双方写，缠绵凄婉。从前面之"梦"回到现实。承"路遥"，进一步写"荡子天涯归棹远"，梦中所见之人浪迹天涯，盼望、等待几乎是徒劳。望归而归船不见，哪能不愁？"春已晚，莺语空肠断","春晚",暮春也,惜春伤春之意点明。莺语声声,春照样逝去,它哪能唤得春归?"肠断"前着一"空"字,既看出思妇想留春而留不住的无可奈何,又见出她无人可倾诉衷肠的悲哀。"若耶溪,溪水西",点明其住地,又因西施曾浣纱于此,比喻她如西施那样美丽,但"美而不偶,人最伤之"(华钟彦《花间集注·卷二》)。柳堤上,曾是与情郎并行处,而今独自翘首,"不闻郎马嘶",昔日欢会之地,今日成为等待之处,更令孤寂者心碎。堤依旧,水依旧,只是人不如旧,无限凄然。

江上烟雨迷离之景,眉锁梦迷之情,望归而棹不见,等归而马不嘶,情致极缠绵。

番女怨①

其一

万枝香雪②开已遍,细雨双燕。钿蝉筝③,金雀扇④,画梁相见。雁门消息不归来⑤,又飞回。

注释

①番女怨:《教坊记》中无此词。调见《花间集》,词始于温庭筠。万树《词律》:"此词起于温八叉(温庭筠)。余鲜作者。"单调。②香雪:指杏花,如前《菩萨蛮》:"杏花含露团香雪。"但有时也指梨花,如毛熙震《菩萨蛮》:"梨花满地飘香雪。"③钿蝉筝:镶嵌有金蝉饰物的筝。④金雀扇:绘有金雀的扇子。⑤雁门:山名,今山西代县西北。《山海经》:"雁门山者,雁飞出其间。"雁门山顶置关,唐初始称雁门关。

赏析

全词借燕抒情,语浅意深,写思妇对征夫的思念之情。

起二句以乐景写哀情,倍增其哀。春末夏初,千树万树杏花开遍,如白雪一般;成双成对的燕子,在细雨微风中斜飞。晏几道的"落花人独立,微雨燕双飞"(《临江仙》)也以双燕引发思妇离愁,反衬人的孤单。接三句以物衬燕。弹的是镶嵌有金蝉饰物的筝,摇的是饰有金雀的扇,物(暗指人)虽华美而无人欣赏,却只有画梁上的双燕与其相见。前言"双燕"已含自伤孤独意,此言物与燕见,实暗伤燕归人未归也。末二句是写思妇对燕的责怪与迁怒。你既然并未带回丈夫的消息,为什么偏偏要双栖在画梁上,让人徒生羡慕和悲哀呢?"飞回"而"又",思妇也多次体会了这种滋味,怎能不怨其"又飞回"呢?陈廷焯《云韶集》评曰:"'又飞回'三字,更进一层,令人叫绝,开两宋先声。"确当之评。

其二

碛①南沙上惊雁起,飞雪千里。玉连环②,金镞箭③,年年征战。画楼离恨锦屏空④,杏花红。

注释

①碛(qì):水中沙石,此指沙漠。②玉连环:指嵌玉的铠甲。③金镞箭:指雕花的箭,或饰以金箭头的箭。镞:箭头。④锦屏空:锦缎制成的屏风中空空荡荡,谓征人未归。

赏析

边塞的荒寒、战争,使思妇更加担忧和愁苦。与同调的上一首词实为联章。

起二句怀想边塞的艰苦。荒凉的沙漠上,突然间飞雪飘飘,笼罩大地,天气骤寒,烽火连天,惊飞大雁。边塞环境竟是如此恶劣。"玉连环,金镞箭"连以"年年征战",前两者并非简单的并列,而是说戍边战士身穿铠甲,肩挎利箭,在沙场上纵横驰骋,战斗方酣。"黄沙百战穿金甲,不破楼兰终不还。"(王昌龄《从军行》)战士虽有誓死捍卫边疆、效死疆场的雄心，无奈这已不是盛唐建功立业之时，引出的只是思妇的担忧。"玉连环"的"连环"二字谐音"怜还"。思妇盼征夫回来，征夫也盼归来，然而战况激烈，年年征战，谈何容易！这就引出了后面两句："画楼离恨锦屏空，杏花红。"杏花又红，春天又到，对思妇来说，既然无人与之游春赏春，"应是良辰好景虚设"（柳永《雨霖铃》）。她就只能独守画楼，满怀离恨，空对锦屏。"空"字下得极妙。春去又春来，杏花谢了来年又红，而思妇却青春不再，美颜不复，这是一空。人去楼才空，而她盼其不空，但"年年征战"，盼望不能不落空，这是再空。尽管楼前春花烂漫，她对着锦屏，万念俱绝，这是三空。

唐人多作征人思妇诗，温庭筠独创此调，写此意，多用短句，与唐诗风味不同。俞陛云《唐五代两宋词选释》："唐人每作征人、思妇之诗，此词意亦犹人，其擅胜处在节奏之哀以促，如闻急管么弦。"

荷叶杯①

其一

一点露珠凝冷②，波影③。满池塘，绿茎红艳两相乱④。肠断⑤，水风凉。

注释

①荷叶杯：唐教坊曲名，始见于《教坊记》。有单调、双调两体。②凝冷：凝聚着清冷。③波影：波光莲影。④"绿茎"句：绿色的枝干，红色的花朵，杂在一处，在朦胧的月色下分辨不清。此指荷塘晚景。⑤肠断：形容极度悲痛。

赏析

此词写少女相思之苦，词意较隐曲。

晶莹的露珠凝聚着点点寒气，让人顿生"不可亵玩"的圣洁之感，勾勒出一个冰清玉洁的少女形象。满池塘的波光莲影，红花绿茎交相辉映，一幅多么美丽的图画，看得人眼花缭乱。秋风掠过水面，吹人更凉，愈使人忧伤，哪能不"肠断"？篇末着一"凉"字，不仅照应词首的"冷"字，而且点活了全篇。莲花再美，又经得住几多秋风霜露？更何况它（或她）还是冰清玉洁呢！叹青春之易逝，惜美颜之易失，这是很明显的。秋风本来就凉，再掠过水面就更凉，这是实写；风"凉"，少女的相思之心也凉，秋天的相思之心更凉，这是虚写。这种隐形描写的手法，看似无人，实则人物形象非常鲜明。李冰若在《栩庄漫记》中评曰："全词实写处多，而以'肠断'二字融景入情，是以俱化空灵。"

皇甫松

皇甫松（生卒年不详），字子奇，自号"檀栾子"，睦州新安（今浙江省杭州市淳安县）人。唐古文家皇甫湜（shí）之子，举进士不第，终身为布衣。他工诗善词，文笔生动细腻。他的词娴雅委丽，极具爽朗之致，难入侧艳一流。今存词二十二首，《花间集》录十二首。其中，有的词情味深长，如《梦江南》二首，皆写梦境，仍是回忆江南往事，纯以赋体铺叙。又如《采莲子》二首，描写的是江南采莲少女的情态，具有浓郁的民歌风味。歌词带有和声，展现的是采莲女一唱众和的情景，场面热闹，生动活泼，富有戏剧性。

浪淘沙①

其一

滩头细草接疏林,浪恶罾船②半欲沉。宿鹭③眠鸥④飞⑤旧浦⑥,去年沙嘴⑦是江心。

注释

①浪淘沙:唐教坊曲名,始见于《教坊记》。本为声诗,七言绝句体,咏调名本意。单调。南唐李煜始作《浪淘沙令》,盖因旧曲名而创新声,双调。《浪淘沙令》又名《过龙门》《卖花声》等。②罾(zēng)船:渔船。罾:一种用木棍或竹竿做支架的渔网。③鹭:水鸟,嘴直而尖,颈长,飞翔时缩着颈。④鸥:水鸟,头大,嘴扁平,翼长而尖,羽毛多白色,又称沙鸥。⑤飞:原本为"非",李一氓校本作"飞",亦通。⑥浦(pǔ):水边。⑦沙嘴:沙滩向江面伸展突出部分如鸟嘴状。

赏析

起二句写沙滩、江面:细细的青草向远处延伸,直接岸边的疏林。江面上,波浪翻滚,水势险恶,渔船在水中一会儿浮,一会儿沉,仿佛在拼命挣扎。这幅画面给人以险恶之感,体会到人生不可能一帆风顺。三、四句相承。投宿的鸥鹭飞来飞去,寻找往日的栖息之地,可是时过境迁,旧地难觅。原来,去年的江岸(水与沙相接处,即沙嘴)竟已变成了江心。这首词句句写景,看似只描绘眼前所见事物,实则句句言情,尤从一个"旧"字透出。因"旧浦"与"沙嘴"对举,应是一处。那么,去年的"旧浦"在今年已变成"江心"了。人世沧桑,就如这沙嘴、江心的变化一样迅速,恰如汤显祖所评:"桑田沧海,一语破尽,红颜变为白发,美少年化为鸡皮老翁,感慨系之矣。"(《花间

集·卷一》)

此词景物描绘动静结合,极富诗情画意。"不着一字,尽得风流。"(司空图《二十四诗品·含蓄》)

摘得新①

其一

酌一卮②,须教玉笛吹③。锦筵④红蜡烛,莫来迟。繁红一夜经风雨,是空枝。⑤

注释

①摘得新:唐教坊曲名,始见于《教坊记》。此调宫调失传。单调。②酌:饮也。卮(zhī):盛酒的器皿。酌一卮:饮一杯酒。③"须教"句:须让玉笛吹奏乐曲佐酒。④锦筵:精美之宴席。筵:同"宴"字。⑤"繁红"二句:此二句用了比兴手法,谓开得烂漫的鲜花,但经一夜风雨,已凋零殆尽,只剩空枝了,人亦如此,应及时享乐。

赏析

这首词虽含及时行乐之意,但也有警世之意。首言以声乐佐酒。玉笛吹奏着欢快的乐曲,宾客们频频举杯,酒酣耳热。接写佳肴良宵:精美的筵席,群情激昂,一直畅饮到深夜。"红蜡烛",借指深夜。李煜《玉楼春》词云:"归时休放烛花红,待踏马蹄清夜月。"而全词枢纽为"莫来迟"这一短语。因为"繁红一夜经风雨,是空枝"。"繁红",指花,隐喻人。这里将人生比喻为一场筵席和满树盛开的鲜花。从消极方面讲是有感于人生犹如锦筵繁花,瞬息即逝,须及时行乐,但更有警劝世人莫负良辰美景,应及时奋发、把握美好时光之意。杜秋娘《金缕曲》云:"劝君莫惜金缕衣,劝君惜取少年时。花开堪折直须折,莫待无花空折枝。"相较而言,此词更含蓄。李冰若《栩庄漫记》则云:

"语浅意深而不病其直者,格高故也。"所谓"语浅",一指不用典故,二指词语浅白。"格高"者,正如俞陛云所说:"清景一失,如追亡逋,少年不惜,老大徒悲。谪仙之秉烛夜游,即锦筵红烛意也"(《唐五代两宋词选释》),一语中的。《摘得新》源自教坊曲名,言摘得鲜花,在这里也有及时自振自强之意。

梦江南

其一

兰烬落①,屏上暗红蕉②。闲梦江南梅熟日③,夜船吹笛雨萧萧④,人语驿边桥⑤。

注释

①兰烬(jìn)落:指烛花已经残落。烬:烛灰。兰:膏油中浸兰以取其香气。②"屏上"句:因烛光将灭,故屏风上的美人蕉颜色转暗。红蕉:美人蕉。③梅熟日:江南五月间梅子黄熟时,常阴雨连绵,故称"梅雨"。④萧萧:同"潇潇",拟声词,马叫声或风雨声。⑤"人语"句:人们在驿站、桥边相互倾诉衷肠。

赏析

王国维认为皇甫松《梦江南》二首"情味深长,在乐天、梦得上也"(《檀栾子词》)。细品其味,确实迷离惝恍,情挚动人。词虽写梦境,却反映出对江南的忆念。

起始二句写深夜之景:烛花已经残落,画屏上鲜红的美人蕉,在微弱的烛光下,颜色也已暗淡。这正是入眠的好时刻,但主人公却深夜不眠,回忆江南的往事。接写梦中之境(后三句)。说是"梦",其实是恍恍惚惚中的回忆。一个"闲"字,表明主人公是在寂寥空虚、夜深无眠之时回忆往事。周围烛光趋暗,昏茫一片,主人公日思夜想,仿佛做梦一般。"闲梦"一语，直贯到底。他梦见的却完全是另一种景象——江南船驿桥边送客图。在江南水乡的船驿桥边，夜色沉沉，梅雨绵绵，停靠的船儿将要出发，离别的人儿在船驿桥边款款轻语，互诉衷肠，夜色中回荡着幽幽的笛声。笛声、雨声、人语声交织在一起，为这幅画面增添一层韵味。所有这一切都笼罩在一片烟雨蒙蒙的水气中，令人回忆起来更觉缠绵难舍。这是一个多么难忘的夜晚！两种夜景，现实中的夜如此凄清、冷寂，蕴含着哀怨；而梦中江南的夜，却是那样的欢乐、愉快、醉人。今昔对比，可见主人公对江南故乡的深情。

其二

楼上寝，残月下帘旌①。梦见秣陵惆怅②事，桃花柳絮满江城，双髻③坐吹笙。

注释

①帘旌（jīng）：帘额，即帘上所缀软帘。残月：缺月，以月之不圆喻人之不团圆。残月已落下，夜已深矣。②秣（mò）陵：金陵之别名，今江苏南京市，即后句中的"江城"。惆怅：失意，伤感。③双髻：女子未婚时的发式，此处指代梳着双髻的姑娘。

赏析

这首词也是写梦中追忆江南往事。

开头二句写梦醒后之景：寝息在高高的楼上，一弯残月已向西沉去，照在帘旌上的月光也渐渐暗淡了。这是一幅深夜之景，渲染了一种孤寂、凄清的气氛。后三句写"梦见"之事、之景：在江南的春天，整个秣陵城内桃花似火，娇红艳丽；柳絮如雪，纯白明净。在这清旷高远的背景下，一个梳着双髻的少女，正如痴如醉地坐在桃树下吹笙。画面如此明丽，乐声如此动人，少女如此清纯，一下子抓住了主人公的心，成为他永久的怀念。然而这美好的情景转瞬即逝，而今只能在梦中寻觅，令人伤感，故言"惆怅事"。梦中之景更衬托出梦醒后的孤寂、凄凉，与前面两句写景相映衬。

　　同调两首皆写梦境，回忆江南往事，纯以赋体铺叙。此词以艳写凄，以凄衬艳，凄艳动人而又直接爽快。

韦 庄

韦庄（836—910），字端己，京兆杜陵（今陕西省西安市东南）人。黄巢起义时期，在南方避难，流寓很久。唐昭宗乾宁元年（894）进士及第，任校书郎。王建称帝后，仕蜀，官至宰相。他工诗能词，未第前，写过一首长诗《秦妇吟》，时人称为"秦妇吟秀才"。《花间集》录其词四十八首。

韦庄词与温庭筠齐名，时称"温韦"。温词风格绮艳，韦词则寓浓于淡，多白描，以清丽见长。王国维《人间词话》云："'画屏金鹧鸪'，飞卿语也，其词品似之。'弦上黄莺语'，端己语也，其词品亦似之。"又云："温飞卿之词，句秀也。韦端己之词，骨秀也。"温"秾艳"，韦"清丽"。所谓"画屏金鹧鸪"，即画工也，指刻画工巧。所谓"弦上黄莺语"，即化工也，指刻画形神兼备。他的词语言清丽，多用白描手法写闺情离愁和游乐生活，如《菩萨蛮》五首、《女冠子》二首。特别是《菩萨蛮》五首，继承了白居易、刘禹锡《忆江南》等作品的风格，用浅显的语言，直抒情怀，开冯延巳、李煜词之先河。

浣溪沙①

其三

惆怅梦余②山月斜，孤灯照壁背窗纱③，小楼高阁谢娘家④。暗想玉容何所似⑤？一枝春雪冻梅花⑥，满身香雾簇朝霞⑦。

注释

①浣溪沙：唐教坊曲名，始见于《教坊记》。此调又名《浣溪纱》《小庭花》。有杂言、齐言二体，本词为齐言。双调。②惆怅：失意，伤感。梦余：梦后。③背窗纱：背对窗纱而卧，是梦初醒时的情景。背：背对着，与"向"相反。④谢娘家：以谢秋娘代指自己所爱之人。⑤玉容：女子容貌的美称，或借指美女。此指所思女子。何所似：像什么样。⑥"一枝"句：谓美人如同春雪中的梅花，冰清玉洁，姿容俏丽。⑦簇：聚集一团，簇拥。朝霞：曹植《洛神赋》："远而望之，皎若太阳升朝霞。"

赏析

此词写对所钟情女子的深切怀念。词中佳人似乎是幻化出来的理想形象，并非现实中的某一个人，如有其他寄寓，那就是前人所说的"寄兴深微"了。上片写梦，忆其点滴印象。"惆怅"，因失意而伤感。依词看是因思念而成梦，梦后又惆怅依然。梦醒后，他看到月亮快从西山坠下，迷茫惆怅。夜晚尚能入梦，心灵可得到暂时的安慰；然而又一个白天即将到来，连做梦都困难了，哪能不惆怅？梦中之见、之欢，梦后之失、之忧，又怎能不惆怅？次句写室内之景："孤灯照壁背窗纱"，一盏孤灯映照着墙壁，背对纱窗而卧，默默无言。面对此情此景，主人公不禁神思飞越，忆起"小楼高阁谢娘家"那些温馨的往事来。往日的欢乐温馨虽能给人暂时的安慰，但忆后仍是孤独、寂寞，更增添他的惆怅。"谢娘家",即"玉容"之居所。俞平伯《唐宋词选释》谓:"这句承上'惆怅梦余'来,梦到伊处,醒却不是,只见斜月残灯而已。"

下片写"暗想",想象女子现在的"玉容"。由"暗想"领起,以问句出之,点明"暗想"什么?想"玉容"。想"玉容"什么?想"玉容"的"何所似"。"玉容",既是女子容貌的美称,亦借指美女。此处指所思女子。可见"玉容"无时无刻不留存在他的心中,成为其时时刻刻关心的对象。由此引出一幅绝妙的美人图:"一枝春雪冻梅花,满身香雾簇朝霞。"这里以梅喻人,虽春寒料峭,但她冰清玉洁,冷艳绝伦;盛妆之后,却又光彩晶莹,满身香气;香雾缭绕,仿佛簇拥着灿烂的朝霞。将"玉容"与"梅花"融合,浪漫至极。"一枝春雪冻梅花"是继白居易《长恨歌》"玉容寂寞泪阑干,梨花一枝春带雨"之后,树立的又一种女性美的风范。此后,词人多仿效,将玉人和梅花联系在一起,用以表现佳人的品性冰清玉洁与超尘脱俗,最典型的如姜夔《暗香》词:"算几番照我,梅边吹笛。唤起玉人,不管清寒与攀摘。"词最后不仅写出所思对象的丰姿绰约,而更见其品格超逸,非凡艳可比,与《花间词》中常见的"滴粉搓酥"的美人有天壤之别。前句的"冻"字,给人以静态美,而后句的"簇"字,则给人以流动美,把人物的风采、飘逸之态描绘出来了,给人以嗅其香而见其神的感觉。

其五

夜夜相思更漏残①,伤心明月凭栏干,想君思我锦衾②寒。
咫尺画堂深似海③,忆来④唯把旧书⑤看,几时携手入长安。

注释

①"夜夜"句:每夜相思,直至天明。更漏残:夜已将尽。②锦衾:锦缎缝成的被子。衾:被子。③"咫(zhǐ)尺"句:唐崔郊恋姑之婢,后鬻(yù,卖)与显贵于頔(dí),思慕不已,因寒食偶出相遇,崔于是赠诗云:"侯门一入深似海,从此萧郎是路人。"咫尺:形

容距离很短。④忆来：忆时。⑤旧书：往日的书信。

赏析

此首与前一首《浣溪沙》同是伤别怀人之词，不同的是前者以男子口吻抒写，本词以闺中女子口吻入笔，真切动人，哀感充溢。

上片先言己之相思，直吐衷肠。"夜夜"，是说相思绵绵不尽；"漏残"，含蓄地表现相思难以排解。直率抒写自己夜复一夜，辗转反侧，长夜漫漫，相思到天明。"伤心明月凭栏干"，是对前句的补充：在不眠伤心之时，独自凭栏，望月思远，似乎可以从中得到慰藉。"伤心"是这两句的感情焦点，不眠伤心，凭栏也伤心。自己尚且如此，夫君呢？"想君思我锦衾寒。"我想郎君应也是长夜独宿，因思恋我而通宵无眠，这孤独凄凉之情实在令人难以忍受。诗人不言人寒，而言锦衾寒，这种移情手法，更深刻地揭示出人物所遭受的精神折磨。此句透过一层，转而从对方入笔，想到对方在此刻也思念自己。这种想象，把思妇对情人的充分信任和细致入微的体贴托笔写出，用想象中情人的思恋表现自己的一片柔情。李冰若在《栩庄漫记》中评曰："'想君思我锦衾寒'句，由己推人，代人念己，语弥淡而情弥深矣。"俞平伯也称道："一句叠用两个动词，代对方想到自己，透过一层，曲而能达。句法亦新。"该句深得杜甫《月夜》诗"今夜鄜州月，闺中只独看"之法。

下片三句写闺中女子忆人，一句一层。"咫尺画堂深似海"，故人去而不复返，亦如咫尺天涯。"咫尺"与"深似海"对照成文，极言其情愫难通。看来，他们不能相见，有一种难言的隐衷。音信、问候难达，唯有看看旧日书信，从中寻求安慰。《汤显祖批评花间集·卷一》云："'想君'、'忆来'二句，皆意中意，言外言也。水中着盐，甘苦自知。"明知相见已无缘，但她仍存一线希望："几时携手入长安？"虽然不可期盼，但誓约永存，两情不忘。婉曲痴情，凄凉透骨。

语淡而意蕴深远，余味无穷。如郑文焯所评："善为淡语，气古使然。"（李冰若《花间集评注》引）

菩萨蛮

其一

红楼别夜堪惆怅①,香灯半掩流苏帐②。残月出门时,美人和泪辞。③

琵琶金翠羽④,弦上黄莺语⑤。劝我早归家,绿窗人似花。⑥

注释

①红楼:指豪门富家的楼阁。别夜:离别之夜。堪:忍受,能支持。惆怅:失意,伤感。②"香灯"句:香灯照着半卷的流苏帐,人将离去。流苏帐:带有穗状装饰物的帷帐。流苏:用彩线做成的穗子。下垂曰"苏"。③"残月"二句:谓天晓月将落之时,美人在我即将离别时,含泪作告别之辞。④金翠羽:琵琶上绘有金翠色鸟形的装饰。又解:金翠羽本指美人的金钗,作为弹拨琵琶的工具,或指代歌女。⑤黄莺语:琵琶之音如黄莺鸣叫一般。⑥"劝我"二句:美人劝我早些归家,家中绿窗之内有如花似月的美人。此二句应上片"美人和泪辞"之句。

赏析

韦庄《菩萨蛮》五首,是同时所作的一组联章词,内容连贯,彼此相通。本词追忆当年离家之情,夫妻洒泪而别,妻子"琵琶弦上说相思"(晏几道《临江仙》)的情景及其相劝慰的话语,情境俱现,颇为动人。

上片突出清晓临别。起句明言因"别"而"惆怅",且用"红楼""夜"点明地点、时间。次句是"红楼"内的景物描写:饰有彩线穗子的帷帐,只是卷起那么一半,点着一盏香料制油的明灯,显得那么幽暗。本是让人恋恋不舍的"红楼",温馨醉人的"香灯""流苏帐",此时全都反衬出离别的惆怅，真是千回百转。香灯未熄，流苏帐半卷，含蓄地表现出两人彻夜未眠的情景。俞平伯《读词偶得》评道："'香灯'句境界极妙。"其"妙"在于既见室内凄寂气氛，亦暗示出红楼中人之惆怅，情景融谐，浅白如话，却又蕴藉含蓄。接着描述离别的瞬间："残月出门时，美人和泪辞。""残月"，见出门时间之早。不直叙我辞，而从"美人"角度立言，化直为曲，更见美人的多情。正当残月斜挂西天之时，她带着欲留不能、欲别不忍的无可奈何的心情，依依不舍地含泪与我告别，别语情绵，体现了双方感情的温柔融洽。感情愈深，分别则愈让人魂销肠断。

下片承上补叙，先写美人临别时所赠琵琶曲：琵琶上嵌金点翠，是如此华美；美人弹出的乐曲犹如黄莺娇语，婉转至极。"金翠羽"，极写"琵琶"之华美，为映衬下句"弦上黄莺语"。物美，曲调美，人更美。接着写美人别时叮咛："劝我早归家，绿窗人似花。"此二句呼应上片"美人和泪辞"之句。"早归"既是我的"初衷"，亦是美人的期望。为什么"劝我"？因为"早归"家中，"绿窗"之内还有"似花"之人。"似花"之人，即是"和泪辞"之美人。临别之时，她千叮万嘱要他早日归家，既不要辜负美人如花的容颜，也不要辜负美好的青春。"绿窗"与上片"红楼""香灯"呼应，使上下片连成一气。

唐圭璋在《唐宋词简释》中评述："前事历历，思之惨痛，而欲归之心，亦愈迫切。韦词清秀绝伦，与温词之浓艳者不同，然各极其妙。"

其二

人人尽说江南好，游人只合①江南老。春水碧于天②，画船听雨眠。垆边人似月，皓腕凝霜雪。③未老莫还乡，还乡须断肠。

注释

①只合：只应该。②碧于天：比蓝天更澄碧。③"垆边"二句：酒垆边的女子像月亮那样明媚可爱，双腕明净洁白如雪。垆：古时酒店

用土砌成安放酒瓮的地方。这里暗用卓文君当垆卖酒的典故。《史记·司马相如列传》:"买一酒舍沽酒,而令(卓)文君当垆。"皓腕:洁白的手腕。

赏析

此词承上词写别后忆乡。词中描绘江南水乡风景如画、美人如玉的景象,表现出对江南水乡的热爱之情,也委婉传达出对故乡战乱频仍、自己难以还乡的伤感之意。

开头就点明主题:"人人尽说江南好,游人只合江南老。"白居易就曾写过脍炙人口的《忆江南》,起句就是"江南好"。《忆江南》词调因此又名《江南好》,所以江南好"人人尽说",是众口一词。"游人"虽是泛指,但也是由词人当时客游江南的身份而发,同时还为词末的"莫还乡"做铺垫。游人缘何甘愿老于"江南"呢?一因景色之佳:"春水碧于天,画船听雨眠。"作者抓住江南水乡的特点,写得极富诗情画意。那润如玉、绿如蓝、碧于天的春水,水面开阔、明净,倒映着蓝天白云,多么富有诗意。画有各种图案的游船,安稳地躺在其中,听着春雨声声入梦。这是多么怡人性情,又是多么闲适,富有浪漫色彩。

游人甘愿老于"江南",还因其人情之美:"垆边人似月,皓腕凝霜雪。"这两句用汉代司马相如之妻(卓文君)当垆卖酒的典故。酒家女明媚如皎洁的月儿,明丽照人,但不妖艳。这句是总写,下句是特写。酒家女盛酒时用手,所以特写"皓腕"。酒家女子的双腕明净洁白如霜雪凝成,其端庄明丽之美自现。游人要添兴,不能不入酒家;而那个时代的诗酒风流生活,也少不了美貌女子的助兴。上片三、四句,写水乡风光,美景如画,游人流连欣赏,产生不愿离去的依恋之情。这两句,写江南之人明眸皓腕,让人恋慕,同时又能触动游人思乡之情。最后顺势而下,照应"游人只合江南老"并作结:"未老莫还乡,还乡须断肠。""莫还乡",指江南风光、人物令人流连。"未老",指游人正当风华之年。客居他乡,即使心旷神怡,也总会因不能回归故里而愁肠百结,亦如李白的"锦城虽云乐,不如早还家"(《蜀道难》)。"未老"而"莫还乡";反之,老则须还乡。却又云"还乡须断肠",为什么?暗示当时中原战乱频仍,有家而归不得,故柔肠寸断(断肠)。无限悲凉情怀隐于字里行间。

此词咏江南美景发思乡之情,仍体现"意婉语淡"的特色。陈廷焯《云韶集》云:"一幅春江图画。意中是思乡,笔下却说江南风景好,真正泪溢中肠,无人省得。结言风尘辛苦,不到暮年,不得回乡,预知他日还乡必断肠也,与第二语口气合。"

其三

如今却忆①江南乐,当时年少春衫②薄。骑马倚斜桥,满楼红袖招③。

翠屏金屈曲④,醉入花丛⑤宿。此度见花枝,白头誓不归。⑥

注释

①却忆:反而想。却:反而,倒。②当时:当其时,指事情发生的时候。年少:作者自谓。春衫:指春季所穿的轻薄衣服。③"满楼"句:满楼浓妆艳抹的妓女招呼邀请客人。红袖:此指妓女。④"翠屏"句:翠绿色的屏风曲折安放。状宿妓之所的华丽。金屈曲:指屏风上可折叠的环钮。又解,指屏风折叠时反射着金光。⑤花丛:喻歌楼妓馆。⑥"此度"二句:谓此次能再去江南冶游,那就再也不回家乡了。承上做立誓语。此度:此次,这回。花枝:喻美女,指所钟爱的女子。白头:犹白发,形容年老。

赏析

这首词追忆当年在江南纵情冶游之乐,并发誓说,如能再去江南冶游,那就再也不回来了。语实决绝,而意却凄楚。

起句"如今却忆江南乐",承前词"江南好"。"如今""却(反而)忆"都表明现今已不在江南,当年江南冶游,已经成为今日追忆之乐。接下几句皆写江南之乐。"当时年少春衫薄","当时"总领以下几句。那时正值青春年少,身着轻薄的绸衫,被柔和的春风掀起,这是何等的惬意!"骑马倚斜桥,满楼红袖招","年少""衫薄"之时,又骑上马,已见其风度翩翩,英姿飒爽。同时还驻足石拱桥上,东瞧瞧西望望,寻求冶游之艳物,这又是何等的风流。年少,英俊,多情,所以"满楼"的艳妓都挥舞着红袖,纷纷招呼着自己。白居易《井底引银瓶》诗云:"妾弄青梅凭短墙,君骑白马傍垂杨。墙头马上遥相顾,一见知君即断肠。"由此可知,红袖相招有目成心许之情。

下片前两句,仍在"当时"总领之下,继写江南之乐。"翠屏金屈曲,醉入花丛宿",以"翠"饰"屏",以"金"饰"屈曲",举此两件,说明歌楼妓馆室内陈设之华丽,人物的美艳即可想见了。同时,此句也写出歌楼妓馆的住屋,因屏风的曲折回旋而掩映幽深。每当酒酣耳热之际,到此眠花卧柳,将当年江南之乐事推向高潮。结二句的"此度"与"如今"相应,因回忆而产生悬想:这次到来,如能遇到中意的美人,就是白发至死也不回归了。此层意思衬托出"当时"的轻别,颇有后悔之意。

全词写"当时"江南之乐,而见今之苦;而今日之苦,更为反衬"当时"之乐。感情大幅度跨越穿插,使此词更具感染力。

其四

劝君今夜须沉醉①,樽前莫话明朝事②。珍重主人③心,酒深情亦深。

须愁春漏短④,莫诉⑤金杯满。遇酒且呵呵⑥,人生能几何⑦!

注释

①沉醉:大醉。②"樽前"句:谓今日有酒只管饮,不要谈明天之事。细味此语,当指国事。樽前:酒席前。樽(zūn):古代盛酒器具,酒杯。③珍重:珍爱,尊重。主人:厚待游子的异乡人。非作者自谓。④春漏短:犹云春夜短。⑤莫诉:不要推辞。诉:辞酒曰诉。⑥呵

呵：笑声。这里指得过且过，勉强作乐。⑦几何：多少（年）。

赏析

此词写词人借酒浇愁，表面上抒发放纵、旷达的情绪，其实更深刻地表现了一种强自作乐、无可奈何的痛苦。

"醉"字承前词"醉入花丛宿"而来。"醉"一定要"沉"，要大醉；还要在今夜，明天、明夜都不行，可见愁之久、之深，只能以今夜之"沉醉"来摆脱了。这正是忆江南乐之后的一种无可奈何的表现。"樽前莫话明朝事"，紧承上句，大有"今朝有酒今朝醉"之意。"明朝事"，正包含上词所说"此度见花枝，白头誓不归"，这是一种无法实现的幻想，因此没有必要再提。何况即使席前大醉，也无法浇去心中深愁。"珍重主人心，酒深情亦深"：不能归家的游子面对异地的主人（"花丛"之主人）之盛情是难以辞却的，但愿能在主人的一片深情和浓厚的酒香中忘掉一切忧愁。这既令人感动，也给人慰藉。这二句以风流蕴藉之笔调，写沉郁潦倒之心情，别具风情。

下片仍沿前意。"须愁春漏短"，春宵苦短，不能长饮不散，为什么要推辞金杯太满呢？陆游《蝶恋花》云："鹦鹉杯深君莫诉，他时相遇知何处。"也是劝人畅饮。前六句，两用"须""莫"，以重叠反复的口吻，似见嗜酒之深而实则是"酒入愁肠，化作相思泪"，乃迫不得已，强作挣扎，表现出一筹莫展的心绪，故结尾云："遇酒且呵呵，人生能几何！"更将无可奈何之情写得极其传神。"呵呵"二字是全篇神形兼备之笔，酒不但不能浇愁，反而添愁，一阵空虚无奈的强颜欢笑，表达了十分沉重的心情。"人生能几何"，是对以前"年少""白头"等一笔勾销的慨叹。它与"樽前莫话明朝事"相呼应，抒发了"对酒当歌，人生几何？譬如朝露，去日苦多"（曹操《短歌行》）的感慨。

《古诗十九首·青青陵上柏》："人生天地间，忽如远行客。斗酒相娱乐，聊厚不为薄。驱车策驽马，游戏宛与洛。"又一首亦云："浩浩阴阳移，年命如朝露。人生忽如寄，寿无金石固。……不如饮美酒，被服纨与素。"（《古诗十九首·驱车上东门》）诗中所写都是汉末士大夫在黑暗混乱的社会现实中所反映出来的人生如寄、及时行乐的人生观。韦庄身处唐末，其处境与汉末士人有相似之处。他屡试不第，直到五十九岁才中进士。此前，他曾从长安、洛阳辗转南下，浪迹于浙、赣、湘、鄂一带，时难年荒又兼怀才不遇，使他陷入苦闷与失望之中，这首词所写大概就是这种心情吧。不过与《古诗十九首·青青陵上柏》比较，本词以轻松调侃的口吻表达了低沉的情绪，其中又隐示着眷恋故乡、无可奈何的复杂心情。

其五

洛阳①城里春光好，洛阳才子他乡老②。柳暗魏王堤③，此时心转迷④。

桃花春水绿⑤，水上鸳鸯浴。凝恨对残晖⑥，忆君君不知。

注释

①洛阳：古称东都，今河南洛阳境内。②洛阳才子：潘岳《西征赋》云："贾谊洛阳之才子。"此处借贾谊自指。韦庄四十六岁时离开长安到洛阳，次年因避战乱而客居江南，近六十岁才回到长安、洛阳一带，故云"他乡老"。③魏王堤：即魏王池，洛阳游览胜地之一。唐代洛水流入洛阳城内，过皇城端门，经尚善、旌善二坊之北，南溢为池。贞观中以赐魏王泰，故名。④心转迷：心更迷。⑤桃花春水：《礼记·月令》："仲春之月，始雨水，桃始华（花）。"韩婴《诗传》："三月桃花水。"此处是写景，亦可能真有桃花水。绿：一作"渌"。⑥凝恨：凝聚着恨或积恨深也，即恨之不已。残晖：落日的余光。

赏析

韦庄因战乱离开长安，在洛阳逗留约一年。他在洛阳时写长诗《秦妇吟》，流行于世，当时人称为"秦妇吟秀才"，故以贾谊自比。他对洛阳有很深的感情，故有这首追忆之作。

起二句对比，充分表现了自己思想上的矛盾和内心的苦闷。洛阳的春天，风光无限美好，是那样的令人陶醉，而自己也因善于吟诗而被称为"洛阳才子"，但往事如梦，当时的才子，如今却漂泊异乡，老于他乡。本应在故乡洛阳悠游岁月，但他却要浪迹江湖，甚至发誓"白头誓不归"，这就流露出时移世易、家破国亡之痛。连用两个"洛阳"，又自称"洛阳才子"，可见其对洛阳眷恋之深。接下来一句"柳暗魏王堤"，应首句"春光好"。白居易《魏王堤》诗中的"何处未春先有思，柳条无力魏王堤"，为此句所本。魏王堤是洛阳游览胜地之一。闲步堤上，但见碧波荡漾，垂柳轻拂，依依难舍。这是回忆，是对故国往事的向往和留恋。韦庄有《中渡晚眺》诗云："魏王堤畔草如烟，有客伤时独扣舷。"正是这种心情的流露。"此时心转迷"呼应二句"他乡老"，进一步表现他内心的矛盾和苦闷。"迷"者，一是春光缭乱，使人眼迷：到底是洛阳的春光好，还是江南的春光好？二是春意浓郁，使人心迷：到底是洛阳的"绿窗人似花"使我"早还家"呢，还是江南的"垆边人似月"使我"誓不归"呢？如此的眼迷、心迷，自然引得人更加心烦意乱，故"迷"字下得极灵动。

下片承上，仍写"洛阳春光"。"桃花春水绿，水上鸳鸯浴"，写环境：一到春天，洛阳到处是嫣红的桃花，魏王池中之水清澈见底，但见鸳鸯双双，正在浴水相戏。这景色，是当时两人并肩闲眺时所见，也曾由此激起多少美好的幻想。"凝恨对残晖，忆君君不知"两句，是作者的想象。恐怕伊人此时正含恨发痴：面对着斜晖脉脉，盼而不见，望而不来；我深忆着你，你却不知。写伊人满怀相思之意，而以自问的方式出之，使句意多一层转折，情致更加缠绵动人。

韦庄之词舒缓、沉郁、曲折。词作往往可多解，既可解作男女之情，亦可认为寄寓着故国之思，本词即如此。但不论它有无寄寓，都体现了"似直而纡，似达而郁"的特点。

归国遥①

其二

金翡翠②,为我南飞传我意。罨画③桥边春水,几年花下醉④?
别后只知相愧⑤,泪珠难远寄。罗幕绣帷鸳被⑥,旧欢如梦里。

注释

①归国遥:唐教坊曲名,始见于《教坊记》。双调。《词题标源》以为许穆夫人归国唁兄,采以名曲。与《归自遥》不同。《词律》误为一调,《词谱》已分别。②金翡翠:即翡翠鸟。此指青鸟。神话中青鸟是西王母传递书信的使者,后来称传递信息的使者为"青鸟"。③罨(yǎn)画:杂色画。④"几年"句:几年里赏花饮酒,双双陶醉。⑤相愧:言徒有深情而无力眷护,乃至被迫分离,自己很是惭愧。"相",这里偏重于己方,有自我惭愧之意。⑥鸳被:绣有鸳鸯图案的锦被。《古诗十九首·客从远方来》:"文彩双鸳鸯,裁为合欢被。"

赏析

这是一首回忆旧欢之词。也有人认为是"留蜀后思君之辞",寓"惓惓故国之思",可备一说。

上片是委托南飞的青鸟代陈旧日的欢情。"金翡翠,为我南飞传我意",词一开始,就用青鸟传书的神话故事,给画面涂上神秘的色彩,引发读者悠然神往之情。在古诗中,这一浪漫典故往往能表达深婉的意蕴,如李商隐《无题》:"蓬山此去无多路,青鸟殷勤为探看。"接着就是"我"叮嘱的话:"罨画桥边春水,几年花下醉?"那风景如画的桥边,色彩斑斓,面对着盈盈的春水、烂漫的春花,曾经陶醉在那媚人的景色中,沉醉在那幸福的欢聚里。一"醉"字,点活两句,极其传神。这是以往昔之乐来表达今日思念之苦。以昔衬今,以乐衬苦,不言悲而哀婉无限。这就是言外之意的效果。

下片仍倾吐相忆之苦、相思之深。"别后只知相愧",此句承上而总领下面三句。言"愧"者,想当年相亲相伴,誓不分离;愧今日劳燕分飞,各自东西;想当年桥畔寻春,花下买醉;愧别后青鸟无凭,音信未通。然后坦白胸襟,向对方陈述真挚的感情:一则表明自己的心迹,既不是薄情,更不是负心,而是珠泪盈眶,难以寄远。一想到旧日欢情,就感到内疚和惭愧。李冰若《栩庄漫记》评曰:"五代词有语极朴拙而情致极深者,如韦庄'别后只知相愧,泪珠难远寄'是也。"二则倾诉自己的生活:"罗幕""绣帷""鸳被"是曾经双栖双宿的地方,而今绣帷依旧,鸳被犹在,伊人秋水,各在一方。睹物思人,旧日欢乐恍惚如梦,新愁不知如何排解。

王国维在《浣花词跋》中评道:"端己(韦庄字)词情深语秀,虽规模不及后主(李煜)、正中(冯延巳字),要在飞卿(温庭筠字)之上。"王氏所说"飞卿之上",是指韦庄能摈绝浮艳虚华的辞藻,采用白描的手法,以直率坦白的语言,写热烈真挚的感情,此词即是。

其三

春欲晚,戏蝶游蜂花烂熳①。日落谢家池馆②,柳丝金缕断③。
睡觉绿鬟风乱,画屏云雨散。④闲倚博山⑤长叹,泪流沾皓腕。

注释

①烂熳:同"烂漫"。此句谓暮春时,百花盛开,色彩鲜明,蜂忙蝶舞。②谢家池馆:即谢秋娘家之意。这里指妓馆或美妾家。③金缕断:折断柳枝以赠别人。金缕:春天柳条为嫩黄色,故云。④"睡觉"二句:睡觉:睡醒。绿鬟:古时常用"云"或"绿"形容妇女之发,鬟称"云鬟"或"绿鬟",髻称"云髻"或"绿髻"。风乱:纷乱,即被风吹乱。云雨:宋玉《高唐赋序》云:"妾在巫山之阳,高丘之阻,旦为朝云,暮为行雨。朝朝暮暮,阳台之下。"后人常用"云雨"来表示男女欢合。有时也用"高唐""巫山""阳台"等词表示这一意思。

画屏（绘有图案的屏风）云雨散：指在画屏掩蔽下，男女欢情已经消散。⑤博山：一种香炉名。宋吕大防《考古图》："博山香炉者，炉像海中博山，下盘贮（zhù）汤，润气蒸香，像海之四环，故名之。"古人以沉水香和博山炉的关系隐喻男女欢合之事。《花间集》中，"博山"一词共出现五次，皆指香炉。

赏析

这首词描写一位闺妇在暮春时赏玩春光，怜春惜时，向往美好的爱情生活，故而惆怅伤感。

词上片写离别。"春欲晚"（暮春），是离别的时间，"戏蝶"句是对"春欲晚"的具体描绘：暮春时节，百花盛开，色彩鲜艳，粉蝶翩翩，蜂忙声喧，一片烂漫景色。此以良辰美景反衬离别的哀愁。"日落谢家池馆"，是离别的地点和时刻。"谢家池馆"，是他们当初欢会温馨之所，此时却成为销魂离别之地，而且别后将是"日落"后的漫漫长夜，景中含情。"断"，即折柳赠别，表依依不舍之情。"日落"二句谓落日斜照着庭院，折下那一枝枝如金缕般的柳条，记下我们缠绵的离情别怨。

下片写别后，写梦醒伤情。如云的环形发髻，像被风吹得纷乱一般，写初醒之状。"画屏云雨散"是梦中情境，在绘有彩色图画的屏风掩蔽之下，男女云飞雨散，言男女欢情已逝。"闲倚"二句，述离情之苦。倚博山而长叹，正寓有欢合不再，即上句的"云雨散"之意。叹是"长叹"，足见哀婉之久、之深。不仅"长叹"，而且"泪流沾皓腕"。"泪"是"流"，不是"滴"，足见其流泪之多；"泪流"不是沾衣，而是沾"皓腕"，指闺妇欲拭泪以止悲而不能，尽显其无可奈何之状。《汤显祖批评花间集·卷一》只以"好光景"评本词，似指忆及梦中男女欢情之事，只是写来颇隐晦，其特点是"似直而纡"的。

应天长①

其一

绿槐阴里黄莺语,深院无人春昼午②。画帘垂,金凤舞③,寂寞绣屏香一炷④。

碧天云⑤,无定处,空有梦魂来去⑥。夜夜绿窗⑦风雨,断肠君信否⑧?

注释

①应天长:词牌名,创始无考。此调有小令、慢词。小令始于韦庄,又名《应天长令》;慢词始于柳永,别名《应天长慢》。②春昼午:春日正午。③金凤舞:指画帘上绘的金凤凰,经风吹动,宛如起舞。④绣屏:锦绣制成的屏风。香一炷:指一枝点着的香。炷:量词。⑤碧天:青天,蓝色的天空。云:此比喻所怀念的人。⑥"空有"句:谓人未归来,只在梦境中见到郎君归来,所以用"空有"。⑦绿窗:华丽的窗户。⑧断肠:形容极度悲痛。信:相信,这里有"君能否理解和体贴我"的意思。否:表示疑问。

赏析

这首词写深院中的一位贵妇人在春季美景中空虚无聊的情态,委婉地表达相思之情。

上片以冷热相间、动静交错的画面,写女主人公百无聊赖的寂寞情怀。绿槐成荫,黄莺娇啼,这是"热",是"春意闹"的景色。深院无人,春昼日午,这是"冷",是"春情薄"的表现。美好的春景,竟无人欣赏,情不可谓不薄。接着由室外转入室内:画帘低垂,绣屏寂寞,是以客观景物之静,烘托女主人公思潮的起伏。金凤起舞,兰香缭绕,是以客观景物之动,反衬女主人公的寂寞孤独。词人在这里没有直接写人的活动,而此中有人,已呼之欲出。画帘绣屏之内,燃着兰香一炷,暗示深院内有人。词人在这里没有直言相思之情,字里行间无不透出离情别意。闻莺语而怀春,见凤凰而兴感,此乃人之常情。于无画处而见画,于无声处而见声,意在言外,更觉风流。

下片以云之无定,喻人之无定,进一步抒发旧欢难觅、新愁难遣的情怀。"碧天云,无定处",言无心之云,尚且凝聚在一起;而有情之人,反而分飞两地。更何况所思之人萍踪无定,即使是"梦魂来去",只因人在异地,故生"空有"之慨叹。"夜夜"承"昼午",表明女主人公由白天之寂寞惆怅,到夜晚之辗转反侧,都沉浸在相思相忆的愁苦中。"绿窗"与"画帘"相关,"风雨"与"凤舞"相应,愁苦之人观物,物皆着愁苦之色,更何况风雨之夜,那一声声、一滴滴的自然声响,吹得人心乱,滴得人心碎,艺术地把女主人公凄凉孤独的心境再现了出来。更使人难堪的是相思人断肠,而被相思之人,却往往不信。"断肠君信否?"既倾吐了相思的真情,又委婉地表达了"信而见疑"的内心痛苦。

上片写景,景中见情;下片抒情,情中有景。情景交融,深入浅出,意婉语淡,正是韦词的高妙之处。

荷叶杯

其一

绝代佳人①难得,倾国②,花下见无期。一双愁黛远山眉③,不忍更思惟④。

闲掩翠屏金凤⑤,残梦,罗幕画堂⑥空。碧天无路信难通,惆怅旧房栊。⑦

注释

①绝代佳人:当代独一无二的美人。这里指当年"花下"相见的

女子。②倾国：形容女子容貌绝美，使国人为之倾倒。《汉书·外戚列传》："（李）延年侍上，起舞歌曰：'北方有佳人，绝世而独立，一顾倾人城，再顾倾人国。宁不知倾城与倾国，佳人难再得。'"③愁黛：带愁绪的黛色眉毛。远山眉：形容女子眉毛娟秀。《西京杂记》卷二云："文君姣好，眉色如望远山。"④思惟：思念，或相思。⑤翠屏金凤：翠绿色的屏风上绣有金黄色凤凰的图形。⑥画堂：绘有图画的堂屋。⑦"碧天"二句：碧天：本指蓝天、青天，此指朝廷，或喻相距遥远实际是咫尺天涯。有人认为，因韦庄宠姬被蜀帝王建所夺，故有此句。惆怅：失意，伤感。房栊：房子里的窗户。栊：窗户。

赏析

这是一首怀人之作，所思者是一位倾国的绝代佳人，但无由相见，只能徒自惆怅。

起句写佳人有倾城倾国之貌，举世无双，但倩影难见。接曰："花下见无期。"虽曾有花下之约，如今却再也不能相见了。如见有期，尚可期盼，而今却是"见无期"，绝无希望。伤痛之情，溢于言表。于是心驰神往，她那一双黛色的远山眉，是那么的娟秀，却布满愁绪。至此，吐出痛彻肺腑之言："不忍更思惟。"不是不想，而是想后十分伤心，反倒觉得不该去想。想，是感情使然；现实是"见无期"，想也无用，不如不想，实属无可奈何。亦如陈廷焯所言："'不忍更思惟'五字，凄然欲绝。姬独何人，能不肠断乎！"（《云韶集》）

下片写梦醒后的惆怅。"闲掩"紧承上片，写因思念而成梦，梦醒堂空。"闲掩"，并非悠闲而掩，而是万般无聊。他百无聊赖，先是掩上绣有金黄色凤凰图案的翠绿色屏风，所思的女子曾在梦中出现。但醒来之后，罗幕静静地垂着，画堂空寂，气氛压抑沉重。凤凰的双飞双宿，衬托出自己形单影只、孤枕难眠。梦中相见的欢乐与梦醒后的空寂对照，能不凄楚、惆怅？"碧天无路信难通"：想通音信，朝廷高高在上，虽近在咫尺，却难于上青天。这样，自然是"空相忆，无计得传消息"（韦庄《谒金门》）了，怎不令人惆怅？"房栊"（房子里的窗户）依旧，伊人已去，物是人非，空屋独守，更让人惆怅。

作者虽未着意设色，语淡情浓。许昂霄《词综偶评》云："《荷叶杯》二阕，语淡而悲，不堪多读。"不少人认为韦庄因宠姬被蜀帝王建所夺，而写下这两首追念旧欢之作。蒋一葵《尧山堂外纪》："韦端己思旧姬，作《荷叶杯》《小重山》词。流入禁掖（宫里），姬闻之，不食死。"

其二

记得那年花下，深夜，初识谢娘①时。水堂②西面画帘垂，携手暗相期③。

惆怅晓莺残月④，相别，从此隔音尘⑤。如今俱是异乡人，相见更无因⑥。

注释

①谢娘：谢秋娘，见前温庭筠《更漏子》（柳丝长）注⑤。②水堂：临近水池的堂屋。③相期：相约。李白《月下独酌》："永结无情游，相期邈云汉。"④晓莺残月：谓分别时正值拂晓。⑤隔音尘：即音信断绝。音尘：消息，音信。⑥因：缘由，此指机会。

赏析

这首词也是怀念宠姬之作。

先回忆初识的欢乐情景。"记得"总领上片，说明这一段情是难以忘怀的，同时把镜头推向昔时。主人公在夜深花下初识美姬，以旧欢如梦来衬托新愁难遣，增强了词的艺术感染力。接着以更加细腻、具体的形象（"水堂西面画帘垂，携手暗相期"），再现了他们手牵着手，在画帘低垂的临近水池的堂屋西侧，低语切切、海誓山盟、相约白头的生活片段。相识时的欢乐与缠绵，都在这平直的语言中得以充分体现。过去的欢乐写得越热烈，今日的心情就显得越凄凉。不言悲而悲转浓，不言愁而愁亦深，收到了以乐景写哀、一倍增其哀的艺术效果。况周颐

《历代词人考略》卷五云"运密入疏,寓浓于淡",中肯之评。

下片写相别及别后思念,即写眼前离恨。"惆怅",领起下片。莺刚啼晓,月已西残,突出相别时的凄清景色,也点明相别的时间(拂晓)。这景色与"初识谢娘时"的花下私语、帘内携手,形成鲜明的对照,因而能更好地表现出无限的"惆怅"。李冰若称誉"'惆怅晓莺残月,相别'足以抵柳屯田'杨柳岸,晓风残月'一阕"(《栩庄漫记》),认为韦词"晓莺残月"意味更为深厚。"相别,从此隔音尘",抒发别后的郁积情感。难相见,易相别,已难以忍受,更何况是"隔音尘",相见再无期呢?只此二句,便把主人公的一腔愁怨、万种离愁,淋漓尽致地抒发了出来。结尾二句是感情的进一步升华。在故乡告别,居者和行者尚有重见的机会,如今皆在异乡,音信已断绝,所以更没有相见的机会了。携手帘内、密约幽期的往事,只能是美好的回忆,在现实生活中是不可能再现了。

"晓莺"承"花下","残月"承"深夜","相见更无因"承"携手暗相期",句句有着落,层层有照应,联系紧密,脉络分明。

清平乐

其二

野花芳草,寂寞关山道①。柳吐金丝②莺语早,惆怅香闺暗老③。罗带悔结同心④,独凭朱栏思深。梦觉半床斜月,小窗风触鸣琴。⑤

注释

①关山:关隘山岭。关山道:指路途艰险。②柳吐金丝:新长出的柳条为嫩黄色,故言。③香闺:女子所居内室,也指代思妇。暗老:暗自衰老。此句意为因时光流逝,不知不觉人已衰老。④结同心:即同心结,用锦带打成的连环回文样式的结,用作男女爱情的象征。⑤"梦觉"二句:"梦觉"句:梦醒后看到西坠之月,月影洒半床。梦觉:梦

醒。"小窗"句：言风吹小窗，发出如琴般的声音。风触鸣琴：风触动琴而发出鸣声。鸣，使动用法。

赏析

这首词写一位思妇因怀念远人而春愁满怀。亦有人认为寓有"身仕霸朝，欲退不可"（俞陛云《唐五代两宋词选释》）的思唐之苦闷。

词首二句写思妇的想象：暮春时节，远行之人在关山道上寂寞跋涉，唯有野花芳草相伴。接言思妇自身：嫩柳又吐出金黄的细丝，黄莺早已开始婉转歌唱，但"惆怅香闺暗老"，自己的青春也随着柳绿莺啼日渐衰老，流露出华年自惜之情。思人念己，无不令人感伤，因此在"独凭朱栏思深"时，发出"罗带悔结同心"的感叹。写暮春之景，以时暮衬托出"香闺暗老"，何况关山道上，消息全无，使人惆怅，憔悴苍老，怎能不"悔结同心"？结尾写"思深"而成梦，梦后而伤情。但略去梦境，直写梦后："梦觉半床斜月，小窗风触鸣琴。""梦觉"，梦醒。苏轼《永遇乐》词："古今如梦，何曾梦觉，但有旧欢新怨。"亦点出梦醒原因，即"但有旧欢新怨"。本词结尾二句从字面看，是说梦醒后看到一弯斜月，光洒床头；风吹小窗，发出琴音。"半床斜月""风触鸣琴"，这是一幅有寓意的图画，有声有色，耐人寻味。思妇梦醒后唯有斜月相伴，形单影只，空闺独守；相思情深，难以入眠，故可以听到风吹窗户的声音，表现出她内心的寂寞。一个远行寂寞，一个空闺寂寞；一出自想象，一发自内心，其苦况难以言表。

这首词的结构比较特殊，写了两层意思。第一层写思妇凭栏思深（上片直到下片头两句），第二层是由思而成梦，梦后而伤情。俞陛云《唐五代两宋词选释》："其言悔结同心，倚阑深思者，身仕霸朝，欲退不可，徒费深思，迨梦觉而风琴触绪，斜月在窗，写来悲楚欲绝。"结尾如果直述单栖况味，便无此情韵了。可备一说。

其四

莺啼残月，绣阁香灯灭。门外马嘶郎欲别，正是落花时节。①

妆成不画蛾眉②,含愁独倚金扉③。去路香尘莫扫,扫即郎去归迟。④

注释

①"门外"二句:"门外"句:与前温庭筠《菩萨蛮》(玉楼明月长相忆)"门外草萋萋,送君闻马嘶"意同。落花时节:指暮春。②"妆成"句:妆成而不画眉,忧伤之故。③金扉:金饰之门,极言居处华丽。扉:门。④"去路"二句:在郎离去的路上,不要扫掉他留下的香尘,扫掉了,他可能迟迟不归。香尘莫扫:吴越风俗,凡家中有人出门,出门之日忌扫除门户,不然行人将无归期。香尘:本指女子行走而扬起之灰尘,此借指男子行走而扬起之尘。

赏析

这首词既写惜别情深,又写别后愁思。

上片写送别时的情景。晓莺惊啼,残月斜挂西天;绣阁里,香灯已熄灭。"残月""灯灭",写夜之寂静又暗示天之欲曙。"莺啼","啼时惊妾梦",点明主人公通宵未眠。天将黎明,离别在即,即使彻夜不眠,也难尽情话绵绵,难托依依不舍之情。不忍别,但又非别不可。门外马声嘶嘶,郎君将要离别;偏又赶上百花凋零时节。闻"马嘶"而"伤如之何",其心不亦寒乎!"落花时节",点明暮春相别。更何况相别时,又见落花满地,春归可复,花颜难再,惜春自怜之意跃然纸上。《汤显祖批评花间集·卷一》云:"'门外'二句,情与时会,倍觉其惨。""莺啼""残月""马嘶""落花",这些景物都是冷色调的。写景即是抒情,而这些景物都饱含无奈失落之情,构成了凄婉的意境。

下片写主人公送别后的无限愁思。晓妆已成,却懒画蛾眉。如今郎君已去,妆成为谁?人去楼空,只能"独倚金扉",哪能不满目含愁?刚刚才送别,主人公却说:"去路香尘莫扫,扫即郎去归迟。"不扫香尘,既是一种祝愿,愿郎君早日归来团聚;又是一种心理慰藉,看着郎君离去时扬起的尘土还在,似觉得他时刻就会突然出现。不扫香尘是一种习俗，李白《长干行》诗："门前旧行迹，一一生绿苔。苔深不可扫，落叶秋风早。"韦庄以民俗入词，明白易懂，意蕴含蓄。

上片写黎明，写落花，写别离；下片写白天，写香尘，写盼归。编织细密，颇具匠心。

谒金门[①]

其一

春漏促[②]，金烬暗挑残烛[③]。一夜帘前风撼竹，梦魂相断续。

有个娇娆[④]如玉，夜夜绣屏[⑤]孤宿。闲抱琵琶寻旧曲[⑥]，远山眉黛绿[⑦]。

注释

①《谒金门》：唐教坊曲名，始见于《教坊记》。《词谱》共收四体，以韦庄词为正体。此调别名有十一种之多，如《花自落》《出塞》《垂杨碧》等。②漏促：漏声急促，有时间过得急迫之感。③"金烬"句，谓灯光因结灯花而暗，故挑去灯花。金烬（jìn）：灯烛燃后的余灰。④娇娆：娇艳妖娆，形容女子貌美。此指代美女。⑤绣屏：锦绣制作的屏风。⑥寻旧曲：寻求往日与情人共赏的乐曲。⑦"远山眉"句：眉黛如远山翠绿。

赏析

这首词描写一位女子深闺孤宿的哀怨。

上片描写闺中女子春宵孤宿难眠的闲愁，是通过她的感受来表达的。因为夜深，不能入睡，所以感到特别寂静；因其静而觉得漏壶的滴声特别响。一"促"字，下得极灵动。她之所以感到时间过得快，是因为自己心烦意乱。"金烬暗挑残烛"，以她的行动显示其无聊、无奈。烛光因结灯花而暗，她挑了又暗，暗了再挑，直到烛燃尽而灭。后二句情景交融，写好梦难成。"风撼竹"声，不是在远处，而是在"帘前"；"风撼竹"声，不是一会儿，而是"一夜"，她能不"梦魂相断续"？她似睡非睡，忽梦忽醒，若断若续，彻夜如此，好不恼人。词人将女子"一夜"孤宿难眠之状，织入断断续续的竹声之中，把帘前风响与梦绕魂牵交融在一起，韵味无穷。

下片写女子的形貌和情态。"有个娇娆"是上片典型环境中的典型人物，"娇娆"，此处借代美女。她是一个肌肤丰润的美人，但却"夜夜绣屏孤宿"。"夜夜"承前"一夜"。夜里风竹声，已使孤宿的她极为难过，更何况还要"夜夜"如此，其心烦意乱的苦况不言自明。所以这个"孤宿"之"孤"字，绝不只是"孤独"之意，而是她现时心境、生活环境的写照。这两句通过展示主人公的美与其处境之"孤"的矛盾，显示了她内心的哀怨。"闲抱琵琶"句承上片"金烬暗挑残烛"，继续写动作，是上句"孤宿"的进一步刻画，突出表现了她的凄凉。"闲抱"之"闲"，并非悠闲，而是闲得无聊。"无聊"就需排解，于是弹"旧曲"，但"旧曲"也不是信手拈来，而是要"寻"，要在心里搜索一番，不知弹什么曲子好，足见其心烦意乱。无聊地抱起琵琶而弹"旧曲"，是在寻找过去的欢乐。这是她寻求自我安慰的方式，她想借此冲淡眼下的孤独和凄凉，但回忆也解脱不了困境，反而更增幽情苦绪。《汤显祖批评花间集·卷一》云："情不知所起，一往而深。'闲抱琵琶寻旧曲'，直是无聊之思。"最后以貌结情："远山眉黛绿。"如此美人，在哀怨的煎熬中，最终如燃尽的灯烛，红颜老去，这才是人生悲剧。

其二

空相忆，无计①得传消息。天上嫦娥人不识，寄书何处觅？②

新睡觉来无力，不忍把伊书迹③。满院落花春寂寂，断肠芳草碧。④

注释

①无计：没有办法。②"天上"二句：天：指前蜀皇帝王建。嫦

娥：指被夺的宠姬。人不识：指禁门幽邃，很难见到。故有下句："寄书何处觅？"觅：寻找，寻求。③把伊书迹：拿她的旧书信看。把：拿。伊：她，代词，指所怀念的宠姬。书迹：即手迹，指旧时书信。④"满院"二句：满院落花：暗指暮春。断肠：形容极度悲痛。芳草碧：白居易《赋得古原草送别》："又送王孙去，萋萋满别情。"这里反用其意。王孙：泛指游子。萋萋：草茂盛貌。

赏析

为怀念宠姬而作，抒写欲通信息而不能的极度苦闷之情。

词起便直诉衷肠。"相忆"，或可聊慰相思，但前面饰以"空"字，就显得极不平常，既知男子对女子怀想已久，又见无可奈何之情。因为一切都成为空幻，"忆"也无任何用处，只不过是徒劳。接以"无计得传消息"，为"空"字补充了更深一层意思。"无计"，没有办法。那么，这是为什么呢？"天上嫦娥人不识"，其深层意思是他的情人可望而不可即，如月中嫦娥。月中嫦娥到底有谁认识呢？设想奇特而又合理，并由此而发出"寄书何处觅"的感叹。人不相识，书信就难以传到，她也无法寻找书信。从对方设想，感情尤为深切。因韦庄宠姬为蜀帝王建所夺，宫门幽深，书信也难以传递；即使她想寄书信，又从哪里找到认识的人呢？"相忆"而"空"，一层意；"无计"，二层意；"天上嫦娥"，可望而不可即，三层意；即使寄书亦难觅，四层意。如此层层递进，从人之辗转徘徊，愈见其情深。

下片紧承前之伤情，先写"空相忆"的情状：刚睡就醒，见其长久难眠，故身软无力。因看了她的书信手迹，勾起很多往事，更倍增思念，愈见其凄苦，故言"不忍"；抑或心里想看一下她的书信手迹，但又怕触物伤情，愈见其无奈，故说"不忍"。韦庄《浣溪沙》其五"忆来唯把旧书看"一句与之意同。这种矛盾复杂的心情，常因事而异。结尾以景衬情："满院落花春寂寂，断肠芳草碧。"花落满院，春将逝去，静寂无人；芳草萋萋，相思不已，岂不更令人肠断！"落花"而"满院"，暮春也，"春"而"寂寂"，人（宠姬）去屋空，惜春伤春自怜之意已见。"芳草碧",见萋萋芳草,忆相别之情,徒增相思,但"忆"则必"空",能不"断肠"?景与无限相思合二为一,不言情而情自见。

沈际飞《草堂诗余正集》卷一:"'天上'句粗恶。'把伊书迹'四字颇秀。'落花寂寂',淡语之有景者。"实际上,"天上"句取喻恰切,并非粗恶。

江城子①

其一

恩重娇多②情易伤,漏更长,解鸳鸯③。朱唇未动,先觉口脂④香。缓揭绣衾⑤抽皓腕,移凤枕⑥,枕潘郎⑦。

注释

①江城子:此调又名《江神子》《水晶帘》。《教坊记》未载此名,首见于韦庄所作。唐五代有不同格体,俱为单调,宋人始作双调。②恩重:恩爱情重,指男人。娇多:娇艳多情,女子自谓。③漏更长:谓夜已深。解鸳鸯:解开绣有鸳鸯的裙带。又解:解开绣有鸳鸯的衣裳。④口脂:口红,化妆用的唇膏。⑤绣衾:锦绣制成的被子。⑥凤枕:有凤凰图案的枕头。⑦枕潘郎:枕:动词,给潘郎枕上,或理解为枕在潘郎身边。潘郎:《晋书·潘岳传》有"岳美姿仪……少时常挟弹出洛阳道,妇人遇之者,皆连手萦绕,投之以果"之语,后世以"潘岳""潘安""潘郎"代指美男子或情郎。

赏析

这首词描写一对情侣夜间相亲相爱的温馨与幸福,属香软绮艳之词。

词的开头既非写景,也非抒情,而是一句情中寓理的话:"恩重娇多情易伤。""恩重"（男），曹植《妾薄命》诗云："恩重爱深难忘。""娇多"（女），祖咏诗云："娇多不顾身。"（《古意二首》其一）"恩重""娇多"，男女之间情深若能如此，自然会鱼水和谐，春意融融。但却接"情易伤"三字，乍一看似乎矛盾，细想却又很合情理：用情过深，痴迷欲狂，沉溺其中，往往会受伤。况周颐一语中的："此语非于情中极有阅历者不能道。"（《蕙风词话》）换言之，主人公既明知而偏要如此，正见其情痴也。情中寓理，理中含情，发人深省。接叙欢情。在更漏声声的深夜中，解开绣有鸳鸯的衣服上床。继以细节描绘女子的娇艳多情：朱唇未动，已溢出口脂的芳香。最后写夜深之时，她先醒了，轻轻地揭开绣被，抽出被男子枕着的雪白臂膀，移动凤枕给男子枕上，自己则紧偎着如意郎君。

全词出自女方之口，抒情、叙事融为一体。语言流畅、明快，给人以鲜明的形象感。《汤显祖批评花间集·卷一》云："全篇摹画乐境而不觉其流连狼藉，言简而旨远矣。"词如诗如画，如一幅云烟缭绕而人物宛然的美景。虽妖冶顽艳，却无伤大雅。

河 传

其一

何处？烟雨①。隋堤②春暮，柳色葱茏③。画桡金缕④，翠旗高飐⑤香风，水光融。

青娥殿脚⑥春妆媚，轻云里，绰约司花妓⑦。江都宫阙⑧，清淮月映迷楼⑨，古今愁。

注释

①烟雨：烟雾般的细雨。②隋堤：隋炀帝大业元年（605年），开通济渠，自西苑引谷水、洛水入黄河；自板渚引黄河入汴水，经泗水达淮河；又开邗沟，自山阳（今江苏淮安）至扬子（今江苏仪征）入长

江。通济渠广四十步,两岸筑御道,种柳树护岸,世称隋堤。《河传》最初就是隋炀帝开运河时的曲子。③葱茏:青翠茂盛貌。④画桡:犹画船、画舫,饰有彩绘的游艇。桡:船桨,此指代船。金缕:金属制成的穗状物,此指画桡上装饰的金色穗子。⑤翠旗:饰以翠羽的旗帜。飐(zhǎn):风吹物而使之颤动摇曳。⑥青娥:指美丽的女子。殿脚:指为隋炀帝挽舟的美女。《炀帝开河记》载:"诏江诓诸州造大船……泛江沿淮而下……于吴越间取民女年十五六岁者五百人,谓之殿脚女。至于龙舟御楫,即每船用䌽缆十条,每条用殿脚女十人,嫩羊十口,令殿脚女与羊相间而行,牵之。"⑦绰约:柔婉美好貌。司花妓:隋女官。《隋遗录·卷上》:"长安贡御车女袁宝儿,年十五,腰肢纤堕,骇(ái)冶多态,帝宠爱之特厚。时洛阳进合蒂迎辇花,云得之嵩山坞中,人不知名。采者异而贡之。会帝驾适至,因以'迎辇'名之……其香秾芬馥,或惹襟袖,移日不散,嗅之令人多不睡。帝命宝儿持之,号曰司花女。"司:主管。⑧江都:今江苏扬州市,隋炀帝行宫所在地。宫阙:古代皇宫门前两边的楼叫"阙",后来称帝王所居的宫殿为"宫阙"。⑨迷楼:遗址在扬州市西北观音山上。《迷楼记》载:"炀帝晚年,尤沉迷女色……诏有司,供其材木。凡役夫数万,经岁而成。楼阁高下,轩窗掩映。幽房曲室,玉栏朱楯(shǔn,栏杆),互相连属,回环四合,曲屋自通,千门万牖,上下金碧……人误入者,虽终日不能出。帝幸之,大喜,顾左右曰:'使真仙游其中,亦当自迷也。可名之曰迷楼。'"

赏析

这首词咏调名本意,即隋炀帝乘船南游江都之事。韦庄从洛阳南行,感隋炀帝筑隋堤之事,即赋此词,以感慨古今盛衰兴亡,属怀古之作。

词以简短的问句"何处"领起,引人注意,令人瞩目。下句并未立答,以短句"烟雨"二字接之,造成悬念,妙。到第三句才悬念顿消,原来这是"隋堤春暮"。它不仅点明了地点,回答了首句"何处",

也点明了时间,暗示了隋炀帝出游的季节。这样写,顿挫有力,韵味悠扬。那么暮春的景色如何呢?以"柳色葱茏"概述之,以简驭繁。前四句如用一句话概括,即是:隋炀帝沿运河南游是在烟雨蒙蒙、杨柳翠绿的暮春时节。接下来以隋炀帝巡幸之奢靡,怀古寄慨。炀帝行幸江都,造龙舟及杂船数百艘。龙舟四重,高四十五尺,长二百丈。上重有正殿、内殿、东西朝堂。中二重有百二十房,皆饰以金玉,船楫皆雕刻镂金。龙舟所过,香闻百里。后三句极写隋炀帝游船的华丽及出行场面的盛大。那饰着锦带金缕的楼船,还有那高高飘扬的翠旗,游船过处,香飘百里。

下片写人,承前片"香风",写为炀帝服务的女子,着重表现其淫逸。那挽船的少女春妆艳美,妩媚动人,那司花的女官身姿婀娜,步履轻盈,如云中的散花仙女。这首词以"青娥""媚""绰约"等词语,概括女子之美,而她们却从事着"殿脚女""司花妓"之职,可见炀帝之淫威。高高的宫殿临着清澈的河水,月光下倒映着行宫、迷楼。这美丽的环境,却记载着炀帝骄奢淫逸的生活。至此,前十句都是怀古,最后以"古今愁"三字作结,急转直下,将前面所渲染的一切抹了个干干净净。今昔对比鲜明,繁华事散,流水无情,慨叹中隐含讽意。李冰若《栩庄漫记》云:"'古今愁'三字,化实为虚,以盛映衰,笔极宕动空灵。"所谓"古今愁",固见愁之重,但时移世易,毕竟都成为陈迹,故说"化实为虚""宕动空灵",更见词人感慨之深。

☱ 天仙子① ☲

其四

梦觉云屏②依旧空,杜鹃声咽③隔帘栊。玉郎薄幸④去无踪。一日日,恨重重,泪界莲腮两线红⑤。

注释

①天仙子：唐教坊曲名，始见于《教坊记》。因皇甫松《天仙子》词其二有"懊恼天仙应有以"句，故取以为名。来自西域，或云本名《万斯年》。有单调、双调两体。②梦觉：梦醒。云屏：画有云饰的屏风。一说云母屏风，即镶嵌有云母的屏风。③杜鹃：亦名"子规"，鸟名。咽：声音阻塞低沉。④玉郎：形容郎君的美貌，一般为女子对丈夫或情郎的爱称。薄幸：薄情，负心。杜牧《遣怀》诗云："十年一觉扬州梦，赢得青楼薄幸名。"⑤"泪界"句：两行泪流过涂有胭脂的脸庞，显出两条红色痕迹来。界：有"印"的意思，此处用作动词。

赏析

这首词写一位被弃女子的怨恨。

首先梦见前事，无比欢乐，而梦醒后，只有云屏依旧，一片空寂。"依旧空"，谓与梦前并无不同。"空"字双关：孤寂的环境依然如故，孤寂的心情亦毫无改变。也许曾经有过温馨缠绵，如今却感觉更"空"了。偏于此刻，"杜鹃声咽隔帘栊"。旧云古蜀国望帝死，魂魄化为鸟，名曰杜鹃，亦曰子规，啼声甚苦。"咽"，声音阻塞低沉。此句语意双关，既写梦醒之后，帘外杜鹃声的凄切，平添伤感；同时，又以杜鹃声的多情反衬玉郎的薄情、负心，一去杳无音信，大有人不如鸟之感。一个"咽"字，含意深沉。原来她如此烦恼是由于"玉郎薄幸去无踪"。"玉郎"离去后音信杳无，故曰"薄幸"，不知其身在何处（无踪）。"玉郎"就是这样一个人，亦如"无那，恨薄情一去，音书无个！"（柳永《定风波》）时间一天一天过去，怨恨一重一重加深，泪水流过那莲花似的香腮，涂有脂粉的脸庞显现出两道红色痕迹。至此，女子的痛苦情绪得到了淋漓尽致的表现。李调元《雨村词话·卷一》云："词用'界'字始于韦端己《天仙子》'泪界莲腮两线红'。宋子京《蝶恋花》词效之云：'泪落燕支，界破蜂黄浅。'遂成名句。""界"，本作地域的界限；这里用作动词，言泪水下流，在两腮"界"成两条红线。这一句形象生动，为全词生辉。

其五

金似衣裳玉似身，眼如秋水鬓如云。①霞裙月帔一群群。②来洞口③，望烟分，刘阮不归④春日曛⑤。

注释

①"金似"二句：描写女子的美貌，谓衣裳为金色，肌肤如玉色；眼如秋水般明澈，鬓发如卷云般美丽。②霞裙月帔（pèi）：以霞之明艳，月之皎洁，喻其裙子和披肩华丽而高雅。帔：披肩。一群群：谓仙女之多。③洞口：仙洞之口。④刘阮不归：此用刘晨、阮肇遇仙的故事。传说东汉时剡县刘晨、阮肇入天台山采药，在桃源洞前遇二仙女，直呼其姓名，似有旧情，相见甚欢，留居半年而归。归乡时已过七世，亲旧零落，邑屋全异，无复相识者。后常用刘、阮来指久去不归的心爱男子。此处以"刘阮"泛指所爱恋的人。⑤曛（xūn）：黄昏，傍晚。

赏析

这首词紧贴主题，写仙女等待刘、阮到来的情态。

首写仙女之美。起句用错位手法，实为"衣裳似金身似玉"。李调元《雨村词话·卷一》云："太白词有'云想衣裳花想容'，已成绝唱，韦庄效之'金似衣裳玉似身'，尚堪入目。"李白写杨贵妃衣如云貌如花（牡丹），轻柔缥缈，雍容华贵，颇为传神。而韦词则格调高雅，超逸绝俗，恰合女神身份。衣裳如金子般灿烂，肌肤像玉石般光洁；眼波如秋水般明净，鬓发如卷云般浓密；裙子、披肩像朝霞般明艳，像月光般皎洁，她们聚在一起，热闹非凡。她们盛装打扮，来到洞口，放眼四望，烟尘遍野，春日慢慢，望不到情人的归来，却又是日落黄昏了。"春日"，是思春的季节，如李清照词云："暖雨晴风初破冻。柳眼梅腮，已觉春心动。"（《蝶恋花》）但如此春心，却被"不归"浇上一盆冰水，又被"曛"带入无比黑暗的深渊。一"曛"字，不仅见出望归之久，也暗示出盼望的落空，等待她（或她们）的又将是一个漫长难熬的黑夜。丁寿田等《唐五代四大名家词·乙篇》云："'曛'字极佳，宋祁'红杏枝头春意闹'（《玉楼春》）之'闹'字，不能过也。"该评只看重结句"曛"字，确乎有些言过其实。

前三句极写仙女之美，她（或她们）似乎也知道"女为悦己者容"，都经过一番梳妆打扮。但结句望而"不归"，只轻轻一点，戛然而止，无限深情尽在不言中。《汤显祖批评花间词·卷一》云"若无此结句，确乎当删"，中肯之评。

喜迁莺①

其一

人汹汹②，鼓冬冬③，襟袖五更④风。大罗天⑤上月朦胧，骑马上虚空⑥。

香满衣，云满路，鸾凤绕身飞舞。⑦霓旌绛节一群群⑧，引见玉华君⑨。

注释

①喜迁莺：始见于《教坊记》。有小令和长调两体。小令起于唐人，别名《春光好》《鹤冲天》《燕归来》《万年枝》。长调起于宋人，别名《烘春桃李》。②汹汹：人声鼎沸，声势盛大。③冬冬：象声词。此处指鼓声。④五更：天将亮，是古代帝王临朝之时。⑤大罗天：道家认为天之最高者，此处指代金銮殿。《酉阳杂俎·卷二》云："三界外曰四天境，四天境外曰三清，三清外曰大罗。"⑥虚空：本指天空。此借喻朝廷。⑦"香满衣"三句：香满衣：夸张手法，描写衣饰之美。云满路：比喻车马之众，即"车如流水马如龙"。"鸾凤"句：形容身上衣着华美，绣有鸾凤彩画的衣衫迎风飘舞。⑧"霓旌绛节"句：彩色的旌旗一队队，如天上虹霓；绛红色的仪仗一排排，如彩霞呈现。旌：古

代的一种旗子,旗杆顶上饰有五色羽毛。绛:暗红色。节:仪仗的一种。
⑨玉华君:为仙女名,此指皇后。又解:道家指天帝,此指皇帝。

赏析

  这首词也属于就题发挥之作,即由幽谷迁于乔木之意。词中描写了作者金榜题名后的荣耀显赫,表现了他踌躇满志的心情。

  唐昭宗乾宁元年(894年),五十九岁的韦庄终于进士及第,似有感而作此词。词起大气磅礴。前三句谓人声鼎沸,鼓声齐鸣,报喜者塞道盈门。这时天将亮,也正是君王临朝之时,晓风轻拂上朝者的衣襟,舒爽而惬意。"虚空",本义指天空,这里借喻朝廷。这两句说:当金銮殿还笼罩着朦胧的月色时,骑马进入宫门,如登天门,飘然飞升,心旷神怡,朝拜君王。具体场景的渲染、烘托中,流露出作者登科后的欢快、喜悦心情。

  下片"引见"皇后,承上片拜谒君王。"香满衣"三句,写仪式非常隆重:华服飘香,街道上车如流水马如龙,绣有鸾凤的衣衫迎风飘舞。"香满衣",谓衣饰之美;"云满路",喻车马之众。这里一连三句,节奏紧凑明快,两个"满"字,见景物之繁盛、浓烈;而"鸾凤绕身飞舞"一句,化静为动,形象鲜活,恍若腾跃眼前,描绘生动真切。结语写由仪仗队引见皇后。彩色的旌旗一队队,如天上虹霓;绛红色的仪仗一排排,如彩霞呈现,引领着中榜者来到皇后面前。仪式极其隆重,仪仗盛况空前,中榜者志得意满之情跃然纸上。

  词写登科后所受礼遇,对"骑马上虚空"的阵势、排场、热闹气氛,极具张扬铺排之能事。下片"引见玉华君"前,更是烘云托月,一派豪华景象,但用字不见铺衍。全词以气势胜,与杜甫、岑参"早朝大明宫"之类刻画细微、温厚典雅的作品不同,作者豪情壮举,喜悦奋激之情流于字里行间。

思帝乡①

其二

春日游,杏花吹满头。陌上②谁家年少③,足风流④。妾拟⑤将身嫁与⑥,一生休⑦。纵被无情弃,不能羞。⑧

注释

①思帝乡:唐教坊曲名,始见于《教坊记》。又名《万斯年曲》。《词律》(杜文澜、恩锡等校刊)以为"此调创自温飞卿"。单调。②陌上:道上。陌:本指田间小路,东西为"陌",南北为"阡"。③年少:少年人。④足风流:犹云十分风流。⑤妾:古代女子的自称。拟:打算。⑥嫁与:嫁给他。⑦一生休:这一生也就算(值得)了,意思是这一辈子就满足了。⑧"纵被"二句:即使被他无情地遗弃,(也)不以为羞。

赏析

这首词以少女口吻,直用赋体,正面抒写一个怀春少女狂热、大胆追求意中人的情景。

"春日",春天鸟兽萌动,草木发芽,万物都表现出生命的活力。"春日"后缀一"游"字,踏青者的春心,也随春物而共同萌发和跃动。"春日游"三字,极为简单的叙述,却已为下文所写的真挚感情做了很好的铺垫和渲染。"杏花吹满头"一句,给外在之春物与游春之人又增加一层联系。"吹"虽有花瓣吹落的意思,但也表现出繁花开到极盛时花瓣漫天飞舞的缤纷艳美的景象。而且"吹"字还表现出一种活泼、撩人心弦的感觉。更何况"吹"字之下还加了"满头"二字,那么,外在之物对人之内心的强烈引动可知。首二句已经为感情的引发培养了足够的气势。"陌上谁家年少,足风流。""陌上",士女游春时云集之地。"谁家年少",表现出她真诚的期望,加之"足风流",表现了她对美好多情之预想的最高要求。面对心仪的男子,她不禁发出"妾拟将身嫁与,一生休"的感叹。此句与上句的节奏、句式全同。前一句写期望之理想,后一句写自我之奉献。两相呼应,"足风流""一生休",有力地表现了她意志的坚定和感情的真挚。最后写她为爱无悔的誓言:"纵被无情弃,不能羞。"一"弃"一"不",更体现了少女敢于追求,敢于爱,并敢于承担一切后果的勇敢精神。

词以自然明快的语言,塑造了一个活泼坦率、敢作敢为、快言快语、大胆追求婚姻自由、极重感情的少女形象,可看出本词是民间词的拟作。贺裳评曰"小词以含蓄为佳,亦有作决绝语而妙者"(《皱水轩词筌》),此词即为"决绝语而妙者"。

女冠子

其一

四月十七,正是去年今日,别君时①。忍泪佯低面②,含羞半敛眉③。

不知魂已断④,空有梦相随。除却⑤天边月,没人知。

注释

①别君时:从句法看,当连上"四月十七"为一大句;以韵脚论,此处由仄韵"七"换为平韵"时","时"又与下面"眉"对;就意思论,"时"字承上,"别君"启下离别光景。②"忍泪"句:意谓假装低头,以掩饰眼中含泪也。佯:假装。③半敛眉:半皱着眉头。④魂已断:形容极度悲伤愁苦。⑤除却:除了。

赏析

这首词写女子追忆去年今日与情人的离别和离别后的思念。

上片追忆去年今日与情人临别之事。"四月十七,正是去年今日。"明记具体日期,不加修饰。与所爱之人分别,时过整整一年,居然没有忘记这个日子,可见此事在她心中的地位之重要,留下的印象之深刻。记得不等于想到,而现在恰于一年后的同一天中想到了,又可见她时时刻刻都将此事铭记在心。这就很自然地强调了下文所述分别的不同寻常。这种写法很有民歌的朴素风格,在文人词中并不多见。"别君时",承上启下。承上,它是对上文所说日子含义的补足;启下,它成为所描写"别君"情态的时间状语。这就自然地从时间过渡到事件,显得低回沉吟。"忍泪佯低面,含羞半敛眉。"这二句刻画女子离别时的情态,形象生动。"忍泪"而泪难忍,所以"佯低面",为的是不让对方看见自己的眼泪,以免对方更加难过。"含羞"是临别时心有所求,有话想说而又说不出口;"半敛眉"则流露了她内心的矛盾、痛苦。陈廷焯《云韶集》:"起得洒落,'忍泪'十字,真写得出。""忍泪""低面""含羞""敛眉"写得极真切、自然,层次分明,情致委婉。

下片写别后相思苦况。"不知魂已断,空有梦相随。"笔锋陡转,写离别后魂销梦断,何其痛苦!"魂已断",她却"不知",恰切地刻画出当时她似痴似狂的精神状态。"不知"二字,虚中有实,更见悲哀。"梦相随",是因为无人相伴。离别之后,伴随着自己的就只有梦境了,所以用"空有"。明知"空有"而"梦相随",说明思念之苦是无法排解的,也是不能向外人诉说的,故有"除却天边月,没人知"。闺房独守,夜夜相伴者唯有月亮也,因而她把月亮当作知音,时时向它吐露心事,月亮似乎知道她的"魂已断"之苦。然而月知实际上等于不知,这就更突出了心事没人知的苦衷,愁上更添一层愁。王闿运《湘绮楼词选》:"不知得妙,梦随及知耳。若先知,那得有梦?惟有月知,则常语耳。"以"没人知"呼应上文的"不知",有加强的作用,含义隽永,余韵无穷。纯用白描手法,冲口而出,却写得一往情深。

其二

昨夜夜半,枕上分明梦见,语多时。依旧桃花面①,频低柳叶眉②。半羞还半喜,欲去又依依。觉来知是梦,不胜悲。

注释

①崔护《题都城南庄》:"去年今日此门中,人面桃花相映红。人面不知何处去,桃花依旧笑春风。"后来"人面桃花"就成了男子思念旧时爱人常用的典故。②柳叶眉:如柳叶之细眉。白居易《长恨歌》:"芙蓉如面柳如眉。"

赏析

同词牌前一首词以女子口吻写与情人分别之后,"空有梦相随",此词又以男子口吻接写梦境,这就把两首词勾连起来,组成连章。

日有所思,夜有所梦,但好梦毕竟是可盼而不一定能及的。"分明"二字,表明梦见的与曾经真实发生过的事情是如此一致。又因"昨夜"二字,非指上一首词中的"四月十七"不可,这就给人以随即就梦见的感觉,即离别后就梦见她了。"语多时",紧扣前句"分明"二字,写相见的欣喜,情话绵绵,有说不尽的相爱相思之意。"依旧桃花面,频低柳叶眉。"写女子容貌如昨,梦境更显真实。"依旧"与上一首词中的"去年今日"相应,梦中的她和过去一模一样。"桃花面"与"柳叶眉",取喻同类成对。"人面桃花相映红""芙蓉如面柳如眉",女子红颊娇艳,黛眉修长,极写女子容貌美丽。"半羞还半喜,欲去又依依"与上首"别君时"("忍泪佯低面,含羞半敛眉")的情态相合,但含义却不同。又羞又喜,写欢情,写激动;欲去依依,写不舍,写多情。看似只写对方,实际上也暗示了自身的感受。从"语多时"说到"欲去",由表及里,表现得很有层次。鸳梦重温,情人似欲离去,自己又怎么能轻易地放她走呢?正在柔情缱绻,软语温存,与情人难分难解之际,梦忽然醒了。顿时,从幻境跌落到现实,刚才的一番欢乐,化为乌有,怎能不叫人惆怅、悲伤呢?"觉来知是梦,不胜悲。"上一首"没人知",蕴藉有味,妙;本词直露,也妙。所谓"知",是指"知"梦与现实截然不同,这就把现实中的万般凄恻都尽括其中,亦有余韵无穷之妙。

王国维在《人间词话》中认为韦庄之词"骨秀",是说韦词不铺饰辞藻,不一味刻画实景实物,而求词意连贯,上下一气,脉络分明,层次分明。与温词相比,韦词"疏而显",温词"密而隐"。这两首词都直抒其情,一气呵成,以"明白吐露"见长。

又解:韦庄《女冠子》二词也可看成是男子的回忆。刘永济《唐五代两宋词简析》评曰:"此二词乃追念其宠姬之词。前首是回忆临别时情事,后首则梦中相见之情事也。明言'四月十七'者,姬人被夺之日,不能忘也。"

木兰花①

独上小楼春欲②暮,愁望玉关③芳草路。消息断④,不逢人,欲敛细眉⑤归绣户。

坐⑥看落花空叹息,罗袂⑦湿斑红泪⑧滴。千山万水不曾行,魂梦欲教何处觅?

注释

①木兰花:唐教坊曲名,始见于《教坊记》。此调又名《木兰花令》。有五十二字、五十四字、五十五字、五十六字诸体。五十六字体七言八句,亦名《玉楼春》《春晓曲》《惜花容》。另有《减字木兰花》,双调。后又演变为长调《木兰花慢》,双调。②欲:亦作"又"。③玉关:玉门关,此指代边塞地区。④消息断:消息断绝,即音信断绝。⑤敛细眉:因愁而皱眉。⑥坐:因,表原因。⑦罗袂:罗袖。袂:衣袖。⑧红泪:泪从涂有胭脂的脸上流过,故名。又解:指血泪。据王嘉《拾遗记》载:薛灵芸是魏文帝所爱的美人,被文帝选入后宫。薛灵芸上车启程之时,以玉唾壶承泪,壶显出红色,及至京师,泪凝为血。古代文学作品中常把女子悲伤时流出的泪水称为"红泪"。

这首词写暮春时节闺妇对征人的怀念。

上片写闺妇小楼远望。起头一个"独"字,写她上楼并不是去赏心悦目,而是望"玉关",怀念远人。"望"字冠以"愁"字,那么"愁"在何处?闺妇"望"见的第一景色是"春欲暮",春天将逝,暗示出她惜春怀春之情,这是愁一。她所望的地点是"玉关",其地遥远,望而不可见,这是愁二。她望见了"芳草路",这是美好之路,本可携手踏青,共赏春景,谁知它竟成了相见的障碍。再从用典讲,有芳草萋萋、王孙不归的感叹(《楚辞·招隐士》云"王孙游兮不归,春草生兮萋萋"),这是愁三。登楼本想消愁,却反而增愁,那就只好"归绣户"了,所以最后三句写"愁望"后的行动。消息断绝,不知人之所踪;要打听消息,又不逢边关之来人,那当然要愁锁眉头"归绣户"了。这几个行动表现了闺妇由盼望、寻望、失望,直到无可奈何的心情。

下片写闺妇空房叹息。"落花"与前片"春欲暮"扣合,因看落花而联想到自身青春易逝、红颜易老的不幸命运,怎能不长吁短叹、潸然泪下呢?"罗袂湿斑红泪滴"是个倒装句,是因忧愁落泪而沾湿罗袖。"红泪",暗用王嘉《拾遗记》薛灵芸入宫别父母,以玉唾壶承泪、泪凝为血的典故,可见相思之悲苦。结尾三句写闺妇的特殊心理:思念至极,与征人相隔遥远,又无消息,自己又未去过,即使有劳"魂梦",也难寻觅。"不曾行"三字下得妙:征人远在玉关,消息断绝,这才是梦难寻的根本原因,她不怨此,而怨自己不曾行千山万水,故梦魂难觅。翻转下笔,"荡气回肠,声哀情苦"(李冰若《栩庄漫记》)。

上片写"望":由眺望、盼望到失望,依次写来,把一个"愁"字写得淋漓尽致,让人神伤。下片写"叹息":叹"落花",叹"不曾行",叹"梦何处觅",但这些"叹息"都是无可奈何的空叹。一个"空"字,把空闺女子的相思之情写得缠绵深婉,勾人心魄。

小重山①

　　一闭昭阳春又春。②夜寒宫漏永③,梦君恩。卧思陈事暗销魂④。罗衣湿,红袂有啼痕⑤。

　　歌吹隔重阍⑥。绕庭芳草绿,倚长门⑦。万般惆怅向谁论?凝情⑧立,宫殿欲黄昏。

注释

①小重山:词调名,又名《小冲山》《小重山令》等。双调。②闭昭阳:比喻失宠。昭阳宫大门紧闭,是皇帝不到的婉辞。昭阳:即昭阳宫,汉成帝宠幸的赵飞燕、赵合德姊妹所居。春又春:过了一春又一春,即年复一年。③宫漏永:比喻夜漫长。宫漏:宫中的滴漏计时器。永:长,慢悠悠。④陈事:陈旧之事,如言往事。销魂:丧魂,形容极度悲伤愁苦。⑤红袂:红袖。啼痕:泪痕。⑥歌吹:歌唱弹吹,泛指音乐之声。重阍:指重重宫门。阍(hūn):本指守门人,此引申为宫门。⑦长门:汉代宫名,汉武帝陈皇后失宠之后,幽居长门宫。陈阿娇尚年幼时,汉武帝就特别喜欢她。他对阿娇之母说:"如果能娶阿娇为妻,我将用金屋来贮藏她。"阿娇长大后,果然做了武帝的皇后。然而不久就被废,独居长门宫,郁郁而终。司马相如《长门赋》就专写陈皇后失宠后的痛苦。⑧凝情:专注的深情,犹云痴情。

赏析

　　这首词传说也是为皇帝宠妃而作,是代妃子写的一首宫怨词。

　　"一闭昭阳春又春",起句就道出了后妃们的悲惨遭遇。一入宫门,君王就不来临幸,春去又春来,年复一年,总是如此。长久地幽禁冷宫,怎能不感到"夜寒宫漏永"呢?"寒"字和"永"字把她们的愁怨和孤独具体化了。陪伴她们的不是苦"短"的"良宵",而是特别漫长、寒冷、难以度过的长夜。她彻夜不眠,君王的恩宠已成为遥远的过去，逝而不复，只能在梦中找寻。此时此刻，"卧思陈事暗销魂"。往日的欢乐涌上心头，哪能不使人失魂落魄而暗自落泪呢？"暗"者，无法为人道，也不敢为人道，只能埋藏在心里。因此有"罗衣湿，红袂有啼痕"的描写：衣衫已被泪水浸透，更何况红袖呢？可见"啼痕"已不是一层，而是新泪痕浸没旧泪痕，不知有多少层。词情凄凉。

下片"歌吹隔重阁"，宕开一笔，写皇帝又巡幸别的宫殿。乐曲声声，隔着重重宫门传过来，叫失宠的人儿怎么受得了？"倚长门"乃用陈皇后失宠后幽居长门宫之典故。当年汉武帝"金屋藏娇"，陈皇后受宠一时，可是最终被幽禁在长门宫，终日看着庭院前的芳草。"芳草绿"，芳草之茂盛，正衬出人之孤寂。在人迹罕至的深宫里，即使有万种惆怅，除了独自承受，又能向谁倾诉呢？一片痴情（凝情），长久伫立（承前"倚"字），直到整座宫殿都隐入黄昏中。"宫殿欲黄昏"，不只是客观写景，而且表现了女主人公沉重的心情。她预感到自己的一生就如被暮色吞没的宫殿一样，等待她的只有无边无际的黑暗。含蓄委婉，韵味无穷。一入冷宫，就与世隔绝，幽禁得愈久愈严，心里就愈渴望自由和幸福。尽管"君恩"难梦，自己却偏要去"梦"，怀念之情何其深也！"君恩"已逝，"梦"已难寻，吞没一切的是苍茫的黄昏。

薛昭蕴

薛昭蕴（生卒年不详），传为河东（今山西省永济市附近）人，唐薛存诚后裔，薛保逊之子。仕蜀，官至侍郎。《花间集》中列于韦庄之后、牛峤之前，可知是前蜀词人。唐昭宗乾宁中为礼部侍郎。性轻率，恃才傲物，每入朝省，旁若无人。李冰若在《栩庄漫记》中论其词"雅近韦相，清绮精艳，亦足出人头地"。《花间集》录其词十九首。

薛词内容多写思妇闺怨和离愁别苦，词风柔软，近韦庄。《浣溪沙》八首为其代表作。

浣溪沙

其一

红蓼①渡头秋正雨,印沙鸥迹自成行,整鬟②飘袖野风香。
不语含颦③深浦里,几回愁煞棹船郎④,燕归帆尽水茫茫⑤。

> **注释**

①红蓼(liǎo):一种水草,茎红紫色,花淡红色。②整鬟:理一理头上的发鬟。③含颦(pín):含愁皱眉。④愁煞:愁极了。棹(zhào)船郎:划船的人。棹:船桨,此处代船。⑤"燕归"句:此句谓燕子已经归巢,天色已晚,而且水面上已没有了船影,只有茫茫的水色。归人又无望出现了。帆尽:船已去远而不见帆影。以"帆"借代船。

> **赏析**

这首词写一位女子在秋雨中到渡头去迎接远人的情景,表现出她的忠贞与痴情。

深秋渡头水边,红蓼花开,那淡红色的小花,在秋雨中微微颤抖,写出了美好的事物被扼杀的凄凉;沙滩上还印着两两成行或明显或模糊的沙鸥脚印,使人联想到人还不如成双成对的沙鸥幸福。不料在这凄风冷雨的环境中,竟出现一位"整鬟飘袖"的女人——是因风吹乱秀发而"整鬟",还是她潜意识中觉得会要见到什么人而"整鬟"?但这"野风香",是原野的花香,还是"香雾云鬟湿"(杜甫《月夜》)呢?"女为悦己者容",看来她也许是精心打扮之后,才到秋风秋雨中的沙滩来待人的。"不语含颦",似是因要来的人久而不至,故她默然不语,皱眉感额。"深浦",表现出在雨水笼罩之下,水边凄寒冷清,她却仍在苦苦地等待。为什么会"几回愁煞棹船郎"呢?因为从"棹船郎"

的角度看,最能看清、看懂这幅秋雨待人图。过往船夫尚且"几回愁煞",当事的佳人就情更不堪了!过往"棹船郎"所驾之舟都不是佳人所等待的归舟,真所谓"过尽千帆皆不是"(温庭筠《梦江南》)!俞平伯评曰:"美人皱眉,摇船的也似为她惆怅,愁字意思很轻。"(《唐宋词选释》)结语似写景,实言情。燕子已归来,人却不归,船帆已过尽,希望再一次破灭,满腔惆怅化为茫茫无际的江水。

这首词所写之事与温庭筠《梦江南》(梳洗罢)相似,但写作手法不同。温词写在江楼上眺望景物,一贯到底。而此词悬念频出:佳人为什么要独立渡头?为什么要"不语含颦"?"棹船郎"为什么要"愁煞"?只因"燕归"人未归。

其三

粉上①依稀有泪痕,郡庭②花落欲黄昏,远情深恨与谁论③?
记得去年寒食④日,延秋门外卓金轮⑤,日斜人散暗消魂⑥。

注释

①粉上:指涂有脂粉的脸上。②郡庭:郡斋之庭,州官所居之所,泛指富贵人家的庭院。③与谁论:向谁倾诉。④寒食:节名,在清明前一天。古人从这一天起,三天不生火做饭,故称寒食。⑤延秋门:唐代宫门。据《长安志》载:"禁苑中宫庭凡二十四所。西面二门,南曰延秋门,北曰元武门。"卓金轮:停立着的精美的车辆。卓:立。金轮:精美的车辆。⑥暗消魂:暗:暗自。消魂:形容极度悲伤愁苦,就像灵魂离开躯体一样。消:也作"销"。

赏析

这是一首"惊艳"之词。

首句直追过去。那个粉面上依稀有泪痕的女子,就是去年寒食日在精美的车中所见之人。她给见者留下的印象太深了,不觉失口而出,可见其念念不忘。次句写现在,从时节环境描摹"销魂"情怀。面对庭院里的落花,还将面对又一个漫漫长夜,不觉又到了寒食节。时节可重复,可是伊人却无法再见到。"落花"已勾人心魄,长夜更难以应付。所怀之人在遥远之处,自己的"深恨"又能向谁倾诉呢?

下片由"记得"领起,追叙自己去年的一见钟情。时过一年,仍然想到"去年寒食日",表现出主人公对"去年寒食日"所见伊人难以忘怀的情感。"寒食日"是相遇的时间,"延秋门"是相遇的地点。"金轮"前冠以"卓"字,表明车子停立,也表现出主人公凝眸注视伊人之久,可见那女子必有艳丽惊人之处。到底痴迷多久?"日斜人散"。日已西斜,人已散尽,"粉上依稀有泪痕"的她,却使作者失魂落魄,暗自忧伤愁苦。陈廷焯《云韶集·卷一》曰:"日斜人散,对此者谁不销魂?"

也有人认为此词是离情之作,而非"惊艳"之词。

其五

帘下三间出寺墙①,满街垂柳绿阴长,嫩红轻翠间浓妆②。

瞥地③见时犹可可④,却来闲处暗思量⑤,如今情事隔仙乡⑥。

注释

①"帘下"句:即下帘闭户走出院墙之外,此句以下皆是出庭院所见之景。寺:旧称衙署、官舍为寺。从汉代以来,三公所居谓之府,九卿所居谓之寺。这里指庭院。寺墙:院墙。②"嫩红"句:在这"嫩红轻翠"的美丽的环境里,出现了一个浓妆艳冶的女子。③瞥地:突然。又解,用眼一扫而过。瞥:很快地看。④犹可可:还不在意。可可:不在意,不经心。又解,"可可"为赞许之词,谓可以、不错。⑤却来:归来。闲处:闲时。暗思量:暗中想念(她)。⑥情事:事实,情况。隔仙乡:指道俗之隔,以前之情事难得圆满。仙乡:仙人居处,仙界。

赏析

这首词写见到一位艳丽女子后的短暂思想。

上片写相遇的环境。放下窗帘,关闭好门户,走出庭院。一个"下"字,一个"出"字,显示出寻春爱美的急切。满街垂柳,绿荫匝地,春光明媚,使人心旷神怡。正是在这"嫩红轻翠"的环境里,出现了一个浓妆艳冶的女子。在嫩红翠绿的烘托下,她更显得娇美婀娜,风姿飘逸。美是寻到了,但并不等于得到美,要得到美并非易事。

下片承上"浓妆",写见美而后伤情。蓦然相见,虽然她打扮艳冶,娇美婀娜,但当时心不在焉,这位美人并未引起自己的注意。而过后"却来闲处暗思量"。"却来",归来、返回之意。此处用一"暗"字,颇见真实。"暗"者,隐藏起来,不能向外人道,也不便向外人道。这就是说归来独处闲静(闲处)之时,暗暗地想念着她。越想越兴追慕之情,但"如今情事隔仙乡"。如今的现实情况是仙界缥缈,仙凡永隔。"隔"字下得极传情。自己仅仅是"却来闲处暗思量",未主动争取,坐失良机;伊人不知何处去,犹如天上人间,永远分隔,再难相见。悔恨失望之情溢于言表。《汤显祖批评花间集·卷二》云"瞥见都易错过,耐得思量,定不折本",趣评。

其七

倾国倾城①恨有余,几多②红泪泣姑苏③,倚风凝睇④雪肌肤。吴主山河空落日⑤,越王宫殿半平芜⑥,藕花菱蔓满重湖⑦。

注释

①倾国倾城:比喻绝代美人,此指西施为绝代美人。②几多:多少。③姑苏:姑苏台,在今江苏苏州市。《吴越春秋》载:越献西施于吴,请退师,吴王得之,筑姑苏台,台上立春宵宫,为长夜之饮。泣姑苏:指西施到了吴国后,因怀恨而流了不知多少眼泪。④倚风:临风。凝睇:凝聚目光而视。又解,深思的样子。这里指思念(越国)。⑤吴

主：指吴王夫差。山河空落日：城池宫苑已不复存在，只剩下落日余晖。又一解，落日，喻亡国。全句意为：吴王的江山已覆灭了。⑥越王：指勾践。平芜：平旷的草地。全句意为：越王勾践宫殿也大半为荒草所掩蔽了。⑦菱蔓：菱角的藤子。重湖：指太湖。又一解，谓湖泊相连，一个挨着一个。

赏析

这是一首咏史怀古之作。咏西施的传说和吴越的兴亡，同时也融入作者自身的感慨。

词起写西施，述古。"倾国"句，写绝代佳人西施被献入吴，心中遗恨无穷。这是总写。作为一个弱女子，有"恨"就难以承受了，更何况"恨"而"有余"呢？紧接着承首句而写"恨"。"几多红泪泣姑苏"，具体写西施的痛苦。进入姑苏台，虽被宠幸，但自己作为越国人，被当作艳品进献，侍奉的又是敌国淫君，哪能不伤心落泪？身处禁地，只能无声而泣。"泣"字下得非常精当。她肌肤白嫩如凝脂，临风而立，痴痴地望着自己的故都。此句以临风而望的动作，写她对故国的怀念之情。

下片吴越并论，伤今。对于失败的"吴主"来说，昔日的城池宫苑都已不复存在，只剩下那落日余晖。对于胜利的"越王"来说，当年虽然志得意满，报仇雪恨，但那宫殿，如今不也都倒塌而大半为荒草所掩蔽了吗？败者、胜者都如过眼云烟，那么，剩下的是什么呢？只有那荷花菱蔓铺满的太湖了。太湖啊！唯独你才是历史的见证人，唯独你能年复一年地保持永恒。把吴主山河与惨淡落日相对照，越王宫殿与平芜相映衬，最后用重湖藕花作结，在沧桑变故中，寄寓了对唐王朝衰微的慨叹。从吴越沧桑的兴亡中，可窥唐五代之兵戈扰攘、王朝更替，作者或有感于此而作。李冰若《栩庄漫记》云："伯主雄图，美人韵事，世异时移，都成陈迹，三句写尽无限苍凉感喟。此种深厚之笔，非飞卿辈所能企及者。"

喜迁莺

其一

残蟾①落,晓钟鸣,羽化②觉身轻。乍无③春睡有余酲④,杏苑⑤雪初晴。

紫陌⑥长,襟袖冷,不是人间风景。回看尘土似前生⑦,休羡谷中莺⑧。

注释

①残蟾:残月。传说月中有蟾蜍,故称月为"蟾",月宫为"蟾宫"。②羽化:道教称成仙为羽化,即"变化飞升"之意。③乍无:一点也没。④余酲(chéng):余醉。酲:喝醉酒后神志不清。⑤杏苑:即杏园,在长安东南(今陕西西安大雁塔南),曲江之畔。张礼《游城南记》:"杏园与慈恩寺南相值,唐新进士多游宴于此。芙蓉园在曲江之西南,隋离宫也,与芙蓉园皆为宜春下苑之地。"⑥紫陌:禁城中的大道。陌:本是田间小路,东西为"陌",南北为"阡"。此指道路。⑦尘土:尘世,人间。前生:佛教的轮回说法,称归去的一生为前生,相对于今生、来生而言。⑧谷中莺:《诗经·小雅·伐木》:"伐木丁丁,鸟鸣嘤嘤。出自幽谷,迁于乔木。"后人常以"莺迁"喻从卑至贵、从贫至富。

赏析

这首词描写科举中榜者参加一系列活动的情景和喜悦的心情。

先写中榜后轻快如醉的感觉。词一起调子就轻快,三句直下,落在一个"轻"字上。残月落于天边,晓钟鸣于城关,一片清新旷朗的景色。这是为了映衬下句"羽化觉身轻"。中榜犹如成仙,身轻如羽毛,飞升上天。"轻",既是中榜者如释重负的感觉,又是极为得意的飘飘然之态。如此得意,中榜者一点春睡之意也没有,只有酒醉的余味,因为他沉浸在欢乐兴奋之中。原来这时春雪初晴,不久前自己曾赴杏园之宴,真是良辰美景,赏心乐事,又怎能不令人陶醉!如痴如醉,飘飘欲仙,喜态毕现。

下片写寻春游宴的情景。策骑京都大道,觉得"襟袖冷"的同时,忽然感到"不是人间风景",觉得眼前一切景物与往日大不相同,即"不是人间是天上",满足、陶醉、飘飘然,似乎到了另一个世界。这时,已"羽化"的他,感到与中榜后的"今生"相比,"前生"好似"尘土"(人间)。中榜前后一比,表示不再羡慕谷莺之迁(从卑至贵、从贫至富),因为自己也中榜升迁了,已走上了富贵的道路。志得意满之态溢于言表。

词写科场获胜后,兴奋、得意、飘飘然若羽化而登仙的舒畅情景,最后表达自己的愿望。这首词写得生动真切,展现出那个时代士子追求功名的心态,由一个侧面反映了当时的社会现实。《花间集新注》称"全是功名利禄的庸俗格调,读之生厌",近人也多用此说。

其三

清明节,雨晴天,得意正当年①。马骄泥软锦连乾,香袖半笼鞭。②
花色融③,人竞赏,尽是绣鞍朱鞅④。日斜无计更留连⑤,归路草和烟。

注释

①得意:因登科而得意。正当年:正当青春年少。②"马骄"二句:马骄:马健壮。《说文解字》:"马高六尺为骄。"泥软:便于马轻驰。锦连乾(gān):马上遮泥的物件,用锦缎制成,也是一种饰物。"香袖"句:因袖长而鞭被笼住一截,故言"半笼"。③融:调和。④绣鞍朱鞅:锦绣的鞍鞯,朱红的马鞅。鞅:套在马颈上的皮带。⑤无计:没办法。留连:即流连。

赏析

这首词写登科后纵马游春的欢乐情景。

正当清明时节,雨后初晴,风光明媚。青春年少,一举登科,志得意满,亦正是"春风得意马蹄疾"(孟郊《登科后》)之时。一"正"字,把"得意"之态写得活灵活现。人的"得意",从节日天气,从马骄泥软,不着意般透出,正见其善于着墨。接云"香袖半笼鞭"。"袖"冠以"香"字,极言衣饰之华美。骑着装饰华丽的高头骏马疾驰,长长香袖露出一截马鞭,人之悠然自得之态跃然纸上。李白《陌上赠美人》诗"骏马骄行踏落花,垂鞭直拂五云车",是另一种称心快意,各有其自得之情。

下片写春色融融的曲江边,新进之士纷纷前来踏青,他们个个骑着"绣鞍朱鞅"的骏马,争相欣赏色彩斑斓的春花。"赏"前饰以"竞"字,乃争先恐后也;"竞赏"者是"绣鞍朱鞅"之人,但不是一个两个,而是"尽是",都陶醉于春色之中,显现了登科后的喜悦心情。词以"竞赏"者陶醉于美景中流连忘返,归去时已是草间暮霭如烟作结。虽然已"日斜",仍"留连"而"无计",深深地陶醉于景色中。再以景作结,又一次点明"留连"之因,即对春色念念不忘,更见其情深,同时也流露出得意之情。

《汤显祖批评花间集·卷二》云:"此首独脱套,觉腐气俱消。"其实前二首(薛氏此调共三首,只选其一、其三两首)亦反映了当时的社会生活,各有至处,不可以"腐气"目之。

小重山

其一

春到长门①春草青,玉阶华露②滴,月胧明。东风吹断紫箫声③,宫漏促④,帘外晓啼莺。

愁极梦难成,红妆流宿泪⑤,不胜情。手捼裙带绕阶行,思君切,罗幌暗尘生。⑥

注释

①长门：汉代宫名，此指代冷宫，唐诗中多用之。汉武帝陈皇后失宠之后幽居长门宫。②华露：花露。③紫箫声：谓宫女因哀怨而吹箫。④宫漏促：宫中漏壶声点点滴滴，有时间紧促之感。⑤"红妆"句：是说红妆上留有隔夜的泪痕。⑥"手挼"三句：挼（ruó）：本义为揉搓。此为提起，即手提衣裙。罗幌（huǎng）：绫罗制成的帷帐。此句意为手提衣裙在阶前踱来踱去，（因为）恩君之深切，不知不觉中绫罗帐上已布满灰尘。

赏析

这是一首宫怨词，描写被冷落之宫女的幽怨。

词起写春晓。词以"春到长门"述失宠宫女的哀怨。春天，本来是女子春心萌动的时节，如李清照所言，"柳眼梅腮，已觉春心动"（《蝶恋花》）。但是，春天虽然又已到长门宫，可是君王却久久不来临幸了。以"草青"写春怨，也如柳永的"自春来、惨绿愁红"（《定风波》）。长门草青，花露滴阶，月色朦胧。春风送来断断续续的箫声，这是宫女们哀怨的心声。心烦意乱，顿觉漏声急促，时间过得太快了。窗外晓莺啼声不断，即使想入梦，也实在难以入睡，又是一个不眠之夜啊！景色清幽，有动有静，有声有色，凄清动人。词通过春景，特别是烦人的莺啼、哀怨的箫声和急促的漏声，从侧面描写了宫女面对春色却无所适从的难耐情状。

下片点出"长门"人物。"愁极梦难成"，因愁而终宵难眠。"红妆流宿泪"，因不能承受"愁极"之情（不胜情），红妆上还留有隔夜的泪痕。那今夜呢？不言而喻。"手挼裙带绕阶行"，以这个小小的细节，将人内心的凄苦、寂寞、彷徨、愁怨难遣的情怀，生动而深刻地表现了出来。这里的"挼"字，与冯延巳《谒金门》词"手挼红杏蕊"的"挼"字同妙。这种似无意却有情的动作，比"梦难成""流宿泪"，更能表现出人的伤感和无奈！而一个"绕"字，也加重感情的分量，愈见出人的百无聊赖，无可奈何。故俞陛云《唐五代两宋词选释》称："'裙带'句旧恨新愁，一时并赴，皆在绕阶徐步之时。"而"罗幌暗尘生"，可见君王已多日不临幸，她却仍是"思君切"，念念不忘旧情。一派温柔敦厚，不失"怨而不怒"（《论语·八佾》）之旨。

本词"无新意，笔却流折自如"（李冰若《栩庄漫记》），生动地表现出失宠宫人的一片苦情。

离别难①

宝马晓鞴②雕鞍，罗帷③乍别④情难。那堪⑤春景媚，送君千万里⑥，半妆珠翠⑦落，露华寒⑧。红蜡烛，青丝曲⑨，偏能⑩钩引泪阑干⑪。

良夜⑫促，香尘绿，魂欲迷⑬。檀眉半敛⑭愁低。未别心先咽，欲语情难说，出芳草，路东西。摇袖立，春风急，樱花⑮杨柳雨凄凄。

注释

①离别难：《乐府杂录》："天后朝有士人，陷冤狱，没家族，其妻配入掖庭（宫廷）。本初善吹觱（bì）篥（lì），乃撰此曲，以寄哀情。始名《大郎神》，盖取良人行第也。既畏人知，遂三易其名，曰《悲切子》，终号《怨回鹘（hú）》。"双调，有八十七字、一百二十字两体。②鞴（bèi）：把鞍辔等套在马上。③罗帷：绫罗制成的帷帐。④乍别：刚刚分别。⑤那堪：哪能忍受。⑥千万里：谓情人远行。⑦半妆：《南史·列传第二·后妃下》："妃以帝眇一目，每知帝将至，必为半面妆以俟，帝见则大怒而出。"此指半面妆，即半面化妆。亦解作卸妆。珠翠：珍珠、翡翠，妇女的饰物。⑧露华：露花，即花露。⑨青丝曲：弦琴所弹的曲调。⑩偏能：犹最能。⑪泪阑干：泪流满面。阑干：纵横貌。⑫"良夜"三句：良夜：美好的夜晚，亦有"深夜"之意。⑬香尘绿：此似指室内燃香散发的青烟，亦含有夜深之意。魂欲迷：神魂将

迷乱。⑭檀眉：香眉。檀：檀香之省称。又解：檀为一种颜色，浅红色，形容眉色。檀眉：妇女眉旁的晕色。敛：此指皱眉。⑮樱花：花名。况周颐《蕙风词话·卷四》云："中国樱花不繁而实，日本樱花繁而不实。薛昭蕴词《离别难》云：'摇袖立，春风急，樱花杨柳雨凄凄。'此中国樱花也。入词殆自此始。此花以不繁，故益见娟倩。"

赏析

花间词多为小令短调，这是仅有的一首写别离的长调慢词。

词起"宝马"，写情人备马远行，言将别。这一句关系全篇。以下深入写别情。骏马已备上雕鞍，但罗帐中的人还依依难舍，不忍相别。"情难"为一篇之主，一切皆由此生发。"那堪"，怎能禁受。春光明媚，良辰美景，本应欢聚，却偏要分别而送君远行千里万里，故云"那堪"。"半妆"，即半面妆。她仓促草率地梳洗，忘了佩戴珠翠首饰；此刻天时尚早，花露犹寒。室内蜡烛流泪，弦琴别曲，惹人离情难遣。"红蜡烛"，暗用杜牧《赠别》"蜡烛有心还惜别，替人垂泪到天明"。"青丝曲"，指别离时弹奏的弦琴乐曲。"偏能"，犹最能。处于如此情景之下，她又怎能不眼泪纵横呢？词于"春景媚"以下，各类景物，一一铺陈，景中寓情。至上片结，情溢于外。

下片意脉不断，仍写别情。换头三个三字句，急迫而凄迷。相处的美好夜晚这么短暂；香烟缭绕，天色将明，离别在即，故神魂迷乱。这时她"檀眉半敛愁低"。因离愁别苦，带有晕色的皱眉半垂着。接下转写将别："未别心先咽，欲语情难说。"尚未分手，心在哭泣，万种愁情难以言说。《汤显祖批评花间集·卷二》云："咽心之别愈惨，难说之情转迫。'平生无泪落，不洒别离间'，应是好看话。""出芳草，路东西"，两情依依，已送出芳草之地，就将天各一方。行人已走远，而送者此刻仍挥袖伫立；春风劲急，春雨凄凄，连路旁的樱花杨柳，似也为人垂泪。通过景物的烘托，进一步渲染了主人公依依惜别的无恨愁情。

谒金门

春满院,叠损①罗衣金线。睡觉水晶帘未卷,檐前双语燕。

斜掩金铺②一扇,满池落花千片。早是③相思肠欲断④,忍教频⑤梦见。

注释

①叠损:罗衣未脱而睡,故折叠而损坏金线。②金铺:门扇上衔环的铜质底盘,称为"铺首",上刻龙蛇诸兽的形状。此指代门。③早是:很早以来就是。④肠欲断:即欲肠断。⑤忍教:不忍,唐宋习用语。频:屡屡。

赏析

这首词也是写闺妇伤春怀远的旧题材,但不落俗套。全词写睡醒之后的惆怅,其脉络为"睡觉"与"梦见"。

"春满院",是对睡醒后所见的帘外景色的概括,至于帘外之景究竟如何,读者可以自由遐想。不知何时和衣睡去,故"叠损罗衣金线"。罗衣不仅仅"叠",衣上金线竟"叠"而至"损",则见其愁情萦怀,辗转反侧,罗衣上的金线为之损坏。春睡既觉(醒),犹自不起,所以水晶帘仍然垂着未卷。人之恹恹慵态尽在不言中。因帘未卷,只听到檐前双燕软语呢喃。清朱彝尊《卜算子》词"镇日帘枕一片垂,燕语人无语",与此意境相同。语燕双双,而帘内之人却孤身一人,其意已在言外。托双燕以写闺情,这是词家常用的反衬手法。

下片"斜掩金铺一扇",宕开一笔写庭院。将门斜掩,似开非开,既想倚门待君,又怕落花满地,踌躇不定。"落花千片",是睡起后所见之景。落花满地堆积,怎能不引起人的伤春之感呢?"落花"从来就是闺中人牵愁惹恨的对象。所闻双燕呢喃,所见落花千片,都令人惆怅。结二句直吐相思之苦。相思本已愁肠寸断,更何况偏在梦中频频相见，醒后却又是一场空，难道不更让人难堪吗？"忍教"却"梦见"，思之然也；"梦见"而"频"，思之深也。不忍梦见而偏要梦见，而且是频频梦见，矛盾之极、无可奈何之状毕现。末两句文字分两层叙述，醒时相思，梦里相见，婉转凄怆。陈廷焯《云韶集·卷一》云："曰'相思'，曰'断肠'，曰'梦见'，皆成语也。看他分作二层，便令人爱不释手。"在同类题材中，真可谓"翻陈出新"。

牛 峤

牛峤(生卒年不详),字松卿,一字延峰,陇西狄道(今甘肃省定西市临洮县)人。唐宰相牛僧儒之孙。唐僖宗乾符五年(878年)进士及第,历官拾遗、补阙、尚书郎。王建镇蜀,辟为判官;王建称帝后,拜为给事中,故称牛给事。

牛峤善制小词,《花间集》录其词三十二首,多写各种类型女子的怨情,如思妇、舞女、女道士、被凌辱者等。词风温丽芊绵,莹艳靡曼,李冰若认为"大体皆莹艳缛丽,近于飞卿"(《栩庄漫记》)。他的咏物词,或借咏春柳而写人,如《柳枝》(解冻风来末上青);或以物托兴,借咏柳以抒人情,如《柳枝》(吴王宫里色偏深);或写柳絮而寓有个人身世之感,如《柳枝》(狂雪随风扑马飞),很有特色。

柳 枝①

其一

解冻风来末上青②,解垂罗袖拜卿卿③。无端④袅娜临官道⑤,舞送行人⑥过一生。

注释

①柳枝:姜夔云:"峤有《杨柳枝》词,见称于时。"(李调云《全五代诗》注引)《汤显祖批评花间集·卷二》云:"《杨枝》《柳枝》《杨柳枝》,总以物托兴。前人无甚分析,但极咏物之致,而能抒作者怀,能下读者泪,斯其至矣。"②末上青:指柳枝梢头呈嫩绿色。末:树梢。③"解垂"句:谓垂下的柳条如美女舞袖送别情人。拟人化手法。卿卿:爱称。《世说新语·惑溺》:"王安丰妇,常卿安丰。安丰曰:'妇人卿婿,于礼为不敬,后勿复尔。'妇曰:'亲卿爱卿,是以卿卿;我不卿卿,谁当卿卿?'遂恒听之。"后人变其义,以"卿卿"为亲昵之称呼,指夫妻、情人。④无端:无缘无故。⑤临官道:谓柳在大路两侧。⑥舞送行人:谓柳条只知飘舞,对行人迎来送往。

赏析

这首词就题发挥,借咏春柳而写人。

冬去春来,春风解冻,万物复苏,杨柳长出鹅黄色嫩芽。次句紧承"末上青",用拟人化手法写柳条:垂下的柳枝飘荡,如美女舞袖送别情人。一"拜"字,传敬重之意。后两句在前两句的基础上,为柳发出了深沉的感慨:为什么要在行人来往的大道两侧,无缘无故迎风袅娜飘舞,迎来送往,度过自己的一生呢?词人把对风尘女子的同情,巧妙地寄寓在对"末上青"的杨柳的客观描绘之中。而"末上青"三个字,又暗示她正处于"娉娉袅袅十三余,豆蔻梢头二月初"(杜牧《赠别二首·其一》)的美妙年华。末句将咏柳与咏人合为一体,感叹风尘女子于迎来送往中度过悲凉的一生,情意深沉。故《汤显祖批评花间集·卷二》云:"'舞送行人'等句,正是使人悲惋。"

其二

吴王宫里色偏深①,一簇②纤条万缕金③。不愤④钱塘苏小小⑤,引郎松下结同心⑥。

注释

①吴王宫:吴王夫差为西施造馆娃宫。宫中多柳,故言"色偏深"。②一簇:一丛。③万缕金:万条淡黄色的柳枝。④不愤:不服气,或不怨。愤:怨也。⑤苏小小:六朝时南齐钱塘(今杭州市)名妓,才貌双全,其家院中多柳。⑥"引郎"句:言苏小小多情,曾与所爱之人结同心于松柏树下。古乐府《苏小小歌》:"妾乘油壁车,郎骑青骢马。何处结同心?西陵松柏下。"结同心:用锦带制成的连环回文结,又称"同心结",表示恩爱或象征爱情。

赏析

这首词以物托兴,借咏柳以抒人情。

苏杭地处江南水乡,适合杨柳生长,宫内宫外多种植。白居易《杨柳枝》:"苏州杨柳任君夸,更有钱塘胜馆娃。若解多情寻小小,绿杨深处是苏家。"此词说杭州的杨柳胜于苏州。牛峤此词也提到馆娃宫及苏小小,似乎与白居易唱反调,偏说苏州吴王宫之柳胜于钱塘(杭州)。吴王宫中柳树众多,千条万条,如缕如金,要是钱塘的柳色更好,那为什么苏小小还要约郎到松柏之下去谈情说爱(结同心)呢?词人根据古乐府《苏小小歌》"西陵松柏下",机智地对白氏之词作了反讽。杨慎《升庵诗话·卷六》云:"牛诗用此意(《苏小小歌》),咏柳而贬松,唐人所谓尊题格也。后人改'松下'作'枝下',语意索然矣。"说"尊题"极是,说"咏柳而贬松",并不中肯。词意是说苏州杨柳胜于杭州。

这首词的意味当然不止于此。杨柳枝柔,虽可绾(wǎn)作同心结,但苏小小和情郎为何不来柳下结同心呢?"一簇纤条万缕金"之柳枝,绾作同心结,却要赠给行人(折柳赠别)。原来柳下结同心,乃有与情人分别的寓意。而松柏岁寒而后凋,是坚贞不渝的象征,情人们自然愿来松柏下谈情说爱、山盟海誓。假如作者将宫柳暗喻宫人的话,那么"不愤钱塘苏小小,引郎松下结同心"就不但不是贬,反倒是羡慕乃至嫉妒了。此外,词前二句的背景是西施所在的吴王宫里,后二句的背景是苏小小所在的"钱塘",两人身世迥异,或寓有"荣枯咫尺异"之感,耐人寻味。所谓词之"味外味"即此。

其四

狂雪①随风扑马飞,惹烟无力被春欺②。莫教移入灵和殿③,宫女三千又妬伊④。

注释

①狂雪:比喻柳絮纷飞如雪。②"惹烟"句:意思是柳絮招引着烟雾,被春风吹得满天飘舞,显得娇弱无力。被春欺:春风吹得柳絮满天飘舞,故说"被春欺"。③"莫教"句:张绪为南朝齐吴郡人,齐武帝时官至国子祭酒。据《南齐书·张绪传》载:张绪美风姿,清简寡欲,口不言利,但吐纳风流,听者忘倦。益州献柳数株,状如丝缕。时芳林苑始成,武帝以之植于灵和殿前,常玩赏咨嗟曰:"此杨柳风流可爱,似张绪当年时。"这里是说柳怨张绪与己争美而不相让。莫教:莫使,不要。灵和殿:南朝齐宫殿名。④妬,同"妒"。伊:你。妬伊:意思是柳絮柔美婀娜,易被宫女所嫉妒。

赏析

这首词写柳絮而寓有个人身世之感。

首句写柳絮纷飞如雪,在马的周围飞舞。"狂雪",比喻奇特而新颖。"扑马飞",气势尤胜,一反柳絮轻柔绵软之态。次句进一步刻画柳絮:柳絮逗引着烟雾,被春风吹得满天飘舞,显得娇弱无力。"惹烟",本来柳絮就像烟雾,反而说柳絮招惹烟雾,表现出它的多情和风流。"被春欺",显示出柳絮的"无力"。后两句以人写物,想象新奇:千万不要把柳树移植到灵和殿中,免得柳絮的风流可爱惹起三千宫女的嫉妒。"妒伊",指柳絮"惹烟无力被春欺",易被宫女所嫉妒。"三千",说明嫉妒者之多。一"又"字,谓其被宫女嫉妒已多次也。白居易《后宫词》称"三千宫女胭脂面",个个美丽如花,柳絮被她们长期嫉妒,正见其何等婀娜可爱。从另一方面说,柳絮长期被众多宫女嫉妒,也实在令人悲哀!这二句似乎是词人在抒发自己的感慨,表示自己不愿到那些"是非之地"去。

女冠子

其一

绿云①高髻,点翠匀红时世②。月如眉,浅笑含双靥③,低声唱小词。

眼看唯恐化④,魂荡欲相随。玉趾⑤回娇步,约佳期⑥。

注释

①绿云:比喻乌黑浓密的秀发。又解,古时眉发颜色皆尚绿色,认为是青春年少的象征。②时世:即时世妆,入时之妆,犹言时髦。谓女道士之装束能赶上社会流行之新样式。③月如眉:比喻眉如新月。浅笑:微笑。双靥(yè):脸颊上两个酒窝。④化:指羽化,即化仙飞升而去。采用夸张手法,写女道士貌美有神,如仙女一般。⑤玉趾:女道士足之美称。⑥佳期:指男女约会的日期。秦观《鹊桥仙》词:"柔情似水,佳期如梦。"

赏析

这首词描写女道士的美姿与风韵。

上片是男子所见的女道士形象：绿云般的发髻高耸；翠绿色细眉，匀称红润的脸蛋，衣着也是当时流行的样式。她装扮入时，追求时髦，已违道规远矣。她眉如一弯新月，微微一笑，便现出两个酒窝，正低声吟唱着小曲。声貌并现，刻画了一个活泼美丽、娇羞妩媚、风情万种的女道士形象。

下片先写男子的情意：看着这样美如天仙的女子，唯恐她瞬间羽化而登仙飞去，令人魂牵梦萦，很想追随她而去。"唯恐"，因女冠貌美而爱恋不舍也。"欲相随"者，因其美丽多情也。"唯恐""欲相随"，皆从男子的角度写女冠之美貌。况周颐《餐樱庑词话》："'眼看唯恐化，魂荡欲相随。'别是一种说得尽，与'须作一生拚'云云不同。"此评是说女道士美丽销魂，但终有品位，未流于俗。而从男子眼中赞其美，又别是一种写法，此评确当。结尾出人意料，是对女子的一个特写镜头：她忽然止步不前，顾盼多情，缠绵无尽，轻移"玉趾"，竟向男子约期再见。为了追求幸福的爱情，竟然"回娇步"而"约佳期"，这是多么的脱俗、大胆！

其三

星冠霞帔①，住在蕊珠宫②里。佩丁当，明翠摇蝉翼，纤珪理宿妆。③

醮坛④春草绿，药院⑤杏花香。青鸟⑥传心事，寄刘郎⑦。

注释

①星冠：镶嵌有明珠的帽子。此指道冠。霞帔：彩霞般轻薄柔软的披肩。②蕊珠宫：道家传说天上上清宫有蕊珠宫，为神仙所居之处。周邦彦《汴都赋》："蕊珠广寒，黄帝之宫。"③"佩丁当"三句：丁当：或作"玎珰"，象声词。谓佩戴的珠玉叮当有声。明翠：当指头发。又解，谓头上的翡翠钗钿。蝉翼：当指首饰。"明翠"句：谓头发一动，

蝉翼形的首饰便颤动不已。纤珪：比喻手纤细而洁白如玉。珪（guī）：玉石。宿妆：隔夜之妆，此指旧妆、残妆。④醮（jiào）坛：道士祈祷所设之坛。醮：道士设坛做法事。⑤药院：指仙家的药草院，即仙家种药的园圃。⑥青鸟：神话中西王母的使者。《汉武故事》："七月七日，上（汉武帝）于承华殿斋，正中，忽有一青鸟从西方来，集殿前。上问东方朔，朔曰：'此西王母欲来也。'有顷，王母至，有二青鸟如乌，侠（夹）侍王母旁。"后世多用来指信使。⑦刘郎：指刘晨遇仙女事，见前韦庄《天仙子》（金似衣裳玉似身）注释④。

赏析

这首词描写女道士的生活和追求。

首句写女道士衣着：戴着镶嵌有明珠的闪光帽子，披着彩霞般轻薄柔软的披肩。接着转写住所：她住在神仙所居的蕊珠宫里，环境是何等清幽。再写装束、动作：走起路来环佩叮当，美丽的头发一动，蝉翼形的首饰便颤动不已，她还时不时用纤纤玉手整理昨夜的残妆。

下片二句意象丰富，蕴藉深沉，耐人寻味。作者将做法事的神圣冷寂的"醮坛"与带有情欲的生机盎然的"春草绿"对举，将毫无尘俗味的旧时仙家种药的"药院"（园圃）与情意荡漾的"杏花香"并列，说明她仍具尘世情欲，凡心未尽。最后表达对情爱生活的向往："青鸟传心事，寄刘郎。"所谓"心事"，即对男方的爱恋。青鸟啊，把表达我爱恋心意的书信及时送给刘郎吧！

牛氏《女冠子》四首（本书只选录其中两首），虽有"丽情"，但非"艳体"。追求爱情幸福，向往自由，本身就有其价值；而"风流若是"（李冰若《栩庄漫记》），故传之久远。

二 感恩多①

其一

两条红粉泪②，多少香闺③意。强攀桃李枝，敛愁眉。④

陌上莺啼蝶舞,柳花⑤飞。柳花飞,愿得郎心,忆家还早归。

注释

①感恩多:唐教坊曲名,始见于《教坊记》。此词调有三十九字、四十字两体,皆为双调。②红粉泪:泪流过化妆的脸庞,留下红色的痕迹。③香闺:指女子所居之室。④"强攀"二句:谓女子手攀桃李花枝,皱眉眺望。敛愁眉:因愁而皱眉。⑤柳花:即柳絮。

赏析

这首词写闺妇暮春盼郎早归的心态。真情毕露,别有风情。

词起生动地描写了闺人思念的形象:泪流过化妆的脸庞,带出两条红痕,闺中思妇不知有多少柔情蜜意。"红"与"香"对举成文,把不可捉摸的香闺思念,与有色有形的红粉泪糅合在一起,表达了女子对丈夫深挚、长久的眷恋之情。又将"两条"与"多少"对比,泪只有两条,而意无穷。"强攀"二句,写思念后的举动:闺人虽然强打精神,手攀桃李花枝,却愁眉紧锁,向远处眺望。"攀条折其荣,将以遗所思。"(《古诗十九首》其九)"强攀""折荣"以赠"所思",但所思者如飘飞的柳絮,自然要"敛愁眉"了。意欲消愁愁更愁,写出了闺人无可奈何之态,故陈廷焯认为"'强攀'妙,中有伤心处,借此消遣耳"(《云韶集》)。

下片宕开一笔,不写闺中人而写暮春之景,又承上写"强攀"时所见所闻。"陌上莺啼蝶舞,柳花飞":郊外田野上黄莺欢歌,彩蝶翩翩起舞,更有满天柳絮飘飞,一派热闹春景。然而这多姿多彩的春景,却更增闺人愁苦!因为外面热闹的世界与闺人的孤独冷清恰恰形成鲜明的对比。此外,这两句在色调、情绪上也与上片产生反差,即所谓以乐景写哀,倍增其哀。结二句由"柳花飞"产生联想,以直露之语表达自己心中的愿望:但愿郎君的心不要像柳絮,随风飘飞不定,而要想家早归才好。"柳花飞"采用顶真的手法,反复咏唱,一是柳絮撩人情思,二是暗藏闺人的期望:但愿郎君的心不要像飘飞的杨花,随时另图新欢。层层递进，自然贴切。

全词多处直言"太露"之情，如"泪""愁""香闺意"等，似乎不合词的常规写法，但是这种直率、坦露的笔法，却颇能表达真挚、热烈的情怀。亦如陈廷焯在《白雨斋词话》中所评："不必着力，只任意写来，自臻妙境。"非大家，不能有此手法。

应天长

其一

玉楼春望晴烟灭①，舞衫斜卷金条脱②。黄鹂娇啭声初歇③，杏花飘尽龙山雪④。

凤钗低赴节⑤，筵上王孙⑥愁绝。鸳鸯对衔罗结⑦，两情深夜月。

注释

①晴烟灭：天转晴，烟气消失。②卷：同"捲"。条脱：手镯、腕钏一类饰物。③黄鹂娇啭：比喻歌喉婉转动听。声初歇：言其刚刚唱罢。④龙山雪：泛指高山之雪。⑤凤钗：妇女首饰，钗头为凤形。赴：投入，参加。节：一种用竹编制的古乐器，引申为节拍。⑥筵上：宴席上。筵：同"宴"。王孙：泛指贵族公子。⑦罗结：罗带编成的同心结。

赏析

这首词写一位舞女在舞筵中遇到一位贵公子（王孙）而产生爱慕之心的情景。

起句景中见人：春满大地，雨后转晴，烟气消失，玉楼中人注目远望。一"望"字，暗示出玉楼中舞女的企盼心理。次句写舞女装束：戴上金灿灿的手镯，穿好舞衣，舞裙长而斜卷着，呈飘逸之态。她刚刚唱完歌曲，其歌声如黄鹂娇啼，婉转动听，悠扬不绝，使人回味无穷。"娇"字形神兼备，既形其声，又状其态，令人遐想，意味无穷。她的舞姿如龙山之雪翩翩,又如婀娜的杏花轻盈,给人留下美好的印象。

下片前两句转从男方角度进行描写。那宴席上的贵公子,被舞女的歌声和舞姿所陶醉,他用凤钗打着节拍,轻轻地应和着。此句与白居易《琵琶行》中的"钿头银篦击节碎"相似。而"筵上"句则说歌舞激起了贵公子的无限忧愁,有相知相应之感。最后以欢情作结:锦被上有一对鸳鸯衔着同心结,相亲相爱,情深似海;深夜里,更有那圆圆的明月相照,令舞女艳羡不已。以鸳鸯成双成对、相亲相爱来写自己的心意,这种移情手法,比直抒心意要含蓄婉曲得多。热切的愿望、一片痴情,令人感叹。

词中二人相见倾心,情意真挚,流露出追求自由幸福的爱情的愿望。故《汤显祖批评花间集·卷二》云:"峭壁孤松,寒潭秋月。"

更漏子

其一

星渐稀,漏频转①,何处轮台②声怨?香阁掩③,杏花红,月明杨柳风。

挑锦字④,记情事,唯愿两心相似。收泪语,背灯眠⑤,玉钗横枕边。

注释

①漏频转:指漏壶上的刻度频频转换,谓时间过得快。②轮台:地名,在今新疆巴音郭楞蒙古自治州西部。又解,唐时西北边地舞曲名。任半塘《唐声诗·下编》第八:"天宝间封长清西征时,轮台为重镇,《轮台》歌舞或即于此时传入内地,精制为舞曲,流入晚唐,五代不废。"③香阁掩:指闺房的门关着。④挑锦字:用窦滔妻苏若兰织锦回文诗事。《晋书·窦滔妻苏氏传》:"窦滔妻苏氏,始平人也,名蕙,字若兰。善属文。滔,苻坚时为秦州刺史,被徙流沙。苏氏思之,织锦为

回文旋图诗以赠滔，宛转循环以读之，词甚凄婉，凡八百四十字。"后来用"锦字""锦书"泛指妻子给丈夫的书信。⑤背灯眠：背对灯烛而眠。又解，指灭灯而眠。背：灭。

赏析

这首词描写闺妇思念戍边的丈夫。笔触细腻，见词人传情入微之本领。

月明星稀，更漏频转，夜已深沉。这时，不知从何处传来《轮台》舞曲之声，情调哀怨。《轮台》是边地乐曲，自然就唤起对戍边亲人的惦念和相思之情。闺妇这时难道真的听到了《轮台》舞曲吗？未必。只因她怀人苦切，在心神憔悴之夜，恍惚若有所闻。按本词之情，这样理解可能更真实。这偶尔一现的幻听、幻觉，一时间给闺妇带来身临塞外，即将见到亲人的喜悦。在迷茫中开门看塞外风光，扑入眼帘的却仍然是朝夕相对的江南春色，方知自己依然独处深闺。"香阁掩"三字，传出失望的叹息，也不难想象出她无可奈何地掩门而卧的情态。算了吧，还是关门睡觉好，任它杏花红似火，明月朗照，杨柳随风飘舞。一切良辰美景，对她还有什么意义呢？只不过徒增惆怅罢了。"香阁掩"三句，以乐景写哀，倍增其哀。上片用"何处"一句点明事由，其余全写客观环境，用"怨"字将景与情统一起来。

下片写闺妇的行为、心理。她睡不着觉，只好起来给边关的丈夫写信（用苏若兰织锦回文的典故），同时回忆起两人相聚时种种欢乐的往事，只愿像往日一样两心相印，便可聊以自慰了。"唯愿"二字，可见其不敢抱太大希望，透露出凄切的悲音。睡不着，起来写信；可是又写不下去，只好再去睡觉。她擦擦眼泪，懒得灭灯，背着灯光和衣而卧，玉钗从头上悄悄滑下，落在枕边。"背灯眠"三字，描摹出闺妇百般无奈的慵懒情状。"玉钗横枕边"，从侧面写出钗坠鬓乱、首如飞蓬的睡态，暗示出闺妇辗转难眠，微妙地烘托出她怏怏不乐的心态。

本词词体虽小，却能一波三折。夜深幻听的惊喜，醒来的孤独、惆怅，锦字难织，玉钗横枕，闺妇心中波澜叠起，层层递进，曲尽其情。

望江怨[①]

东风急,惜别花时手频执[②],罗帷愁独入。马嘶残雨春芜[③]湿,倚门立。寄语薄情郎,粉香和泪泣。

注释

①望江怨:唐教坊曲名,始见于《教坊记》。此调宫调失传。单调,三十五字。②惜别花时:即花时惜别。花时:春季。手频执:指多次拉手或握手,表示依依惜别之情。③残雨:将止之雨。春芜:春草。

赏析

这是一首闺怨词,咏女子盼情郎不归的怨恨之情。从情节结构看,包含三层意思:一是忆惜别,二是叙等待,三是寄情思。

词开头运用追叙手法,以突兀而来的"东风急"领起,给人以紧迫之感。东风劲吹,百花争艳,这是一个春意盎然的季节。在这美景良辰之时,一对情人却双手频频相握,离别在即。那依依不舍、万语千言之情,全从这个富有动作性的"频"字中传达出来。"执子之手,与子偕老。"感情深挚而热切!作品以美好的景致和环境,反衬离别时的凄恻之情,对比强烈。第三句正面点出"愁"字来。这个"愁"字,把女主人公闷闷不乐、郁郁寡欢的情态和心境写出来了。而"独入",更点出她从此独居寂寞的处境。正当她沉浸在痛苦的回忆中时,突然远处传来了马的嘶鸣声。"倚门立"应"马嘶"而来,是有所盼望的动作。不言而喻,女主人公以为郎君骑马归来,赶紧跑出来,倚在门边,但并不如愿,门外只见"残雨春芜湿"。此语双关,既点明此时此刻的实景——春雨绵绵,春草已湿,又隐喻女主人公暗暗抽泣,泪痕斑斑,如同残雨。《汤显祖批评花间集·卷二》云:"'疏雨湿春愁''马嘶残雨春芜湿',皆集中秀句,'湿'字俱下得天然。""马嘶"并未带来她所盼的郎君,反而倍增悲楚之情,难怪她要骂那"薄情郎"了。"马嘶"

虽未给她带来喜悦,但她并不灰心,相反,她仍然充满信心,寄予希望,托人捎信,一吐衷情。"寄语"二字,表达了女主人公在失望中的又一层新的企盼。信一寄出(寄语),香粉和着泪水便禁不住成串流下。"粉香和泪泣"与"多少泪,断脸复横颐"(李煜《望江南》)有相似之处,但李词切直显露,牛词柔中有刚,绝望之中隐含希望,纤弱之中有一股力气。有怨愤,有离恨,更表现了她的痴情、执着和追求。

词以女主人公"倚门立"为轴心,朝两个方面延伸:一是对往事的追忆、惜别的难舍,勾画出一幅深情似海的"惜别图"。这也是今朝"倚门立",盼望情人归来的思想基础。二是对未来的思考,遥寄相思的深沉,倾诉别后情怀:哀怨、惆怅、失望、期待,各种复杂思绪错综交织,弹奏出一曲"诉衷情"。今朝与昔日沟通,景物是触媒。此时眼前所见的"春芜",触发往日的"花时";由"残雨湿"引出"和泪泣";又从"手频执",反照今日的"薄情郎"。而"薄情"之叹又是通过"马嘶残雨春芜湿"的景物描写来表现的。故郑文焯评曰:"文情往复,杂写景中,致足讽味。"(李冰若《花间集评注》引)

菩萨蛮

其一

舞裙香暖金泥凤①,画梁语燕②惊残梦。门外柳花飞,玉郎③犹未归。愁匀红粉泪,眉剪春山翠④。何处是辽阳⑤?锦屏⑥春昼长。

注释

①金泥凤:用金粉涂饰的凤凰彩绣。②语燕:呢喃作语的燕子。③玉郎:形容郎君的美貌,一般为女子对郎君或情郎的爱称。④眉剪春山翠:谓将黛眉修饰为春山之状。春山:喻眉。⑤辽阳:今辽宁省辽阳市一带,古代为边塞要地。此泛指征戍边地。⑥锦屏:锦缎制成的屏风。

这首词描写闺中思妇怀念远戍边关的爱人。

首句写梦中之境:梦中的她穿着饰有金凤凰的舞裙,在香雾缭绕中翩翩起舞,迎接郎君,与之相聚,心里一片温馨。"暖",因此句是写梦境,两情缠绵,无比温馨,故有此感。但美梦却被画梁上燕子的呢喃所惊破,一时惆怅不已。"惊残梦",梦中的一切顿时都化为乌有,怎能不"惊"?怎能不思绪万千?更何况又看见双双语燕的亲昵,她能不心"惊"吗?接着顺势写梦醒后所见:门外柳絮四处飘飞,又一个春天将尽,但远征的玉郎却不见归来。春去可春来,但红颜易老,华年去而不复,哪能不撩起无限愁思?一个"犹"字,含有多少期盼,而最终归于失望。

下片紧承其上,写玉郎未归的伤感:她愁怀难释,勉强梳妆,匀了和着红粉的珠泪,淡扫眉黛,似春山之翠。"红粉泪",亦如牛峤《感恩多·其一》的"两条红粉泪,多少香闺意"。虽"愁"仍"匀",要梳妆打扮,表明她等待归人的希望未灭。"何处",并非不知"辽阳",而以示其茫然而无奈也。面对锦制屏风,空闺独守,伤春怀远,度日如年,故觉春昼特长,倍加惹人相思。

全词以清丽的语言塑造了一个鲜明的深闺妇女的形象,情致婉转,自臻妙境。

其七

玉楼冰簟鸳鸯锦①,粉融香汗流山枕②。帘外辘轳③声,敛眉④含笑惊。

柳阴烟漠漠,低鬓蝉钗⑤落。须作一生拚⑥,尽君今日欢。

注释

①冰簟(diàn):凉竹席。簟:本义是粗纹竹席,此处泛指竹席。鸳鸯锦:饰有鸳鸯图形的锦帐。②粉融香汗:脂粉和汗水融在一起。山枕:古时枕头中间凹,两头高,故言"山枕"。③帘外:窗外。辘轳:

本为井上汲水的工具，此处指辘轳汲水的声音。④敛眉：皱眉。⑤蝉钗：带有蝉形饰物的发钗。⑥拚（pàn）：舍弃，不顾惜。

赏析

  这首词写一个女子与情人欢合时的情态。

  起句写欢会场所。"玉楼"，既是女子之住地，也是欢会之所，何其主动。与下片"尽君今日欢"呼应。"冰簟"，点明时间是夏季，呼应下句的"粉融香汗"。以华丽阁楼内精美竹席和绣有鸳鸯的锦帐烘托两情的恣意欢愉，不仅与两情欢爱的情态相和谐，而且增强了两情欢合的气氛，并不庸俗。次句写欢爱之情景："香汗"而"粉融"，更何况"香汗"已流到枕上，透视出女子欢爱时的恣意放纵。露而不显，直而不白。辘轳汲水之声，自窗外传来，天将破晓，欢爱将尽。"敛眉含笑惊"，把此刻女子既为欢愉而喜（故"含笑"），又为将别而悲（故"敛眉"），又因闻辘轳声（时间过得真快）而"惊"的情态，描摹尽致。所以况周颐评曰："'敛眉含笑惊'，五字三层意，别是一种秘密法眼。"（《餐樱庑词话》）周邦彦《蝶恋花》（月皎惊乌栖不定）在"更漏将阑，辘轳牵金井"后，有"唤起两眸清炯炯，泪花落枕红绵冷"句，写因别而难以成眠。"两眸炯炯"，见眼泪晶莹；"红绵冷"，见流泪之久且多，也是传神之笔，但不如"敛眉含笑惊"具有飞动的形态美。

  下片写欢会后清晓临别。"烟漠漠"，点明晨景；"蝉钗落"，是由于"低鬓"，状两情缱绻。杨柳形影（"柳阴"）不离，云烟迷蒙，贪欢至晨，鬓发低垂，蝉钗滑落，想留（"柳"谐音"留"）而离别在即。此二句景物描写，从侧面表现出女子之情意绵绵，从而过渡到结尾二句"须作一生拚，尽君今日欢"的"绝妙"情语。刘永济在《唐五代两宋词简析》中评此二句云："有舍弃一切，拼却一生以求暂时之乐之意，可知此女必为封建制度所束缚，以致情爱无从自由发抒。正如《西厢记》之莺莺，一遇张生，便倾心相许也……末两句虽止十字，可抵千言万语。"但是如果没有前面景物的映衬、烘托，感情的逐步递进，则最后喷出的"情语"就不会"绝妙",而是"狎昵已极"(王士禛《花草蒙拾》)、"冶艳极矣"(李冰若《栩庄漫记》)的"亵语"了。

定西番

紫塞①月明千里,金甲②冷,戍楼③寒,梦长安④。

乡思望中天阔⑤,漏残⑥星亦残。画角⑦数声呜咽,雪漫漫。

注释

①紫塞:长城,亦泛指边塞。崔豹《古今注·都邑》:"秦筑长城,土色皆紫,汉塞亦然,故称'紫塞'焉。"②金甲:铠甲。③戍楼:边防驻军的望楼。④长安:指京都。⑤"乡思"句:谓征人思乡而眺望,只见天空旷远、开阔。⑥漏残:指天将明。⑦画角:军中乐器,出自西羌。口细尾大,形如牛角,以竹木或皮革制成,外加彩绘,故称"画角"。古时军中以画角声报昏晓。

赏析

这首词是就题发挥之作,咏叹边塞生活之苦与戍卒思归情怀。

首句勾勒出北方边塞大漠的广袤:明月朗照天际,千里无物遮挡,一片孤寂、冷清。"紫塞",此词用在这里,极有历史沧桑之感。"金甲冷,戍楼寒",与首句相呼应,描写在荒凉广阔背景下边塞戍卒的形象。"紫""冷""寒",从视觉、触觉和感觉上,生动直观地展现了边塞寒苦的生活。在这样的生活环境下,戍卒的思乡之情油然而生,致使夜梦长安。"梦长安"三字,直诉无限家国之思。与李白的"长安如梦里,何日是归期"(《送陆判官往琵琶峡》)相比较,此句意蕴之深沉、含思之内敛,较李诗有过之而无不及,为全词主旨。

下片直诉"乡思"之情。承上"梦"醒之后,继之以"望"。只见天宇一片空旷,浩渺无际,然而此刻已是更漏将尽,残星稀疏,天将破晓。"中天",天空也。长夜就这样过去了,而戍楼上画角声呜呜咽咽,大雪漫天飞舞，无边无际，与上片"冷""寒"相呼应。如此背景，既增强了戍卒乡思之情，又增添了戍卒的悲壮色彩。

词始终围绕着"冷""寒"二字来写乡愁。上片"金甲冷，戍楼寒"，直言其寒冷；下片"漏残星亦残"，虽未言寒冷，但夜深星残，让人自然地联想到寒冷。结句画角声呜咽，飞雪漫天，再一次渲染了凄寒之情。但在这极度的悲凉、冷清之中，"紫塞""月明千里""中天阔""雪漫漫"等边塞景物，又使词的境界显得雄浑阔大。边塞雪景与乡思融为一体，虽悲犹壮，哀而不伤。正如徐士俊《古今词统·卷三》所言"是盛唐诸公塞下曲"，本词确是一首边塞佳作。

江城子

其一

鹣鹣①飞起郡城②东，碧江空，半滩风。越王宫殿，蘋叶藕花中。③帘卷④水楼鱼浪起，千片雪⑤，雨濛濛。

注释

①鹣鹣（jiāojīng）：水鸟名，鹭鸶的一种，头细身长，羽毛美丽，头有红冠，长目似睛交，故云"交睛"。②郡城：当指会稽（今浙江省绍兴市），春秋时越国国都。③"越王宫殿"二句：谓越王勾践的宫殿已成为沼泽。④卷：同"捲"。⑤千片雪：承上句"浪起"，谓浪花如雪。

赏析

这首词是吊古伤今之作，咏叹春秋时越国宫殿旧址的荒凉萧索。

起三句写郡城外景。"郡城"，指春秋时越国国都。一群水鸟从郡城东飞起，越过江上蔚蓝色的天空，水天一色，碧波荡漾，千里空明，沙滩上微风吹拂。在这幅清新明媚、令人绝尘弃俗的美景中，引出

"越王宫殿，蘋叶藕花中"的感叹。往昔的霸主越王勾践在此建造的巍巍宫殿，随着岁月的流逝而无影无踪，代之而起的是一片长着红藕翠蘋的沼泽。俞陛云评道："四、五两句谓霸图消歇，遗殿无存，但见红藕翠蘋，凄迷野水，与李白咏勾践诗'宫女如花满宫殿，只今惟有鹧鸪飞'皆怀古苍凉之作。"（《唐五代两宋词选释》）如与李白《起中览古》（上句所引诗句题目）诗比较，虽属同一意境、同一感慨，但牛词较李诗明快、高亢，不似李诗那样悲凉。最后写水楼观涛：由远而近，水楼帘卷，鱼儿在水面上嬉戏，浪花如雪，全笼罩在雨雾蒙蒙之中，这是一幅波澜壮阔的南国水乡图。将吊古伤今之"神伤"寄于美景之中，正是作者用笔的长处。

牛峤以写艳词为主，其词风却不拘一格，如前词《定西番》、本词《江城子》皆属"变风"。

张　泌

张泌（生卒年不详），字子澄，淮南（今江苏省苏州市）人。被南唐后主征为监察御史，官至内史舍人，故世称张舍人。

其词多写女子，风骨柔弱，清隽疏宕，较少脂浓粉艳之气，澹净而富于情趣。《花间集》录其词二十七首。其中《浣溪沙》十首，风格清隽委婉，表现了温柔的情趣。《浣溪沙·其九》（晚逐香车入凤城）写傍晚时分，一男子追逐一个少女的车子进了京城，他佯醉随行，仿佛听到车中女子责怪说"太狂了"，这好像是一个特写镜头，颇具意味。有的词作格调近民歌，如《江城子》二首、《蝴蝶儿》，这在花间词中实属少见。

浣溪沙

其二

马上凝情忆旧游①,照花淹②竹小溪流,钿筝③罗幕玉搔头④。早是⑤出门长带月⑥,可堪分袂⑦又经秋,晚风斜日不胜⑧愁。

注释

①凝情:凝聚感情,深思貌。旧游:往日的游侣、游踪。②淹:浸渍(zì),并非淹没。③钿(diàn)筝:饰金之筝。筝:弹拨乐器,战国时已流行于秦地,故又称秦筝。④玉搔头:玉簪的一种。《西京杂记·卷二》:"武帝过李夫人,就取玉簪搔头。自此后宫人搔头皆用玉,玉价倍贵焉。"⑤早是:早已如此。⑥长带月:经常带月出门。⑦可堪:哪堪,哪能忍受得了。堪:忍受,能支持。分袂(mèi):分手、分别。袂:衣袖。⑧不胜:不能承受。

赏析

这首词写旅途中回忆当初与情人相聚时的幸福情景,但如今分别日久,忧伤满怀。

以"忆旧游"领起全篇。一个骑在马背上的羁旅行役之人,对旧时的游踪和往昔的游侣的深深怀念。仅此一句就将主人公的生活状况、感情思绪、想念对象做了概括,用墨简练。接二、三句承"忆旧游"而来,追忆旧游之地、之人。以"照""淹""流"三字赋景物以动感,融成一幅生机勃勃的清幽图景。一条潺潺流淌的小溪,碧水清澈,映照出岸上的奇花异卉,浸润着悠悠绿竹。面对这美景良辰,在美丽的罗帐中,美人头插玉钗,轻拨筝弦,乐声幽雅醉人。她姿容艳丽,技艺绝佳,乐音传情,含情脉脉,两人心神相通,何其惬意。俞平伯评曰:"叠用三名词:玉搔头,玉簪,指妆饰;罗幕,帷帐,指所在之地;钿筝，乐器，指技艺；只七字，写人、境、情事都有了。"（《唐宋词选释》）景美、人更美，哪能不忆？

下片转叙别后浪迹情景。分别已久，常常是披星戴月，辛劳奔波，苦多欢少，对旧游乐事总难忘怀。转眼又是一年，长期的分离使羁旅行役之人难以忍受。眷恋之情，溢于言表。"长带月"，谓此别并非暂时，而以朦胧淡月衬托别时（出门）情景，凄清之中又不失高雅气度。"早是""可堪""又"等词，渲染了与日俱增的羁旅行役之苦、相思之愁，无奈之中心情更为悲凉。结尾一句照应首句，是当时马上实景：秋日晚风萧瑟，夕阳西下，马上凝情，感今追昔，不胜愁苦。以景结情，语尽意长。

第二句写了三种自然景物花、竹、溪，各用一动词"照""淹""流"来刻画，而且写花、竹避实就虚，不直接描写，而是写其被澄澈的溪水所反照、所浸渍的情状，倍觉姿态摇曳。而第三句叠用三个名词"钿筝""罗幕""玉搔头"，写人、地、乐器，但把所在地的环境、弹筝人的美貌、两人的情事一一道出，穷形毕态，画面感极强。全词以首句领起，前后呼应，脉络分明，构思精巧。李冰若云"以'忆旧游'领起全词，实处皆化空灵，章法极妙"（《栩庄漫记》），确当之评。

其九

晚逐香车①入凤城②，东风斜揭③绣帘轻，慢回④娇眼笑盈盈。消息未通何计是？⑤便须佯醉⑥且随行，依稀闻道太狂生⑦。

注释

①香车：此指女子所乘之车。②凤城：京城。沈佺期《奉和乐游苑迎春诗》："歌吹衔恩归路晚，栖乌半下凤城来。"③斜揭：东风轻轻地揭开绣帘。拟人化写法。④慢回：漫不经心地回头看。慢：通"漫"。⑤"消息"句：彼此之间尚未通信息，互不了解，怎么办才好呢？这句是逐车者的心理活动。何计是：怎么办才好呢？⑥佯醉：假装酒醉。⑦太狂生：太过狂放。生：语尾助词，诗词中常用，唐宋口语。

这首词写一个男子看见坐车的女子,心生爱慕,追车进入京城。似是一个特写镜头,颇具意味。

词一开始就是一个令人吃惊的镜头:傍晚时分,香车奔驰,一个小伙子在后面紧紧追逐,直到进入京城。小伙子追逐香车中的女子,不仅在傍晚,而且"入凤城",何其痴迷!一阵春风吹来,轻轻揭开车上绣帘的一角,车中女子漫不经心地娇羞回眸,秋波流动,笑意盈盈,怎能不让小伙子痴迷倾倒?男方"逐",是有意;女方"慢回娇眼"而"笑盈盈",是有情;有意有情,彼此情意相通,否则,小伙子是不会追随车子"入凤城"的。男子想:彼此之间尚未通信息,互不了解,想求爱亦不可能,怎么办才好呢?最终他想到了自以为不错的办法——"便须伴醉且随行"。他假装喝醉了酒,紧跟在车后走,看看她是谁家的姑娘。"便须"者,就是必须也,自以为是,语气非常坚定。他紧跟不舍,无所顾忌,隐隐约约听到车中女子说"这小子太狂了"。"依稀"而"闻",说明女子只是小声嗔怪;怪他不顾影响,太大胆了点儿,而对其勇敢追求,心里是默许的。所以徐士俊云:"闻此语(太狂生),当更狂矣。"(卓人月《古今词统·卷四》引徐士俊评末句)

全词活跃明快,表难达之情,如李冰若在《栩庄漫记》中所评:"子澄(张泌字)笔下无难达之情,无不尽之境,信手描写,情状如生。所谓冰雪聪明者也。如此词活画出一个狂少年举动来。"

临江仙①

烟收湘渚②秋江静,蕉花露泣愁红③。五云双鹤④去无踪。几回魂断⑤,凝望⑥向长空。

翠竹⑦暗留珠泪怨,闲调宝瑟⑧波中。花鬟月鬓绿云重。⑨古祠⑩深殿,香冷雨和风。

注释

①临江仙：唐教坊曲名，始见于《教坊记》。此调又名《谢新恩》。双调，有五十四字、五十六字、五十八字、六十字等格体。宋柳永演为慢词，双调，九十三字。敦煌词作《临江仙》《庭院深深》等。②烟收：云烟消散。湘渚（zhǔ）：湘江边。渚：水中小块陆地。③"蕉花"句：将物拟人化，谓鲜红的美人蕉上露珠滴落，如美人饮泣时含恨凝愁。蕉花：美人蕉科，多年生草本，花鲜红色。④五云：五色祥云。双鹤：仙人所乘。⑤魂断：形容极度悲痛。⑥凝望：犹言痴望，呆望。⑦翠竹：指关于斑竹的传说。张华《博物志》："尧之二女（娥皇、女英），舜之二妃，曰湘夫人。舜崩，二妃啼，以涕挥湘竹，尽斑。"⑧闲调宝瑟：用湘灵鼓瑟的故事。《楚辞·远游》："使湘灵鼓瑟兮，令海若舞冯夷。"王逸注："湘水之神也。""闲调宝瑟"的"闲"，并非悠闲，而是忧心如焚，才鼓瑟排解。湘灵即湘妃、湘夫人，尧之二女，舜之二妃。调：调弦奏曲。⑨"花鬟"句：鬟如花，鬓如月，发如重重绿云。绿云重：比喻头发浓密。古人常以"云""绿"比喻头发。⑩古祠：指湘妃祠，又名黄陵庙。在今湖南湘阴北洞庭湖边。韩愈《黄陵庙碑》："湘旁有庙曰黄陵，自前古立以祠尧之二女、舜之二妃者。"

赏析

这是首怀古词，咏叹湘妃之事。湘妃，即舜之二妃娥皇、女英。相传帝舜南行，死于苍梧（今湖南宁远县）之野。二妃追随而至，到洞庭湖边听到帝舜已死，南望痛哭，投湘水而死，成为湘水女神。此传说具有动人的悲剧意义，成为后人经常吟咏的题材。

起二句写湘妃寻帝舜于湘江边，以环境烘托悲剧气氛。"烟收湘渚秋江静"，写远景，大笔勾勒出开阔的江景：烟消云散，秋光明媚，江水清澈，岸边一片寂静。次句景中寓深情，将物拟人化，从小处写近景：鲜红的美人蕉，露珠下滴，如美人饮泣，流出红泪。这二句由远而近，由小到大，由全景到特写，色彩鲜明而氛围凄凉，构思极佳。湘妃未寻到帝舜,不觉红泪沾襟,悲痛不已。但她们没有放弃,仍伫望寻觅,其结果是:帝舜乘着五色祥云远去,驾着双双白鹤羽化而登仙。已上九天,无踪无影,帝舜已崩逝。尽管如此,湘妃不知多少次痴情地凝望着长空,不知多少次伤心而愁魂欲断。帝舜已逝,断魂难续,她们一片忠心,双双投江殉情。

下片承上片写湘妃之怨。"翠竹暗留珠泪怨,闲调宝瑟波中"二句,由两个传说故事化出。前句言湘妃泣竹之事,后句则由湘灵鼓瑟的故事化出,以鼓瑟写哀,如泣如诉,人与神合,词意缥缈,一片凄迷。接着刻画湘妃形象:环形的发髻如花朵,鬓发斜垂如弯月,浓密的美发如绿云,连用三个比喻描绘其花容月貌。最后以景结情,叹息其悲剧性的结局:花容月貌,如今已是粉消香冷,幽居在这古祠深殿之中,与凄风苦雨相伴。结尾二句不仅渲染了全词的悲剧色彩,而且也营造了虚无缥缈的氛围,与上片后三句相呼应。

词以景起、以景结,词中多处化用传说故事,景因情而妍,情因景而幽,使悲剧形象充满了浪漫的气息。委婉凄艳,景妍情痴,"全词亦极缥缈之思,不落凡俗"(李冰若《栩庄漫记》),为本词之艺术佳境。

河 传

其二

红杏,交枝相映,密密濛濛①。一庭浓艳倚东风,香融透帘栊。②斜阳似共春光语,蝶争舞,更引流莺妒。③魂销千片玉樽前,神仙,瑶池醉暮天。④

注释

①密密濛濛:杏花盛开密集貌。濛濛:密布貌。②"一庭"二句:浓艳:香味浓,色彩艳。倚东风:倚靠春风。香融:香气融入风中。帘栊:窗帘和窗户。栊:窗户。③"斜阳"三句:"斜阳"句:斜阳留恋

春光,似乎与它共语。蝴蝶双双飞舞,风流翩翩,惹得黄莺嫉妒。④"魂销"三句:魂销:即销魂,此指极度欢乐。玉樽:玉制酒杯,或指精美贵重的酒杯。此为想象之词,是说千万朵杏花像盏盏精美的酒杯一样。神仙:形容好似进入神仙之境。"瑶池"句:好像日暮之时,沉醉在瑶池仙境之中。瑶池:传说中西王母所居之地。此泛指神仙所居之处。

赏析

这是一首咏物词,写杏花的艳丽和幽香,含惜春惜时之意。

上片写春天红杏。从帘内望出,先作总体勾勒。据《词谱》首句作"红杏,红杏"叠句。这样就更加重后面"交枝相映,密密濛濛"的气氛。春天里红杏枝繁叶茂,密密重重,花团锦簇,交相辉映。接二句承前写花香、花色:杏花香味浓郁,色彩艳丽。它的香气融入春风之中,既充满庭院,又透进挂帘的窗户,令人闻之欲醉。一"融"字、一"透"字,把香气的无孔不入写活了。通过描写红杏,表现了春光的无限明媚。

下片仍写景,用比拟手法。前三句承上片写春光怡人:斜阳留恋春光,久久不愿落山,它与春光之间似乎有说不完的甜言蜜语。粉蝶双双飞舞,忙于采花,风流翩翩,连黄莺见了都嫉妒。动物尚且在美好春光中流连忘返,恋春,惜春,更何况人!结尾三句写醉卧春光,令人销魂。身处如此春光之中,好似进入神仙之境。那千万朵杏花像盏盏精美的酒杯,盛着琼浆玉液;日暮之时,沉醉在瑶池仙境之中,如仙人般悠然自得,心旷神怡。日出日落,"逝者如斯",春光既短,时不我待。

周振甫先生在《诗词例话·咏物》中认为,判断咏物词境界高不高,一要看是否符合"不即不离,不离于物,又不要太粘着物上";二要看能否达到形神俱似;三要看是否有寄托。如"斜阳似共春光语,蝶争舞,更引流莺妒",蝶忙着采花蜜,故"争舞";莺之流连,是由于"一庭浓艳"的杏花。这就是不离于物,又不太黏于物。"蝶争舞",引起"莺妒",这就有寓意了,也就是所谓寄托。李冰若《栩庄漫记》

云"'斜阳似共春光语',隽语也",就此"语"而言,是确当之评。

生查子①

相见稀,喜相见,相见还相远。檀画荔枝红,金蔓蜻蜓软②。
鱼雁③疏,芳信断,花落庭阴晚。可怜玉肌肤④,消瘦成慵懒。

注释

①生查(zhā)子:唐教坊曲名,始见于《教坊记》。此调又名《陌上郎》《楚云深》《愁风月》《绿罗裙》。双调,有四十字、四十一字、四十二字诸体。②"檀画"二句:"檀画"句:女子用浅红色描画眉旁的晕色,所穿衣服上绘有红色荔枝的图案。檀:浅赭色,浅红色。杨慎《词品》:"画家七十二色中有檀色,浅赭所合,词所谓'檀画荔枝红'也。而妇女晕眉色似之。"檀画即"檀晕",画家常以浅红色描仕女眉旁的晕色。荔枝红:谓衣服上绘有红色荔枝图案。"金蔓"句:谓头上戴着金属丝所支撑的蜻蜓状首饰,人一动就颤颤巍巍。金蔓:带弹性的金属丝。蜻蜓:如蜻蜓状的头上饰物。③鱼雁:《汉乐府·饮马长城窟》:"客从远方来,遗我双鲤鱼。呼儿烹鲤鱼,中有尺素书。"《汉书·苏武传》:"教使者谓单于,言天子射上林中,得雁,足有系帛书。"后用"鱼雁"指代书信。④玉肌肤:肌肤莹洁似玉。

赏析

这首词写一位女子与情郎相见又离别的情景及别后的相思。

词开头语句平淡却道尽了离多会少、喜逢怨别的种种心情。词一般忌直贵曲,而本词开篇似直露,却一波三折。"相见"而"稀",难免没有埋怨;而相见自然令人高兴,故次句在"相见"二字前冠以"喜"字。然而不曾料到,"相见"后就随即"还相远",这是对前两句的诠释和补充。"还相远"之"远",是远行,是离开。这就是说,相见之后,随即他又远行了,离开了。离别已令人黯然销魂,何况是离别后又远行千里呢？其中苦况不言而喻。原来这是她在回忆离而见、见而别时的情况。郎君虽已远行，但她并不失望，等待着他的归来。她还着意打扮，"檀画荔枝红，金蔓蜻蜓软"。她用浅红色描画眉旁的晕色，穿着绘有红色荔枝图案的衣服；头上戴着金属丝所支撑的蜻蜓状首饰，一动就颤颤巍巍。词这样写，既表现出女子的美丽，也描写出女子等待的殷切，更刻画出女子真诚、执着的爱。以上描述，为下文做了很好的铺垫。

下片承上写别后相思，美质渐损。"鱼雁疏，芳信断"。来信稀少（疏），已让人够难受的了，更何况继之而来的音信杳无（断），期待彻底落空，悲苦之状溢于言表。接着以景寓情。"花落庭阴晚"，花落庭院，阴暗一片，时间向晚。"花落"，暮春也，以此引发伤春之意。花落来年尚可再开，花颜却凋而不再。"晚"，到来的又将是一个难耐的漫漫长夜，等待的前景就将是无边无际的黑暗。承上句伤春，结尾写伤己。可惜啊，虽有莹洁似玉的肌肤，但是万念俱灰的她，不仅消瘦了，而且还变得慵懒了。"可怜玉肌肤"，是对美质无人赏的叹息；"消瘦成慵懒"，则是对美质被损的痛惜，亦如李清照词"憔悴损，如今有谁堪摘"（《声声慢》），此二句比李词的内容更为丰富。

全词语句平淡，情意内蕴；自然晓畅，直中有曲。如汤显祖所评："信笔而往，无一浮蔓。"（《汤显祖批评花间集·卷二》）

柳　枝

腻粉琼妆透碧纱（雪休夸）①，金凤搔头堕鬓斜（发交加）②。
倚着云屏新睡觉③（思梦笑），红腮隐出枕函花（有些些）④。

注释

①"腻粉"二句：腻粉琼妆：细腻的粉妆洁白如玉。琼：白色美玉。碧纱：碧纱帐。雪休夸：意思是说人之洁白胜过雪。形容前文的"腻粉琼妆"。②"金凤"二句：凤头形的金簪斜斜地坠向鬓边，而美

发如云般蓬散交错。金凤搔头：指凤头形的金簪。③云屏：指屏风。屏风是固定于枕前的，兼有挡风、倚枕两种用途。新睡觉：刚睡醒。新：刚刚。④"红腮"二句：枕函花：枕套上所绣之花。枕函：枕套。有些些：有少许。此二句意为美人红腮上隐隐约约出现了一些枕上花纹的痕迹。

赏析

本词仿佛是一幅仕女图，写一位美女乍醒时倚屏而笑的娇慵情态。其中，"雪休夸""发交加""思梦笑""有些些"为和声部分。

上片写美人睡时情态。从轻盈的碧纱帐里，透出美人细腻润泽的肌肤，洁白如玉。雪呀，算了吧，不要再夸耀自己的洁白了，你比起她来差远了。接下来由人及物，以物写人。"金凤搔头坠鬓斜（发交加）"，凤头金簪斜斜地坠向鬓边，如云的美发散乱交错，慵懒之态见于笔端。一"坠"、一"斜"、一"交加"，把女子睡中辗转反侧之状态生动地展示了出来，好一幅睡美人图！

下片写乍醒时情状。"倚着云屏新睡觉（思梦笑）"，刚睡醒，倚着屏风，想着梦中之景，不禁觉得好笑。"思梦笑"，字浅意明，但含蕴深邃。她为什么乍醒而笑？是"思梦"，但梦中情景，词中并未写明。"笑"，是欢喜之笑，还是荒唐之笑，因梦境不明，笑的性质就只能靠读者猜想了。结尾承上，写倚屏时的娇慵之态。她想起梦中之事，笑意浮上脸庞，腮旁还印着枕套上若隐若现的少许花纹。《汤显祖批评花间集·卷二》云："'红腮'一语，自见巧思。"以"红腮"所留下的痕迹，写醒后情态，独出心裁，非"巧思"何为？

全词秾艳而含蓄，耐人寻味。闺思一般都以愁态出现，而此词则以"梦笑"示之，独出心裁，别具一格。

江城子

其一

碧栏干外小中庭，雨初晴，晓莺声。飞絮①落花，时节近清明。睡起卷②帘无一事，匀面了③，没心情。

注释

①飞絮：飘飞的柳絮。②卷：同"捲"。③匀面了：化妆结束。匀面：敷粉，即涂匀脂粉。

赏析

这首词写女子妆罢自怜的伤春之情。

前五句写早起所见庭院中景色。"碧栏干外小中庭"，勾勒了庭院的概貌：碧绿的栏杆之外是一个小小的庭院。接四句描述庭院中小景：雨后初晴，空气清新，黄莺在婉转地歌唱，而片片落花柳絮，随着春风飘扬。这是一幅多么清丽的画面啊！在如此美丽的环境中，女主人公觉察到"时节近清明"——暮春已到。她由此想到时光流逝，春去花残，红颜易老，伤春之感油然而生。正如李冰若所评："流丽之句，却寓伤春之感。"（《栩庄漫记》）结尾三句由前面的景中寓情过渡到人，写女主人公的活动。既已伤春，更何况是深闺独处，更令人寂寞难耐。"睡起卷帘无一事，匀面了，没心情"，一个慵懒的百无聊赖的闺人形象呈现在眼前。"无一事"，为什么还要"匀面"？既然"匀面了"，反而又"没心情"，"匀面"岂非多余？女为悦己者容，独守空闺的她，又何必盛装打扮呢？她可能不愿辜负如此的春色，不愿辜负如花的年华，也许还有所期待（情郎可能归来），然而打扮过后，面对的仍然是空闺寂寞，便萌生了一种失落感，更增其愁绪。一句"没心情"，包蕴了多少难言、不忍言、无人可言之苦。伤春的主题也由此得到深化。

此词笔调清新活泼，后三句人物刻画生动传神，极富民歌风味。

其二

浣花溪①上见卿卿，脸波明②，黛眉轻③。绿云高绾④，金簇小蜻蜓⑤。好是⑥问他来得⑦么？和笑⑧道："莫多情！"

注释

①浣花溪:一名濯锦江,又名百花潭,在今成都市内。《老学庵笔记》:"浣花溪在成都西五里,一名百花潭,杜甫故宅在此,谓之浣花草堂。所谓'万里桥西宅,百花潭北庄'是也。四月十九日,蜀人多游宴于此,谓之浣花日。"②脸波:眼波,眼神。此句是说女子眼波流盼,如秋水般清澈、明净。③黛眉轻:用黛色淡扫双眉。④绿云高绾(wǎn):发髻梳得很高。绿云:指头发。绾:将长发盘绕起来打成结。⑤金簇小蜻蜓:金缕结成的蜻蜓状的首饰。⑥好是:最好的是。⑦来得:能不能来(约会)。⑧和笑:含笑。

赏析

这首词写一男子在浣花溪上遇到一位美女时的心态。

首句言相遇之地,"浣花溪上见卿卿"。"浣花溪",多么美丽的名字,给人以美好的遐想。"卿卿"二字隐含一番柔情蜜意,为下文张本。接着描写"卿卿"外貌,表现女子之美艳。目光含情脉脉,犹如流动的水波,又如秋水般明净;淡扫蛾眉,别具风韵。她将乌黑浓密的长发高高地绾在头上,发髻上还簪着金丝结成的蜻蜓状的首饰。这一切都是男子视角之"卿卿"的美艳情态。语言轻松灵动,暗示出人的愉悦心情。男子被她的美迷住了,于是情不自禁地表示:他最好的希望是她能应允来约会。而女子却半真半假地说:"不要自作多情!"这一问一答,问者含情,答者有意,似笑似嗔,将男子的痴情憨态、女子的天真调皮刻画得活灵活现,耐人寻味。刘永济评曰:"'莫多情'三字,含情甚深而天真可爱。"(《唐五代两宋词简析》)

蝴蝶儿①

蝴蝶儿,晚春时。阿娇②初着③淡黄衣,倚窗学画伊④。
还似花间见,双双对对飞。无端⑤和泪拭燕脂⑥,惹教⑦双翅垂。

注释

①蝴蝶儿：词牌名。此调因张泌此词起句有此三字，取以为调名。此调宫调不传，创始无考。唐宋作者鲜用此调。传世作品仅此一首。双调，四十字。②阿娇：汉武帝陈皇后名阿娇，此代少女，指画蝶女子。③着：穿着。④伊：指所画蝴蝶。⑤无端：无由，无缘无故。⑥燕脂：同"胭脂"，指脂粉。"惹教"句：谓少女泪坠画面，蝴蝶双翅为之沾湿下垂。⑦惹教：致使。

赏析

这是一首借画蝴蝶以抒闺情之词。

上片一起笔，便勾勒出一幅暮春晚景：风和日丽，繁花似锦；成双成对的蝴蝶翩翩飞舞，采集着花粉，扇动着双翅，给春天增添新的活力和气息。先写自然界的蝴蝶，接二句则写少女学画蝴蝶。她穿着淡黄色的新衣，在蝴蝶飞舞的暮春窗畔，学画它们美丽的姿容。她因蝶而学画，"初着淡黄衣"，不仅说出了季节变化，而且刻画了少女美丽动人、充满青春活力的形象。"倚窗"的情态，更描写出少女凭窗握管的风姿。《汤显祖批评花间集·卷二》云"'阿娇'二句，妩媚"，此言颇有见地。

下片起二句，转写阿娇画成的蝴蝶。这位心灵手巧的少女，将窗外蝴蝶描摹得栩栩如生，似曾在花丛中见过，如今又双双对对飞舞于窗前。"双双对对"，既是同词重叠，又是近义词反复，强调了所画蝴蝶的特点。她初时也许正在为自己的作品得意，可"无端"二字一转，便为之感伤起来。虽言"无端"，实则大有原因。鸳鸯并浴，燕儿双栖，彩蝶成对，往往比喻男女间相爱的情事。"阿娇"在有意无意中画成了"双双对对飞"的蝴蝶，触景生情，勾起了她心中的情思，不禁黯然泪下，"和泪拭燕脂"。她泪流满面，"惹教双翅垂"。这是说"阿娇""无端"流泪，使画中的蝴蝶也似乎受到了感染，垂下双翅，不再双双对对翩翩飞舞，同情少女的悲伤。或是说"阿娇"因想起自己形单影只，因而将画中蝶儿双翅下垂，不让它们双飞。这种移情手法，使真假蝴蝶扑朔迷离,而余韵无穷。

词由物到人到画,由画生情,即把真蝶、画蝶、人情巧妙地融合在一起,蝴蝶也有情了。正如俞平伯在《唐宋词选释》中所评:"画上的蝴蝶,却处处当作真蝴蝶去写,又关合作画美人的情感。"

毛文锡

毛文锡（生卒年不详），字平圭，南阳（今河南省南阳市）人，唐进士，仕前蜀王建，累官至司徒，因称"毛司徒"。因事贬茂州司马。前蜀亡，降后唐。未几，复事后蜀。与欧阳炯等五人，以小词为蜀主所赏。今存词三十三首，《花间集》录三十一首。多供奉之词，故浅率庸腐者居多，疏朗深婉者较少。吴任臣《十国春秋·卷四十一》称：毛文锡"尤工艳语，所撰《巫山一段云》词，当世传咏之"。陈廷焯《云韶集·卷一》认为其词"婉丽不减南唐后主"。

毛文锡的《更漏子》《巫山一段云》为艳情词之代表。《更漏子》抒写闺人春宵独宿的幽怨，以情景感人。《甘州遍·其二》写边塞荒寒，征人恶战而凯旋，开边塞词先声。

更漏子

春夜阑①,春恨切②,花外子规③啼月。人不见,梦难凭④,红纱一点灯⑤。

偏怨别,是芳节⑥,庭下丁香千结⑦。宵雾散,晓霞辉,梁间双燕飞。⑧

注释

①"春夜阑"三句:夜阑:夜将尽,夜深。阑:尽,残。②切:深,急。③子规:即杜鹃鸟,啼声哀切。见前温庭筠《菩萨蛮》(玉楼明月长相忆)注⑤。④梦难凭:是说人未归,只在梦中相见,难以为凭。凭:依靠,依托。⑤此句意为:红纱罩内有一点闪着红光的孤灯。⑥芳节:好的季节。⑦丁香千结:丁香花蕾千结,比喻闺人愁肠百结,难以解开。⑧"宵雾散"三句:谓天已明,晨雾散去,朝霞辉映,梁间的燕子成双飞舞。

赏析

这首词抒写闺人春宵独宿的幽怨。

"春夜阑,春恨切,花外子规啼月。"这是一种令人极度悲痛的意境。春夜将尽,万籁俱寂,月光满庭,花丛深处的杜鹃鸟声声哀鸣,使闺中之人悲愁深切。又是一个难耐的不眠之夜。连杜鹃鸟都叫着"不如归去",但人却不归,只能在梦中相见,梦醒亦如空幻,不足为凭,使人"春恨切"。此刻的空闺中,有一盏罩着红纱的孤灯,隐隐约约地闪着红光,令人目不忍视。因愁而不眠,由不归而恨深,梦后又添深恨,空闺独守之人,面对"红纱一点灯",岂不更增伤情!所以陈廷焯说:"'红纱一点灯',真妙。我读之不知何故,只是瞠目呆望,不觉失声一哭。我知普天下世人读之,亦无不瞠目呆望失声一哭也。"(《云韶集·卷一》)外面罩红纱,只有那么"一点红"的孤灯,隐约闪烁,摇曳朦胧，正如闺人之孤单寂寞而又心神不定。这五字，情与景，妙合无垠，已化景物为情思。

下片转写白天之景，直言"怨别"。"偏怨别，是芳节，庭下丁香千结。"芳春时节，本应携手共赏良辰美景，却不料偏偏要在这时相别，令人悲伤不已。顺势再以比喻写怨：丁香花蕾千结，亦如闺人愁肠百结，难以解开。意境愁苦，难以收场，但词人妙笔一转，又翻出新意：夜雾渐渐消散，朝霞万朵，一片灿烂，梁间的燕子双双飞舞，这难道不正是闺人的乐观愿望吗？她坚信不久将会相见，比翼双飞的时候一定很快就会来临，令人耳目一新。这三句也可以理解为以乐景写哀，见双燕而伤孤独之怀，但这样讲意境不仅无变化，也不能表达闺人对郎君的充分信任和对美好爱情的执着。而理解为以乐景写乐则不仅使文意跌宕起伏，而且使情感更加委婉、深沉。

此词写旧题而可读，除结尾翻出乐观新意，还运用了以实见虚的高妙手法。子规、纱灯、丁香、双燕都是实景，具体可感，同时要表现的又是无形无质的情感，显得相对抽象，这正为本词增添了意境的委婉朦胧美。李冰若对此词颇为称道："文锡词质直寡味，如此首之婉而多怨，绝不概见，应为其压卷之作。"（《栩庄漫记》）

甘州遍①

其二

秋风紧，平碛雁行②低，阵云齐③。萧萧飒飒，边声④四起，愁闻戍角与征鼙⑤。

青冢⑥北，黑山⑦西。沙飞聚散无定，往往路人迷。铁衣⑧冷，战马血沾蹄，破番奚⑨。凤凰诏下，步步蹑丹梯。⑩

注释

①甘州遍：词牌名。甘州为甘肃张掖地区，以州东有甘峻山得名。

此调多名，如《甘州曲》《甘州子》《甘州令》《八声甘州》等。唐教坊曲有大曲《甘州》。大曲是大型歌舞曲，又称"大遍"，由十几个至三十几个曲子组成。《甘州遍》即大曲《甘州》中的一个曲子，可以填词歌唱。双调，六十三字。②平碛（qì）：平坦的沙漠，一望无际的沙漠。碛：本为水中沙石，引申为沙漠。雁行：飞雁的行列。③阵云：战地烟云。阵云齐：战地烟云齐列。齐：平，与天际相齐。④边声：指边防线上有关军事行动的各种声音。⑤戍角：军营中的号角之声，传达各种命令所用。角：画角，军号之类的乐器。征鼙（pí）：战鼓。鼙：古代军中的小鼓，又称"骑鼓"。⑥青冢（zhǒng）：王昭君墓，在今内蒙古呼和浩特南三十里。《方舆纪要》："塞草皆白，惟此独青，故名青冢。"⑦黑山：在今内蒙古和林格尔以北，又名杀虎山。⑧铁衣：铠甲。⑨破番奚（xī）：击败不臣服的少数民族。番：对北方少数民族的泛称。奚：古代少数民族名。《旧唐书·北狄列传》："其国胜兵三万余人，好射猎，逐水草，无常居。"⑩"凤凰"二句：凤凰诏：即圣旨。圣旨由中书省发出，中书省在禁苑中凤凰池所在地，故云"凤凰诏"。蹑（niè）丹梯：踏着朝廷前的阶梯而进，指立边功后受诏回朝拜见君王。蹑：踩踏。丹梯：又称"丹墀"，古代宫殿前石阶以红色涂饰，故有此称。

赏析

这首词写边塞荒寒，征人恶战而凯旋，开边塞词先声。

上片写边塞特有的风景，极力渲染边地恶劣的环境。"秋风紧"三字提振全篇，秋风萧瑟，沙尘漫漫，苍茫的天幕下，雁行越飞越低，天边战云齐列。"紧""低""齐"等动词极为形象，准确而真切地描绘了塞外野旷天低的特点。接着写声音，极力渲染战争氛围：风的呼啸声、雨的急骤声、马的嘶叫声、号角的呜咽声、激越的战鼓声，组成一片"边声"，亦如范仲淹所谓的"四面边声连角起"（《渔家傲》），使人感到大战迫在眉睫，如身临其境。"角"饰以"戍"，"鼙"饰以"征"，而且于此前冠以"愁闻"，将景物化为情思，注入了人的感情。

战斗在即,尽管有思乡念己之愁,但爱国立功的热情仍很高昂。

下片承上片,从边地的荒寒引出将士征杀的辛劳和建功立业的雄心壮志。"青冢北,黑山西",自然成对,既点明战争地点,表现出地域的辽阔,也以阴冷的色调烘托出战地的凶险。王昭君因和亲而外嫁,所以昭君墓往往能激发将士爱国的热情,为后文做铺垫。"沙飞"二句是对上片景物描写的补充,写地势的险与荒:飞沙走石,沙丘滚动不定,行人常常在此迷路。在此背景之下,边防将士正在浴血奋战。词人在此选取了铁衣与战马两个典型物象,以"冷"和"血沾蹄"加以描绘,仅仅八字,将战斗的残酷与激烈刻画得淋漓尽致,言简意赅。"番奚"前冠以"破"字,省略了漫长复杂的战斗过程,敌人一触即溃,表现出我方将士的英勇善战、意气风发,令人豪情满怀。结尾承上写胜利归来,良将受奖,平步青云。词意本在歌颂功臣良将,正如陈廷焯在《词则·放歌集·卷一》所云"结以功名,鼓战士之气",前后对照,似有"一将功成万骨枯"(曹松《己亥岁》)之感慨。

境界如此开阔而苍凉悲壮之词,置之于软媚绮丽的《花间集》中,正如在一片莺啼燕啭中扬起一阵高亢悲壮的军乐,实为难得。李冰若《栩庄漫记》评之曰:"描写边塞荒寒,景象颇佳。词亦无死声,佳作也。"

柳含烟[①]

其四

御沟柳[②],占春[③]多,半出宫墙婀娜[④]。有时倒影蘸轻罗[⑤],曲尘波[⑥]。

昨日金銮巡上苑[⑦],风亚舞腰[⑧]纤软。栽培得地近皇宫,瑞[⑨]烟浓。

注释

①柳含烟:唐教坊曲名,始见于《教坊记》。双调,四十五字。②

御沟柳：宫苑中皇家所植的柳树。御沟：禁苑中的流水渠。③春：春色。④婀娜：柔细而俏丽的样子。⑤蘸（zhàn）轻罗：（柳之倒影）浸在轻罗般的水中。蘸：物体在液体里沾一下。⑥曲尘波：荡漾着浅黄色的微波。曲尘：酒曲所生细菌为淡黄色，轻扬为尘，故亦称淡黄色为曲尘。⑦金銮：唐大明宫内有金銮殿，为帝王朝会之所。此以金銮指代皇帝的车辇。上苑：供帝王玩赏、打猎的园林。⑧亚：通"压"，此含"吹"意。舞腰：指柳条。⑨瑞：好的征兆。

赏析

这是一首咏物词，借咏御沟柳而讽邀宠者，语意双关。

柳为我国常见之树。但禁苑中河道旁的柳树却不寻常，它"占春"（春色）而且"多"，得天时地利之厚。词人由此生发，写它的风姿美态：它挺拔秀丽，如红杏出墙，轻盈柔丽。"半出宫墙"而弄姿（婀娜），似有显露、夸耀之意。其后照应"御沟"，写它的倩影：它的倒影浸在轻罗般的水中，荡漾着浅黄色的微波。柳树之所以如此柔美，其原因就在于得地利天时：生"御沟"而"占春多"。这就为后文做好了张本的准备。

下片以"昨日金銮巡上苑"领起。"金銮巡上苑"，皇帝亲自巡视园林，而且是在"昨日"临幸，近在眼前，宠幸有加，春风得意。"风亚舞腰纤软"句补足前意，此句一般解作"春风轻拂着如舞腰般纤软的柳条"。如果换一个角度去理解，应是"皇帝的恩泽如春风一般，轻拂着款摆纤腰、翩翩起舞的歌女"，可见一方赐恩，一方弄姿邀宠，比前一种理解深刻得多。结尾二句直陈"占春多"的缘由。因"近皇宫"，得以接近"巡上苑"的皇帝，在皇宫吉祥的烟云中（"瑞烟浓"），备受宠幸。

咏物词要不即不离，不离于物，而又不太黏于物，如"风亚舞腰纤软"，似写柳，又不似写柳，似是而非，此乃咏物词刻画之佳境。以柳喻人，咏物中含有寄托，有讽喻之意。

醉花间①

其一

休相问,怕相问,相问还添恨。春水满塘生,鸂鶒还相趁。②昨夜雨霏霏③,临明寒一阵④。偏忆戍楼人⑤,久绝边庭⑥信。

注释

①醉花间:唐教坊曲名,始见于《教坊记》。后用作词调名,有不同格体。双调,有四十一字、五十一字诸体。②"春水"二句:是说春水满塘,景色甚美,更惹人相思,而鸂鶒鸟也趁机在水面上追逐嬉戏。鸂鶒,见前温庭筠《菩萨蛮》(翠翘金缕双鸂鶒注①)。相趁:相互追逐。③霏霏:细雨纷纷的样子。④临明寒一阵:韩偓(wò)《懒起》诗"昨夜三更雨,临明一阵寒",此二句化用韩诗。⑤偏忆:本不忆,偏偏想起。戍楼:边防驻军的瞭望楼。戍楼人:守边之人,泛指征人。⑥边庭:边疆。

赏析

这首词抒写闺妇思念戍边丈夫的情景。

起语质朴平常,却见新意。三个"相问"重复出现,凸显了闺妇幽怨之深。为什么?"休相问"之"休"者,因"久绝边庭信"也,问亦无益;"怕相问"之"怕"者,问而徒增苦恼也,不如不问的好。最终还是"相问"了,不出所料,果然是"还添恨"。其言外之意是:如果不思不想那该有多好!不过她是要"相问"、要相思的,因为这是她的全部生活,也是她生活中唯一的安慰,除此,还有什么办法呢?十一个字的浅语,一层深过一层,将内心的矛盾、难遣之深情,婉转地表达了出来,奇妙无比。接下来两句借景抒情:春水绿波,荡漾满塘;成双成对的紫鸳鸯在水面上追逐嬉戏,相亲相爱。美景惹人相思,如此

"相趁"的紫鸳鸯,似乎故意展示其亲昵、欢乐,更令闺人凄苦。

下片承上意,再深一层。闺人此时思绪万端,昨夜又细雨纷纷,今日临明晓寒,由此而推想戍楼人的苦况。"偏忆",本来不忆,这时偏偏想起,岂不更令人神伤!与开头三句呼应,心态也相一致。更何况戍楼之人"久绝边庭信"呢!况周颐评曰:"《花间集》毛文锡词三十一首,余只喜其《醉花间》后段'昨夜雨霏霏'数语。情景不奇,写出正复不易,语淡而真,亦轻清,亦沉着。"(《餐樱庑词话》)由己寒而思及君寒,一片深情,卒章显志,有笔意宕开之妙。

由相思推及思君,意蕴相承而又灵活,有时代内蕴。俞陛云在《唐五代两宋词选释》中评道:"已拼得不相闻问。人苦独居,不及相趁之鸂鶒,而晓来过雨,忽念及征人远戍,寒到君边,虽言'休相问',安能不问?越抛开,越是缠绵耳。"

诉衷情

其二

鸳鸯交颈绣衣轻,碧沼藕花馨。①偎藻荇②,映兰汀③,和雨④浴浮萍。

思妇对心惊,想边庭。⑤何时解佩⑥掩云屏⑦,诉衷情。

注释

①"鸳鸯"二句:鸳鸯:水鸟名,常成对共游,雄鸟羽毛美丽。故常以鸳鸯比喻配偶。交颈:比喻夫妻之亲密。绣衣轻:绣有花纹的轻软的锦缎衣服。碧:绿色。沼:小池。一说"圆曰池,曲曰沼"(《韵会》)。藕花:荷花。馨:散布得很远的香味。②偎:依靠得很紧。藻荇(xìng):泛指水草。荇:荇菜,水生植物,叶浮于水面,根生水底,夏天开花,可入药。③兰汀:生有香草的水滨。兰:泛指芳草。汀(tīng):水边平地。④和雨:带雨,淋雨。⑤"思妇"二句:是说思妇

面对鸳鸯而感伤,思念起远在边防的丈夫来。边庭:既指代边关战事,也指代征戍边疆的丈夫。⑥解佩:解下所佩之物,即解衣也。⑦云屏:屏风。

赏析

这首词写戍边将士家眷在春日的相思之情。

词开头以成双成对的鸳鸯起兴言相思之情。兴,就是托物起兴,借自然界的事物,先起个头,然后加以联想,引出诗人内心的思想感情。一个独守空闺之人,见鸳鸯难免不引起情感波澜,而鸳鸯偏偏相依相偎,无限亲昵,更令人难堪。鸳鸯双双对对,映衬出思妇的形单影只;鸳鸯"交颈"亲昵,映衬出思妇的空闺寂寞,对此她怎能不"心惊"?接着写外景。碧水曲塘,荷花的馨香四处飘溢。清澈的池水倒映着岸边的香草,水面上的浮萍紧紧相依,共同沐浴在霏霏细雨中。景色如此清爽、秀丽,然而所爱之人不在,对此良辰美景,又能与谁共赏呢?惜春伤春之情毕现。

下片径直抒写思妇对戍边丈夫的想念。对着恩爱的鸳鸯,对着秀丽的春色,本来蓄积已久的哀怨之情,这时禁不住喷涌而出。"对心惊",即对此而心惊胆战。因此,"心惊"既承上而来,也因为"想边庭"。虽怨恨很深,但仍抱有期盼,她仍然期待有一天戍边之人能回来,两人掩上屏风,解衣而眠,互诉相思之苦。"想边庭"的"边庭",可作二解:一是指代戍边的丈夫,一是指代边战时事。杜甫诗云:"边庭流血成海水,武皇开边意未已"(《兵车行》)。《汤显祖批评花间集·卷二》曰:"无定河边,春闺梦里,不止寻常闺怨。"这首词明确提出"边庭",与唐代的闺怨诗意境是一脉相承的。汤显祖所说"无定河边",是唐代陈陶《陇西行》诗中之句"誓扫匈奴不顾归,五千貂锦丧胡尘。可怜无定河边骨,犹是春闺梦里人"。当然,毛氏此词远不及这首诗尖锐、鲜明,其意义也不如此诗深刻。但在当时的历史背景下,能有这样的思想感情,是不可多得的。如果"边庭"只作戍边的丈夫解,其词意就纯属儿女交欢私情,属庸俗之靡音,亦如李冰若所评"虽较匀净,终为庸滥之音"(《栩庄漫记》)。

巫山一段云①

雨霁②巫山上,云轻映碧天。远风吹散又相连,十二晚峰前。③
暗湿啼猿④树,高笼⑤过客船。朝朝暮暮楚江边,几度降神仙。⑥

注释

①巫山一段云:唐教坊曲名,始见于《教坊记》。双调,有四十四字、四十六字两体。②雨霁(jì):雨停天晴。霁:本指雨停,后也指风雪停、云雾散。③"远风"句:云雾被远风吹散后,又聚在一起。十二晚峰:巫山以上,群峰连绵,其中尤为突出者有十二峰。明代陈耀文《天中记》云:"巫山十二峰。曰望霞、翠屏、朝云、松峦、集仙、聚鹤、净坛、上升、起云、飞凤、登龙、圣泉。"④啼猿:郦道元《水经注·江水》:"每至晴初霜旦,林寒涧肃,常有高猿长啸,属引凄异,空谷传响,哀转久绝。故渔者歌曰:'巴东三峡巫峡长,猿鸣三声泪沾裳。'"⑤高笼:两岸夹峙着高耸的山峰,客船从其下驶过。⑥"朝朝"二句:用宋玉《高唐赋》楚怀王梦巫山神女事。神仙:道家谓得道成仙的人,能长生不老,来去无踪。此指巫山神女。

赏析

这首词就题发挥,咏巫山神女事,含有寄托。

雨过天晴,巫山上淡淡的白云映衬着蓝蓝的天空,空旷而明净。清风从远处吹来,白云时而飘散,时而聚拢,晚霞映照下的巫山十二峰,雄奇而又缥缈。这几句描绘的是一片澄澈而清新的天地。这空旷明净、天高地阔的环境,令人神清气爽。而杜甫诗中"巫山巫峡气萧森"(《秋兴八首》其一),牛希济词中"峭碧参差十二峰,冷烟寒树重重"(《临江仙》其一),色彩皆阴暗沉重,与此词境界大异。

下片起二句所描绘的仍是令人神清气爽的景象,其境界与"两岸猿声啼不住，轻舟已过万重山"（李白《早发白帝城》）相似。结尾二句笔意一转，引出巫山神女故事，隐含着佳人难遇之怨，与前句所写巫山美景不同，又为词增加一抹神秘色彩。词人借神女之事一抒己怀，似有所待，叶梦得认为该词"细心微诣，直造蓬莱顶上"（沈雄《古今词话·词评·上卷》引），不无道理。

此词境界缥缈，情意深邃，实为毛词上品。

临江仙

暮蝉声尽落斜阳，银蟾①影挂潇湘②。黄陵庙③侧水茫茫。楚山红树，烟雨隔高唐④。

岸泊渔灯风飐⑤碎，白蘋远散浓香。灵娥鼓瑟⑥韵清商⑦。朱弦凄切，云散碧天长。

注释

①银蟾：月亮。蟾：蟾蜍的省称。传说月中有蟾蜍，故常以"蟾"为月的代称。②潇湘：水名，湘水和潇水之总称。见前温庭筠《遐方怨》（凭绣槛）注③。③黄陵庙：即湘妃（娥皇、女英）祠。④高唐：楚台馆名，在云梦泽中。李善注宋玉《高唐赋》有言，"《汉书》注曰：'云梦中高唐之台，此赋盖假设其事，讽谏淫惑也。'"又引《襄阳耆旧传》："楚怀王游高唐，梦与神遇，自称巫山之女，遂为置观，号曰朝云。"见前韦庄《归国遥》（春欲晚）注④。⑤飐（zhǎn）：风吹颤动的样子。⑥灵娥鼓瑟：用湘灵鼓瑟的故事，见前张泌《临江仙》（烟收湘渚秋江静）注⑤。灵娥：即湘灵。⑦清商：清商曲，其音哀怨。《词谱》："古乐府有清商曲辞，其音多哀怨，故取以为名。"

赏析

这首词咏湘水女神之事，表现出一种寻而不遇、求而不得的伤感。上片写湘妃祠周围环境，其间暗用神女故事。词起先写秋夜景色。

夕阳西下，暮色中的蝉停止了鸣叫，月影倒映在水中。时间的脚步在悄无声息中前进着，已由暮（斜阳）而入夜（银蟾）。接下来继续写潇湘水的苍茫辽阔，但已不是单纯写景。此句提及"黄陵庙"（湘妃祠），自然就会联想到湘水女神的故事，因而下面就暗用其事："楚山红树，烟雨隔高唐。"此句自然过渡到烟雨高唐，即宋玉《高唐赋》中楚怀王梦遇神女之传说。"高唐"与"烟雨"之间着一"隔"字，委婉而含蓄地表达了自己寻而不遇的怨慕之情。

下片继续写眼前江边的夜景。夜幕下，渔船上的灯在风中，摇曳不定，或明或暗，星星点点，使人目迷；白蘋馨香，飘散远处，更使人心醉。结尾三句直接写湘灵鼓瑟的故事，与上片第三、五两句用暗笔不同。湘灵鼓瑟，凄越哀伤；弦音凄凄切切，如泣如诉。此借乐声以喻哀怨之情。最后依然是"云散碧天长"。"曲终人不见"，这哀怨之音如白云一样，随风飘散在无际的蓝天，余音袅袅。词人对神女可望而不可求的怅惘之情也更加深沉了。

将黄陵二妃、高唐神女、湘灵鼓瑟的故事，放到斜阳烟水的情景中，别具一格。结尾二句情景俱佳。全词充满着疏朗古朴的韵味，境界开阔，一洗花间词的浓厚脂粉气。

牛希济

牛希济（生卒年不详），陇西（今甘肃省境内）人，词人牛峤侄。前蜀后主王衍时任起居郎、翰林学士、御史中丞等职。后唐李存勖（xù）灭蜀后，任雍州（今陕西西安一带）节度副使。长于文学，以诗词闻名。尤工词，是花间派重要词人之一。牛希济词风清新，写景写情，无雕琢之痕，感情诚挚。李冰若在《栩庄漫记》中称其词："词笔清俊，胜于乃叔，雅近韦庄，尤善白描。"《花间集》录其词十一首。这些词作以借景抒情为主，或全篇情景相融，不着眼于叙事。牛希济最具特色的词是《生查子》，写离别之情，结尾二句构思巧妙，广为传诵。

临江仙

其一

峭碧参差十二峰①,冷烟寒树重重。瑶姬②宫殿是仙踪。金炉珠帐③,香霭④昼偏浓。

一自楚王惊梦断,人间无路相逢。⑤至今云雨⑥带愁容。月斜江上,征棹⑦动晨钟。

注释

①峭碧:山势陡峭,山上草木碧绿。参差:此指高低不齐。十二峰:巫山十二峰。见前毛文锡《巫山一段云》(雨霁巫山上)注③。②瑶姬:美女,此指巫山神女。唐李善注引《襄阳耆旧传》:"赤帝女曰瑶姬,未行而卒,葬于巫山之阳。楚怀王游高唐,梦与神遇,自称巫山之女,遂为置观,号曰朝云。"③金炉珠帐:仙家陈设,金制香炉,珠编帷帐。④香霭:香炉之烟。霭:本指云气,此指烟。⑤"一自"二句:是说楚怀王梦醒后,再也无法与巫山神女相逢了。⑥云雨:《高唐赋序》中有"旦为朝云,暮为行雨"一句,此后文学作品中多以"云雨"喻男女交欢。见前韦庄《归国遥》(春欲晚)注④。⑦征棹:客船,以棹(船桨)代船。

赏析

这首词咏巫山神女之事。

上片写神女庙前十二峰的实景。巫山十二峰山势陡峭,苍翠碧绿,高高低低;烟云浓厚,树林幽深,遮天蔽日,寒气森森。在这令人凄神寒骨的地方,却有"瑶姬宫殿是仙踪"。这座万山丛中的庙宇,传说曾经是神女瑶姬的住处。"瑶姬天地女,精彩化朝云"(李白《感兴八首》其一)。清冷幽缈的环境,正适合不食人间烟火的仙人居住。接下顺势写神女居处："金炉珠帐，香霭昼偏浓。"黄金的香炉，珍珠的帷帐；香烟缭绕，终日不断，仙气氤氲。在白天的居室内，香炉之烟本不该浓而"偏浓"。一个"偏"字，已暗含愁怨，透出神女忧伤的心情。

下片咏楚怀王梦神女事，而用笔悠远。承上写"一自楚王惊梦断，人间无路相逢"，照应上片第三、五两句。楚怀王"梦断"（梦醒）而为之"惊"，是因为"旦为朝云，暮为行雨"，已无法与之相逢了。惋惜、哀叹之情溢于言表。换一个角度说，神女从此就无人问津，只在孤独中度日。欢会仅此一夕，别后无路再相逢，时至今日，欢合双方，能不愁容满面！即所谓"至今云雨带愁容"。

以"惊梦断"代写云雨情，化俗为雅，手法高妙。最后结之以景：月挂西天，银辉洒满江上，波光粼粼；要开往远处的客船，仿佛在晨钟的催促下起航了。明月、大江、征棹、晨钟，使实处皆化空灵。

全词流露出凭吊的凄凉之意，也表现了作者对美好爱情生活破灭后的无限惋惜之情。仇远云："牛希济《临江仙》，芊绵温丽极矣，自有凭吊凄怆之意，得咏史体裁。"（沈雄《古今词话·词评》引）

其四

江绕黄陵春庙①闲，娇莺独语关关②。满庭重叠绿苔斑。阴云无事，四散自归山。

箫鼓声稀香烬冷③，月娥④敛尽弯环⑤。风流皆道胜人间。须知狂客⑥，判⑦死为红颜⑧。

注释

①黄陵春庙：即春天的黄陵庙。黄陵庙，即湘妃祠。②关关：莺鸣声，拟声词。③"箫鼓"句：形容庙中人去香火冷清。香烬冷：香炉之灰已经冰冷，即无人也。烬：香灰。④月娥：月亮，以月拟人。⑤弯环：月弯如环。⑥狂客：狂放不羁之人。⑦判：通"拚"（pàn），不顾，不惜。⑧红颜：此指代美人。

这首词咏湘妃之事。

上片写春天黄陵庙前的自然景色。黄陵庙一片静寂,湘水经此北流,春光无限,娇莺独自在枝头鸣唱。"闲"者,静也。"鸟鸣山更幽",以娇莺之鸣声反衬出黄陵庙四周环境的幽静。接着进一步写"闲":满庭院绿苔重重叠叠,斑斑点点。阴云优哉游哉,飘呀飘呀,飘向山的周围。庭院长满"重叠绿苔斑",暗示出黄陵庙无人气,呼应下片首句。紧扣一个"闲"字,悠闲清静。

下片转写湘妃之事,用曲笔暗写。箫鼓久无声响,炉香灰烬已冷,只剩下躲进云层的一弯明月,空照江天。最后承上凭吊湘妃的忠贞爱情:人们都说神仙的风流韵事胜过人间,其实还是人间更甚,须知那些狂放不羁之人,为了美人可以不顾惜性命去争取。"须知狂客,判死为红颜"二句,有人认为是借屈原以表忠贞爱情,恐非如此。李冰若《栩庄漫记》:"'须知狂客,判死为红颜'。可谓说得出,妙在语拙而情深,然以咏二妃庙,又颇觉其不伦。""不伦"者,不伦不类也,有亵渎神灵之意。因是诗家语,不可以"不伦"评之。

其七

洞庭①波浪飐②晴天,君山③一点凝烟。此中真境④属神仙。玉楼珠殿,相映月轮边。

万里平湖秋色冷,星辰垂影参然⑤。橘林霜重更红鲜。罗浮山⑥下,有路暗相连⑦。

注释

①洞庭:洞庭湖,在今湖南北部,湘、资、沅、澧四水汇集于此。②飐(zhǎn):风吹颤动貌。这里是说洞庭湖波浪兴起,仿佛晴朗的天空也在晃动。③君山:在洞庭湖中,亦名洞庭山,为湖中诸山最著名者。张华《博物志·卷六》:"洞庭山,帝之二女居之,曰湘夫人。"《水经注》:"是山湘君(即湘妃)之所游处,故名君山。"④真境:神

仙境界。据王嘉《拾遗记·洞庭山》卷十载："洞庭山浮于水上，其下有金堂数百间，玉（一作帝或龙）女居之。四时闻金石丝竹之音，彻于山顶。"⑤参（cēn）然：形容星光闪烁的样子，时隐时现貌。⑥罗浮山：在今广东东山北岸，据《元和郡志》载："罗山之西有浮山，盖蓬莱之一阜，浮海而至，与罗山并体，故曰罗浮。高三百六十丈，周回三百二十七里，峻天之峰四百三十有二。"⑦"有路"句：谢灵运《罗浮山赋·序》："客夜梦见延陵茅山，在京之东南，明旦得《洞经》，所载罗浮山事云：茅山是洞庭口，南通罗浮。正与梦中意相合，遂感而作罗浮山赋。"一解为：湘君与罗浮山下的仙子均为仙界中人，定有往来，故云"有路暗相连"；因人间无法知道，故说"暗相连"。此说亦通。

赏析

这首词以洞庭君山为题，咏湘君之事。

落笔写洞庭湖的浩渺和气势。洞庭湖波浪一起，万里晴天似乎也在颤动摇晃。接着以洞庭湖之浩渺为背景来烘托君山之美，暗点人物。远眺君山如一点凝聚的云烟般苍翠缥缈。"一点凝烟"，给人以朦胧之美。顺其文意称赞君山之美："此中真景属神仙。"这里的景色真正是神仙之境界啊。承前"晴天"，转入写夜景："玉楼珠殿，相映月轮边。"仙境中的琼楼玉宇，珠宫宝殿，都映衬在那轮圆月边。君山能映月边，似乎极言其高，但洞庭湖水浩渺无垠，与天相接，天显得很低，故君山能映月边。这种写法一举两得，妙。由君山而湘君，再联想到仙境中的玉楼珠殿，想象丰富，虚实相映，更增强了神秘色彩。

下片仍写洞庭湖秋夜美景。纵横千万里的洞庭湖，水波不兴，平如明镜，凝聚着秋色的清冷；星辰错落，闪烁其光，映照在湖面，一片昏暗的世界。以光衬暗。"万里"写湖的广袤，"平湖"则与上片首句中的"波浪"相对，写夜晚洞庭湖的波平浪静。深秋之夜，面对幽静昏暗的万里洞庭湖，哪能不觉冷？故《汤显祖批评花间集·卷二》云："'冷'字下得妙，便觉全句有神。"接下转笔写陆上，由夜晚而入白天，远处的橘林，将浓重的秋霜染得鲜红、美艳。以此过渡到对罗浮山仙女的描写："罗浮山下，有路暗相连。"此句是说罗浮山下，有暗道与仙子相通，这就把罗浮山上之仙与水中之仙（湘君）"暗相连"了。此与"此中真景属神仙"相照应。

全词以写实融合幻想，由尘世通向仙境，联想丰富，从多个角度将君山的神韵展现得淋漓尽致。语言清丽，情思深厚，耐人寻味。

酒泉子

枕转①簟凉②，清晓③远钟残梦。月光斜，帘影动，旧炉香④。
梦中说尽相思事，纤手匀⑤双泪。去年书，今日意，断离肠⑥。

注释

①转：移，动。《诗经·邶风·柏舟》："我心匪石，不可转也。"②簟（diàn）：竹席。③清晓：拂晓。④旧炉香：昨夜点燃的熏炉香。⑤匀：抹擦，擦拭。⑥断离肠：别离断肠。

赏析

这首词抒写思妇孤栖的幽怨和相思。

起笔写感受，"枕转簟凉"。"枕转"，即枕头移动，说明思妇难以入睡，辗转反侧。"簟"，竹席，夏天所用之物。夏天而觉"凉"，实因空床独守，心寒意冷。"簟凉"，是现实，也是感受。"清晓"，点明时间。拂晓正是酣睡之时，但只因是"残梦"，"远钟"也会惊破它。"残梦"也难成，又是一种忧伤。由簟而梦，承接自然，可是一二句之间有间隔，即略去了入梦，为下文留下了伏笔。接着写梦醒后所见：月光透窗斜照，帘影轻轻摇动，香炉残烟袅袅。一"斜"、一"影"、一"旧"，给人以凄寂之感。

下片前二句承上写梦中情事。相别有年，朝思暮想，好不容易才入梦乡，与情郎相见。千言万语也难以诉尽相思之情。重温往日欢聚的温馨，这是她生活的寄托，也是一种安慰。但现实是"远钟残梦"，且郎君不在，怎能不"纤手匀双泪"？流"双泪"，悲也；"双泪"流得多，故"匀"（擦拭），乃悲之甚矣。悲极则寻排解，重读情郎去年来信，倍增今日相思，那离愁别苦更让人柔肠寸断！

全词虚实相映，曲折尽情，辞意俱佳，堪供玩味。

生查子

春山烟欲收①，天澹稀星小②。残月脸边明，别泪临清晓③。
语已多，情未了，回首犹重道④。记得绿罗裙，处处怜芳草。⑤

注释

①烟欲收：烟雾将消散。②澹：同"淡"。稀星小：一作"星稀小"，但以"稀星小"为优。③清晓：拂晓。④重道：重说，再次说。⑤"记得"二句：有二解。若是女子的临别赠言，便是说你看见芳草，就该记得我穿的绿罗裙，因芳草也是绿色。若是男子的表白，则是说我会记得你穿的绿罗裙，便会时时爱怜芳草。从"回首"二字断，后说为是。若从"记得"二字断，则为女子声口，前说为是。

赏析

这首词写一对情侣依依惜别的深情。

起二句交代人物活动的环境。笼罩在春山上的如烟云雾将要散去，开始泛白的天空（清晓）中散布着几点星星，而且显得微小；这是清晨特有的景色。镜头一转，由室外转到室内，由物及人，写临别时刻。一弯月亮斜挂西天，那淡淡的清辉穿过窗户，照亮了她脸上惜别的泪珠。词人未正面写人物，而是借多情又似无情的月亮来发现，进行细节刻画。这样的写法不仅巧妙，而且给人留下想象的空间：这对离别在即的情人，不知流下了多少眼泪。月亮这时似乎亦动了感情，来到两人身边见证了这一切。"别泪"二字承上启下，完成了由景到情的过渡。

下片着重写情，承"别泪"而来。情人离别，彼此总是有说不完的话，道不完的情：或回忆往日的欢乐，或倾诉分别的痛苦，或指天地山盟海誓。但男子已成行，于是回头再次叮咛"记得绿罗裙，处处怜芳草"。男子上路后，看见路边铺向远方的萋萋春草，由春草的绿，联想到罗裙的绿，再由罗裙的绿联想到穿罗裙的人。因为穿绿罗裙之人是爱人，所以见"芳草"而心中荡起一阵温馨的涟漪，虽别语已多，却言犹未尽，别情难了，于是回过头来再吐心声。用现在的话说就是："亲爱的人儿请放心，芳草犹如绿罗裙，远走天涯它伴我，怜它犹如爱卿卿。"语言自然质朴，情意深厚，表现了男女主人公之间纯真的爱情。李冰若评之曰："'记得绿罗裙，处处怜芳草'，词旨悱恻温厚，而造语近乎自然。岂飞卿（温庭筠）辈所可企及。"（《栩庄漫记》）结尾仅十字，词人将比喻、联想、移情、通感等多种手法糅合在一起，构思巧妙，既展现了美丽凄艳的离别图景，又将深厚绵邈的离愁别苦融入其中，非他人所及，成为千古名句。

欧阳炯

欧阳炯（896—971），益州华阳（今四川省成都市双流区）人。少事前蜀后主王衍，为中书舍人，又事后蜀孟知祥，拜为宰相。后从后蜀孟昶（chǎng）降宋，授左散骑侍郎。欧阳炯为人坦率，工文章。其词多写艳情，但清新婉丽，富有余味。况周颐云："欧阳炯词艳而质，质而愈艳，行间句里，却有清气往来。大概词家如炯，求之晚唐五代，亦不多觏。"（《唐宋名家词选》）今存词四十余首，《花间集》录十七首。

欧阳炯的《南乡子》八首，有别于《花间集》之旨：其一（嫩草如烟），写南方生机蓬勃的春日风光；其三（岸远沙平），描写南方江边晚照美景；其四（洞口谁家），描写南方少女的欢情，人物形象生动、活泼；其六（路入南中），描写南方水乡的一个劳动场面。他的艳情词以《花间集》所存的《浣溪沙》三首为代表，其中尤为有名的是其三（相见休言有泪珠）。这首词上片写别后重逢的欢欣，下片写两情欢合。此词自古迄今，各家评论迥异，所谓见仁见智。

浣溪沙

其三

相见休言有泪珠,酒阑①重得叙欢娱②,凤屏③鸳枕宿金铺④。兰麝⑤细香闻喘息,绮罗⑥纤缕见肌肤,此时还恨薄情无⑦?

注释

①酒阑:酒已尽兴。阑:尽也。②欢娱:欢爱。③凤屏:有凤凰图案的屏风。④金铺:门上的装饰物,制成龙蛇兽头之形,用以衔门环,其色金,故称"金铺",此借代门。⑤兰麝:兰草、麝香。⑥绮(qǐ)罗:有花纹、稀孔的丝制衣服。绮:有彩色纹路的丝织品。罗:轻软有稀孔的丝织品。⑦无:否,表示疑问。唐人诗中,"无"字用于句末时,多表疑问语气。如朱庆余《近试上张水部》诗:"妆罢低声问夫婿,画眉深浅入时无?"

赏析

这首词抒写情侣别后重逢时的喜悦与欢爱,描写很大胆。

全词以男子口吻叙事言情。上片写别后重逢的欢欣。"相见"却"有泪珠",一奇;"有泪珠"而云"休言",又一奇。这里的泪不是忧伤之泪,而是见面后又惊又喜的热泪。"休言",出自男子之口,劝慰女子要高兴才对,何必流泪呢?酒已尽兴,在绣有凤凰图案的屏风之后,头枕鸳鸯枕,重叙彼此的欢爱。凤凰、鸳鸯,均有两情相爱之比喻意义,为下文做了很好的铺垫。

下片写两情欢合。嗅着清幽的兰麝之香,两情喘息声声,透过轻薄的丝制睡衣,白玉般的肌肤清晰可见。通过嗅觉、听觉、视觉多方面渲染欢合的恣意,非常大胆。雨收云散,男子再次调侃:此时此刻,你还恨我这个薄情郎吗?此时此刻,你恐怕爱我爱得发狂了吧!

这首词自古迄今，各家评论迥异。况周颐在《蕙风词话·卷二》中评此词末三句云："自有艳词以来，殆莫艳于此矣。"李冰若则对此词评曰："叙事层次井然，叙情淋漓尽态。而着语尚有分寸，以视秦七（秦观）黄九（黄庭坚）之粗俗不堪，自有上下床之别。"（《栩庄漫记》）诸家评说不一，见仁见智。

三字令①

春欲尽，日迟迟②，牡丹时③。罗幌卷，翠帘垂。④彩笺书，红粉泪，两心知。⑤

人不在，燕空归⑥，负佳期⑦。香烬落，枕函欹。⑧月分明，花淡薄，惹相思。⑨

注释

①三字令：此调始见于《花间集》，每句三字，因而得名。有不同格体，俱为双调。此词亦是创调，前后片各八句，共四十八字，第二、三、五、八句押平声韵。②迟迟：白天长而暖和。《诗经·豳风·七月》："春日迟迟，采蘩祁祁。"朱熹注："迟迟，日长而暄也。""暄"为暖和之意。③牡丹时：牡丹花盛开的季节。④"罗幌"二句：罗幌：轻软的丝制帷幔。幌：帷幔。卷：同"捲"。翠帘：翠绿色的帷幕，用于门、窗。⑤"彩笺"三句：彩笺：彩色信笺。红粉泪：泪水与脂粉融合在一起，故言"红粉泪"。红粉：女子化妆用的胭脂和铅粉。两心知：设想情郎此刻也在思念自己。⑥燕空归：即燕归人未归，故曰"空"。燕为候鸟，定期归来，古人常以此为远行者归家的标志。⑦负佳期：辜负了男女约会的日期，亦指辜负了良辰美景。⑧"香烬"二句：香烬：香灰。枕函：枕套。欹（qī）：倾斜，歪向一边。⑨"月分"三句：分明：分外明亮。淡薄：雅淡，朴素。惹：引起，触动。

赏析

这首词以一天中的情景抒写闺人相思。

上片写白昼情景。前三句展现的是户外风光：晚春的季节里，阳光明媚，牡丹花盛开，好一幅欣欣向荣的图景。良辰美景，本该与亲人共赏，但"人不在"，也只好徒叹奈何了。前呼后应，脉络分明。"牡丹时"，暗喻闺人正当风华之年，但却是"春欲尽"，有美人迟暮之寓意。"人不在"，女主人公烦闷已极，卷起丝制的帷幔，放下翠绿的帘子，把自己关在空室里。一"卷"、一"垂"，与外界隔离，哀怨之情自见。由此转入室内描写。因"彩笺书"的真挚爱恋之情，闺中少妇流下两行热泪。进而一想，心上人此刻应是一样的心情，想必也正在思念着我吧。"两心知"，表现出对对方的无限信任，一片柔情呈现于眼前，表现了夫妻之间相亲相爱的情景，所以陈廷焯评道："'两心知'三字温厚，较端己（韦庄）'忆君君不知'更深。"（《词则·闲情集·卷一》）

"人不在"三句，承上"两心知"，仍写闺人心理活动。春已将尽，远行在外的郎君应该归来了，但是南燕已归，人却不归，空负了满腔殷切的期望，所以陷入了更深沉的相思。"香烬落，枕函欹"，一"落"、一"欹"，描写女主人公彻夜不眠，辗转反侧，衬托出相思之痛苦。最后由室内转向室外，照应开头三句，由景及情。明亮的月光映照着闺屋，缤纷的花朵素雅美好，却引起无穷相思。春光将尽，故花色素雅，月色皎洁，伤春惜春之情，已隐曲地包寓其中。

全词以乐景写哀。三字句音节急促，难以为工。但本词条理井然，笔随意转，一气呵成，音情俱佳，堪称此调上品。

南乡子①

嫩草如烟，石榴花②发海南天③。日暮江亭春影渌④，鸳鸯浴，水远山长看不足。

注释

①南乡子：唐教坊曲名，始见于《教坊记》。歌舞曲，敦煌写卷中有《舞谱》二卷，内有《南乡子》。分单调、双调两体。据《词谱》载，单调始于欧阳炯，双调始于冯延巳。②石榴花：石榴开的花，多为鲜红色。③海南天：指临近大海的岭南，泛指我国南方。④春影渌(lù)：指春景映于水中而成碧色。渌：水清澈貌。

赏析

这首词描绘了江南生机勃勃的春日风光。

开头两句，视野开阔。春草细嫩，无边无际；火红的石榴花开遍江南大地。景色明丽，暗示暮春时节。"海南"，点明地域。十一字将时、地、景写出，而浑然无迹。"日暮"句，时间、视线都收缩了，境界深化，着眼于"日暮江亭"的一个近景。夕阳斜照，江亭春色倒影水中，一片澄碧。这里的"春"，既是春末夏初之"春"，又是万物生机蓬发之"春"，用法巧妙。词人未用"春水绿"，而写成"春水渌"，一字之差，画龙点睛，五月水深澄碧，倒影如画，满眼繁华，全在这三字之中。然后缀以鸳鸯戏水，成对成双，这是南方特有的风物，更使画面活跃。最后总结全章，发出由衷赞叹：一望无际的水面，连绵起伏的青山，让人怎么也看不厌！

欧阳炯《南乡子》八首（本书选录其中四首），取材于南国风土，而全部载入《花间集》中，成为花间词中非常独特的清词丽句，其词风、词旨及创作手法，均受到词论家的好评。李冰若在《栩庄漫记》中的评论就可作为代表："欧阳炯《南乡子》八首，多写炎方风物……然其词写物真切，朴而不俚，一洗绮罗香泽之态，而为写景纪俗之词，与李珣可谓笙磬同音者矣。"

其三

岸远沙平①，日斜归路晚霞明。孔雀自怜金翠尾②，临水③，认得行人惊不起④。

注释

①沙平:平坦的沙滩。②自怜:自爱,自夸。意思是孔雀以自己的尾羽为美。金翠尾:金黄翠绿的尾羽。孔雀雄鸟的尾羽极长,上具五色金翠花纹,故称金翠尾。③临水:临水照影,即对着水面映照出自己的影子。④惊不起:此句谓孔雀已认得行人,不会因受到惊吓而飞走。

赏析

这首词描写江边晚照美景。

起二句描写江边远处景色:归途日斜,晚霞明艳,映照着辽阔的江岸和平坦的沙滩。前句交代了词人所处的位置,后句交代了时间(黄昏)。在这样一种江边暮归的背景下,结尾三句着力描绘具有南国特色的景物:悠闲的孔雀在江边听到了响动,抬头望去,发现是与自己友好相处的人类,便又复归平静,依旧在江边对影自赏。临水照翠尾,是爱己,也是爱晚霞。词人在这里所写的孔雀,是捕捉了它在水边受惊的瞬间变化,由小及大,充分揭示了人禽之间的和谐关系,生动至极。结句逆笔收束,用语顿挫。陈廷焯评曰:"遣词用意,俱有别致。"(《云韶集·卷一》)所谓别致,是指词人对于南国风情的独具慧眼和匠心独运。

其四

洞口谁家①?木兰船②系木兰花。红袖女郎相引去③,游南浦④,笑倚春风相对语。

注释

①洞:指洞天,谓洞中别有天地。后来泛指风景胜地。②木兰船:传为吴王阖闾在浔阳江中所植之木兰树而造,出自建筑大师鲁班之手。③相引去:指相互邀约而去。引:招引。④浦:水边。

这首词描写南方少女的欢情，人物形象生动活泼。

词以虚拟问句开头，语气略带惊讶，却显出探询、亲切之意。"洞口"和"家"，暗示此地有青山、房舍。次句点出"木兰船"和"木兰花"，显而易见，这里还有溪流、花树。这两句以极洗练的笔墨创作了一幅优美完整的图画：青山洞天，屋舍俨然，绿水萦回，花树夹岸，一只用木兰做的小舟系在岸边的花树上。写完洞口之家的实景，再写洞口之家的人。"红袖"，词人特意突出"女郎"的衣着，以服饰的美艳联想到人的美艳，以鲜艳的红色暗示人的兴奋、欢乐的心情和朝气蓬勃的青春活力。简而言之，"红袖"表现了少女的美丽和欢欣。接着又选取了两个富有生活情趣的细节，具体描绘了少女们的形貌和性格。一是"相引去，游南浦"。一"引"字，生动地表现了少女们互相呼唤、手牵手嬉戏、结伴而去的热闹场面。"南浦"，出游此地必然要船，而船在何处呢？上文已有交代，"木兰船系木兰花"。所以，此句用一"游"字，便活现了少女们驾小船荡漾于碧波之中的风采。二是"笑倚春风相对语"。词人用一"笑"字，点明少女的面部神态，锦上添花。温暖的春天，本来就已十分美好；现今少女又以灿烂的笑容迎接春风，既如鲜花在春风中盛开，又比鲜花富有情韵，这一对比使美的境界更美，愈加令人神往。为了加强美景以及突出佳人的欢乐气氛，在"笑"字后又写了"倚"和"相对语"两个行动。姑娘们快乐极了，笑得直不起腰来。词将美和乐融合在一起，与山水环抱的自然景色和谐一致，从一个侧面反映了南国的风土人情。

其六

路入南中①，桄榔叶暗蓼②花红。两岸人家微雨后，收红豆③，树底纤纤抬素手④。

注释

①南中：岭南地区，泛指我国南方地区。王勃《蜀中九日登玄武

山旅眺》诗："人情已厌南中苦,鸿雁那从北地来。"②桄榔(guāngláng):南方常绿乔木,树干高大。叶暗:桄榔树叶为羽状复叶,长得很稠密,看起来色泽深暗。蓼:一年或多年生草本植物,有水蓼、红蓼、刺蓼多种,此指红蓼。③红豆:又名相思子。④纤纤:指女子手的柔细。素手:洁白的手。

赏析

这首词描写南方水乡的一个劳动场面。

由"两岸人家"的意象来看,出行者应正在水上行船。作者由蜀地南行,坐船来到了被称为"南中"的岭南地区,马上看见了不同的风景,即"桄榔叶暗蓼花红"。"暗"显示出枝叶茂密阴浓。桄榔的"暗"、蓼花的"红",两相映衬,暗者愈暗,红者愈红,鲜明耀眼,色彩强烈,多么诱人!而行者惊讶、欣喜的情态也跃然纸上。在营造了一种特别的气氛后,词人用结尾三句着力刻画主景:一场微雨之后,红豆树上有纤纤素手在移动,原来是临水人家的少女们抬臂采摘红豆。"素手",以局部代替整体,亦见女子之美。李白《子夜吴歌·其一》:"素手青条上,红妆白日鲜。"词人未描写人物的全貌,只通过素手采撷红豆的特写,凸现明艳的色彩,成就了"诗中有画"的境界。桄榔的"暗"与蓼花的"红"相映生辉,再加上鲜艳的红豆和白玉般的纤手,相互映衬,妩媚动人,人物倩影,如在眼前。红豆作为爱情或相思的象征,是人们已有的观念。素手"收红豆"(实),实在收爱情(虚),因此这一劳作本身就饱含诗意。陈廷焯《云韶集·卷一》云:"好在'收红豆'三字,触物生情,有如此境。"

这首词以清淡的诗情和浓郁的画意,给《花间集》添上了清新的色彩。徐士俊《古今词统·卷一》甚至评道:"致极清丽,入宋不可复得。"

江城子

晚日金陵岸草平①，落霞②明，水无情。六代③繁华，暗逐逝波④声。空⑤有姑苏台⑥上月，如西子镜⑦，照江城⑧。

注释

①晚日：夕阳。金陵：今南京市的别称，著名古都之一。战国时楚威王灭越，置金陵邑，秦改为秣陵，两汉仍用此称，三国时孙权建都于此，更名建业，晋时更名为建康，唐武德八年（625年），又名金陵。岸草平：岸边的水草一片。②落霞：晚霞。王勃《滕王阁序》："落霞与孤鹜齐飞，秋水共长天一色。"③六代：即六朝，指东吴、东晋、宋、齐、梁、陈。这些朝代均建都于金陵，盛极一时，故称。④逝波：指流水一去不复返。亦指时间一去不返。《论语·子罕》："子在川上曰：'逝者如斯夫，不舍昼夜。'"孔子把时间的流逝比作奔流不息的河水，后人常用此比。⑤空：徒，只。⑥姑苏台：见前薛昭蕴《浣溪沙》（倾国倾城恨有余）注③。⑦如西子镜：宛如昔年西施的妆镜。西子：西施，战国时越国美女。⑧江城：临江之城，此指金陵城。

赏析

这首词咏叹金陵古迹，发历史兴衰之慨。

全词以写金陵的现实境况为主。开篇三句写眼前金陵之景：夕阳西下，岸草平远，晚霞闪烁，水声不断，凄清不已。流水"无情"，引发了下文怀古的主旨，又带出"六代繁华"二句，由景入情，抒发六代繁华随波而逝的兴亡感慨。"逝波声"照应前面的"水无情"。故"暗逐"者，六代繁华随流水暗暗而去也；"声"者，哀叹也。"暗逐"后缀一"声"字，暗含亡国之痛，意境幽深。最后由人事而返归写景，由千古不变的姑苏台上的明月，联想到昔年西施的妆镜，映照着江城。写月照江城，是化用了刘禹锡"淮水东边旧时月，夜深还过女墙来"

(《石头城》)的意境来反衬,有物是人非的喟叹。但巧妙的是,作者没有停留在对实景的观照上,而是将战国时期吴越的明月牵来临照江城,"姑苏台"与"西子镜"的意象又将读者的思绪引到了"只今惟有江西月,曾照吴王宫里人"(李白《苏台览古》)的意境中。这种时空的跳跃,使怀古跨出了江城的就事论事,获得了概括整个历史兴亡的广度和深度。李冰若评"此词妙处在'如西子镜'一句,横空牵入,遂尔推陈出新"(《栩庄漫记》),正是此意。句前着一"空"字,深含景物依旧、江城虽在而世态已变的沧桑之感。

和　凝

和凝（898—955），字成绩，郓州须昌（今山东省泰安市东平县）人。一生官运亨通，历仕后梁、后唐、后晋、后汉、后周五朝。善文，尤长于短歌艳曲。少时好为曲子词，布于汴（biàn，今河南省开封市）、洛（今河南省洛阳市），号为"曲子相公"。其词以描写艳情见长，胡应麟《诗薮·杂编·卷四》云："（和）凝诗词，概多猥亵。"但也有清新疏淡之作，"清中含艳，愈艳愈清"，"能状难状之景"（《花间集评注》引况周颐语）。李冰若也认为和凝"自是《花间》一大家，其词有清秀处，有富艳处，盖介乎温、韦之间也"（《栩庄漫记》）。《花间集》录其词二十首。

小重山

其一

春入神京①万木芳②。禁林莺语滑③,蝶飞狂④。晓花擎露妒啼妆。⑤红日永⑥,风和⑦百花香。

烟锁⑧柳丝长。御沟澄⑨碧水,转池塘。时时微雨洗风光⑩。天衢远⑪,到处引笙簧⑫。

注释

①神京:帝都,京都。②芳:用作动词,花开芳香四溢。③禁林:皇家园林。莺语:黄莺啼叫。滑:流利、婉转。白居易《琵琶行》:"间关莺语花底滑,幽咽泉流冰下难。"④狂:纷乱。⑤"晓花"句:谓拂晓时带着露珠的花朵,比流泪哭泣的美人还美。擎(qíng)露:托着露珠。擎:托,支撑、承受。妒啼妆:使动用法,使啼妆感到嫉妒。啼妆:东汉时,妇女以粉拭目下,似啼痕,称啼妆。此指一位饰"啼妆"的美人。又解:女子粉脸上挂有泪珠,此以"晓花擎露"比喻流泪哭泣美人。⑥永:长。⑦风和:春风和煦。⑧锁:封闭、缠绕。⑨御沟:流经宫苑的河道。澄:水清澈貌。⑩洗风光:洗涤着大自然。⑪天衢远:京城里的大街很长。⑫笙簧:皆是竹制乐器。此指音乐演奏之声。

赏析

这首词通过对后唐都城洛阳春日美丽风光的描绘,抒发了对太平盛世的由衷赞美。俞陛云在《唐五代两宋词选释》中称道:"和凝当石晋全盛之时,身居相位,此作乃承平雅颂声也。"

上片描绘了春日帝京的明媚风光。春天的脚步踏入帝京时,千万草木姹紫嫣红;在皇家园林中,黄莺歌喉清脆婉转,粉蝶翩翩狂舞;清晨,含露的鲜花胜过美女的啼妆。"木""莺""蝶""露"之争奇斗妍,全因风和日丽,从而更使人感到百花的芬芳。"狂"和"风",给静景增添动态;"滑""狂"二字,可闻声睹形;"晓花擎露妒啼妆"句,把花捧玉露比拟成亭亭玉立美女娇妒之态,十分细腻。

下片着重描写皇宫周围的春光。承上意,天时有了变化。浓郁的轻烟笼罩着长长的柳丝;宫苑河道淌着清澈的碧水,缓缓地流向池塘;霏微的细雨时时梳洗着美丽的风光。"柳丝长"而冠以"烟锁",暗示已经由晴转阴,御沟水仍"澄",汩汩流入池塘,可知是"微雨"。"御沟"与上片"禁林"相映,"微雨"与上片"红日"间出,时晴时雨,别有情致。"洗"字,写微雨霏霏,其后缀以"风光",好像这美丽的"风光"是洗出来的。结尾两句,把自然景色与人间景象联结起来,更见帝京歌舞繁华的欢乐气象。京都大街直通远方,微雨之中,处处笙歌,演唱着盛世的欢乐吉祥。

整首词声妙色艳,境界明朗,正如杨慎《词品》所评的"藻丽有富贵气"。

临江仙

其二

披袍窣地红宫锦①,莺语②时啭轻音。碧罗冠子稳犀簪③,凤凰双飐步摇金④。

肌骨细匀红玉软⑤,脸波⑥微送春心。娇羞不肯入鸳衾⑦,兰膏⑧光里两情深。

注释

①"披袍"句:披着宫锦红袍,拖地而行。窣(sū):此作拖、曳解。宫锦:宫廷中所用高级绸料。②莺语:形容美人语声娇嫩。③碧罗冠子:凤冠名。冠子:古代贵族妇女的帽子。犀簪:用犀牛角制的发

簪，状其名贵。④凤凰：即凤凰钗。飐（zhǎn）：颤动貌。步摇金：即金步摇，一种带有重珠的首饰。饰者一走则摇晃，故称步摇。⑤红玉软：形容肤色红润柔美。⑥脸波：面部表情和眼神。⑦鸳衾：绣有鸳鸯的锦被。⑧兰膏：即兰釭（灯）。

赏析

这首词描写美人的娇羞之态，风情动人。

上片多方面描写女子之美。她身上披着长长的宫锦红袍，拖在地上行走；话语轻柔，如黄莺儿婉转娇鸣。写完装束的华美、语声之娇柔，接写头饰、步履：凤冠上插着犀牛角制的簪子，一尘不染；女子只要一走动，头上的凤凰钗、金步摇就颤动不已。刘熙《释名·释首饰》："步摇，上有垂珠，步则摇动也。"作者以铺陈手法，极力描写女子装饰之华贵，映衬出女子的美丽、高贵。

下片描写女子的妩媚之态。身材苗条匀称，肌肤红润柔美。一"软"字，将娇柔之态状出。脸颊柔嫩，秋波荡漾，暗送春情。一"微"字，娇羞之态见于笔端。此句与李煜的"眼色暗相钩，秋波横欲流"（《菩萨蛮》）相比，一隐，一直；一羞涩，一大胆，各尽其妙。结尾两句，出言直率，然情意未尽，"能状难状之情景"（《花间集评注》引况周颐）。以"不肯入鸳衾"，状其娇羞之情态，并以灯光中两人脉脉含情，透视出两情交欢之事。况周颐评曰："奇艳绝伦，所谓古蕃锦也。"（《花间集评注》引）"古蕃锦"，比喻古雅华美，色彩鲜艳，情怀放荡不受约束。

何满子①

其二

写得鱼笺无限，其如花锁春晖。②目断巫山云雨③，空教残梦依依④。却爱熏香小鸭⑤，羡他长在屏帏⑥。

注释

①何满子：唐教坊曲名，《教坊记》载有此调。唐开元中，沧州歌者何满子临刑时哀歌一曲以自赎，竟不得免死。后来就把哀歌之曲命名为《何满子》。唐五代皆为单调，宋又有双调。②"写得"二句：鱼笺：即鱼子笺，古代一种布目纸，产于蜀地。此指书信。无限：无数。其如：无奈、怎奈。锁春晖：笼罩在春光之中。锁：封闭、缠绕。③目断：望断，一直望到看不见。巫山云雨：此喻男女幽会。④空教：空使。空：徒自。教：让、使、令。依依：留恋不尽。⑤熏香小鸭：芬芳的鸭形香炉。熏香：焚香而沾染香气。⑥屏帷：屏风、帷幕。

赏析

这首词写男子对女子的爱慕之情。

"写得鱼笺无限"，男子在春日频频写信表达爱慕，充满希望。但尽管写信"无限"，苦苦追求，但终无结果。为什么？因为她处在深闺，有如笼罩在春光中的一朵鲜花。"花锁春晖"，以比拟手法，把女子容貌之美活现于眼前。一"锁"字，暗示其事出有因。"其如"，是叹息，也是谅解。接着承前句写失意。写信无数，却不得与其相约，真可谓望穿秋水，惆怅至极。愿望落空，执着的爱慕，使他进入梦幻："空教残梦依依"。即使到了"梦残"，仍然依依不舍，两情何其深挚！然而这毕竟是"梦"，是虚幻，故"空教"。梦中可以获得暂时的欢乐，梦醒后却倍增忧伤，"空教"二字透出此苦情。最后由失望而产生羡慕：形如鸭状的香炉为无情之物，然而却能长久待在屏风、帷幕之中，与伊相伴。以拟人化手法，将爱而不得的愁苦迁怒于所爱女子身边的日用品，凸显了盼望的殷切，深得无理而妙之趣。在词中，这种联想式的表达手法，在和凝的作品里首见，并为后世所推重。

望梅花①

春草全无消息②，腊雪③犹余踪迹。越岭寒枝香自坼④，冷艳奇芳堪惜⑤。何事寿阳⑥无处觅，吹入谁家横笛⑦？

注释

①望梅花：唐教坊曲名，始见于《教坊记》。单调，三十八字，专咏梅花。《历代诗余》："和凝《望梅花》词，即以名调。"果尔，此调当为和凝所创。②消息：音信，信息。③腊雪：指冬至后立春前所下的雪。④"越岭"句：越岭，即大庾（yǔ）岭，岭上多梅，又称梅岭。寒枝：梅枝。香：指芳香的花。坼（chè）：裂开、绽开。⑤冷艳：形容素雅美好。奇芳：形容花香奇特。堪惜：令人爱惜。⑥何事：为何，何故。寿阳：徐坚《初学记》："宋武帝女寿阳公主，人日卧于含章殿檐下，梅花落于额上，成五出之花，号为梅花妆。"⑦"吹入"句：谁家横笛吹奏《梅花落》乐曲。横笛：指横笛曲。因古笛曲有《梅花落》，故以横笛作结以应词旨。此连上句谓，因落梅而画梅花妆的寿阳公主已经无处寻觅了，但却被人把"梅花落"谱入了笛曲中，供人吹奏。又，寿阳暗指梅花，谓梅花无处寻，管笛却有《梅花落》之曲。

赏析

这篇词作咏调名本意及与之相关的典实。

词起写冬春将交之时，春草还没有萌芽的迹象，腊月之雪依旧片片。草木未见绿，腊雪仍留寒；对仗的句式，为梅花的出现营造了恶劣的气候环境。紧接着咏"望"中之梅花：苦寒之中，它已悄然在梅岭含苞初绽，素雅的姿容与浮动的暗香，无不令人爱惜。"寒枝"而"自坼"，一枝梅花为春之先。"奇芳"则带来了春的气息。结二句宕开一笔，写"望"中所思。因梅而怀古，想到了南朝宋武帝时梅花落于寿阳公主额上的故事。而今，那个画梅花妆的人，却已"无处觅"了；但是咏梅花的乐曲《梅花落》却流传了下来。这样的乐曲，把人的思绪带到了遥远的古代。一"无处觅"，一"吹入"，含蓄地表达了"物是人非"的幽怨之情。

这是一首咏物词，它突出了梅花的先春而发，将孤傲高洁的品格赋予了梅花，使所咏之物形神兼备。同时又不仅限于对梅花的吟咏，而是由梅及人，望梅思人，情景交融，又使咏物寓意深远。

天仙子

其二

洞口春红飞簌簌①，仙子含愁眉黛②绿。阮郎③何事不归来？懒烧金④，慵篆玉⑤。流水桃花空断续⑥。

注释

①洞口：指桃源洞口，见下注③。春红：春花。簌簌（sùsù）：同"簌簌"，飘落貌。②眉黛：古代女子用黛青画眉，故称眉为眉黛。③阮郎：刘晨、阮肇在桃源洞口遇二仙女之故事，见前韦庄《天仙子》（金似衣裳玉似身）注释④。此泛指所爱之人。④烧金：焚香于香炉。或指道家炼丹。金：香炉。⑤篆：盘香的喻称。玉：香炉。篆玉：在玉炉里点燃盘香。或指道家的书符。如以此两个"或指"而言，二句的"仙子"便是一位女道士。⑥空：徒自。断续：断而复续。

赏析

这首词借仙子之名抒闺中思情。

传说汉明帝时剡（shàn）县人刘晨、阮肇上山采药，在天台山桃源洞口遇二仙女，遂被招为婿，半年后回乡。后来再入山寻访，不复再见。词作一反叙述角度，想象仙子在刘、阮别后的缠绵相思之情。起句刻画了桃源洞口暮春落花满地的景象，春愁已寓景中。接句直写愁情：仙子紧蹙双眉，含着深深的愁怨。她为什么会"含愁"呢？"阮郎何事不归来"，将春愁具体化，也是全篇主旨所在。"阮郎"者，所爱恋之人也。"何事不归"，表现出仙女的疑惑和忧虑。因为阮郎不归，所以在暮春飞花飘落的桃源洞口，仙女含愁而立。因此，她懒于炼丹，慵于书符，荒废了仙人生涯。结尾照应首句,以景作结。"流水桃花"的残春景色,进一步抒发了仙女良辰空度之情。"空相续",相思之情,断而复续,总是挥之不去,但一切如桃花流水般,去而不返。所有相思如水一样流逝,皆为枉然,故着一"空"字,妙。

虽写仙子,但非寻常的游仙词,而是借天仙怀春,歌颂了爱情超越天地、仙界的力量,是对现实中爱情的曲折反映。作者描绘桃花流水的仙境,衬托仙子的忧愁,自然着笔,殊少怨意,而一往情深,构成了相思难聚的悲剧意境,其高妙的风格只有后来秦观的《鹊桥仙》(纤云弄巧)可以媲美。所以在《汤显祖批评花间集·卷三》中称道:"刘改之别妾赴试,作《天仙子》,语俗而情真,世多传之。遇此不免小巫。"俞陛云则从正面作了很高评价:"写闺思而托之仙子,不作喁(yú)喁尔汝语,乃词格之高。"(《唐五代两宋词选释》)

春光好①

其二

蘋②叶软③,杏花明④,画船⑤轻。双浴鸳鸯出绿汀,棹歌声。⑥
春水无风无浪,春天半雨半晴⑦。红粉⑧相随南浦⑨晚,几⑩含情。

注释

①春光好:唐教坊曲名,始见于《教坊记》。又名《愁倚兰》《愁倚兰令》。相传为唐玄宗所创,有诸多不同格体,双调。②蘋:见前温庭筠《梦江南》(梳洗罢)注②。③软:柔嫩。④明:明艳,鲜艳。⑤画船:装饰华丽的游船。⑥"双浴"二句:双浴:成双成对在水中游玩。鸳鸯:水鸟名,见前毛文锡《诉衷情》(鸳鸯交颈绣衣轻)注①。绿汀(tīng):芳草丛生的水边平地。棹(zhào):桨,此借代为船。棹歌:行船所唱之歌,即船歌。⑦半雨半晴:一会儿下雨,一会儿天晴。⑧红粉:此指美女。⑨南浦(pǔ):南面的水边。江淹《别赋》中

有"送君南浦,伤如之何"两句,后常用"南浦"指称送别之地。⑩几:几次,屡次。

赏析

这是一首缘题而赋之作,描绘了春日江南水乡的美景。

上片铺叙春日泛舟所见所闻之景。柔嫩的蘋叶铺在水面,一片翠绿;明艳的杏花在两岸露出红红的笑脸,好似欢迎着在水中轻轻荡漾的画船。一"软"、一"明",色彩鲜明。着一"轻"字,使整个画面静中有动,充满生气。成双成对的鸳鸯在水中游玩,又跑到绿洲悠闲嬉戏,如热恋中的一对对情侣;这时,高昂的船歌声此起彼伏,使画面充满热闹非凡。所绘之景,有静有动,有色有声,色彩明丽,给人以轻快舒畅之感。

下片在铺叙的基础上,以对仗手法概括广阔的春景场面。"春水无风无浪",重在写静,好像这片水域是一片不容扰乱的净土;"春天半雨半晴",重在写其变化,好像春天又是一个变幻莫测的仙界。连用两个"春"字,两个"无"字,两个"半"字,尽显旖旎春光。李冰若在《栩庄漫记》中赞其工巧云"'春水'、'春天'二语,写出春光骀宕之状。"结尾二句则写人情,与上片"鸳鸯"照应,突出"红粉相随"。黄昏的南浦,美女们相互嬉戏追随,脉脉含情,"春光好"的内涵又深一层,使情景和谐,意境温馨,所以俞陛云在《唐五代两宋词选释》中称赞道"绝好惠崇之图画也"。

全词紧扣词题,明快晓畅,极富诗情画意,有很浓的生活气息,摆脱了富贵之气,是一首即题好词。

渔 父①

白芷汀②寒立鹭鸶③,蘋风轻剪④浪花时。烟幂幂④,日迟迟⑤,香引芙蓉惹⑥钓丝。

注释

①渔父：此调又名《渔歌子》。唐教坊曲名，始见于《教坊记》。单调，二十七字。《词苑丛谈》云："唐张志和自称烟波钓徒，尝作《渔歌子》一词，极能道渔家之事。"若依此说，此调当为张志和所创。另有双调五十字一体，与此调有别。②白芷：香草名，夏天开伞形白花，根可入药。汀：水边平地。③鹭鸶：鸟名，又名白鹭。因其顶、胸、肩、背皆生白毛如丝，故称鹭鸶。④蘋风：微风。宋玉《风赋》："夫风生于地，起于青蘋之末。"轻剪：轻轻吹开。⑤幂幂（mìmì）：覆盖貌。此处指水气笼罩。⑥日迟迟：春天白昼长而暖和，见前欧阳炯《三字令》（春欲尽）注②。⑦芙蓉：荷花。惹：招引。

赏析

这是一首即题之词，描写渔父生活。

在长满白芷的水边平地上，亭亭站立着一只全身雪白的鹭鸶。首句呈现出夏天水上清凉的气氛，超然脱俗，一派雅态。一个"寒"字，表现出天时尚早，更增加了清新气氛。接着由静景转入动景：微风拂过水面，轻轻地吹开了一朵一朵的浪花。用一"剪"字，生动贴切，亦如贺知章的"不知细叶谁裁出，二月春风似剪刀"（《咏柳》）。"剪"前冠以"轻"字，倍觉温和。接下来两句将境界扩大，写云和阳光。远处，云气蒸腾，如烟雾笼罩，烟水茫茫；高处，春日的阳光温煦和舒，普照大地，一片光明。结句扣题，写渔父：荷花散发出一缕缕幽香，仿佛牵引住了钓丝，引起渔父垂钓之兴致。荷花"出淤泥而不染，濯清涟而不妖"（周敦颐《爱莲说》），写芙蓉香里垂钓的怡然之乐，也暗喻高洁之情趣。"结句袅袅竿丝，摇曳于芙蓉香里，颇堪入画也。"（俞陛云《唐五代两宋词选释》）

此词由远而近，由静而动，有远眺，也有仰望，层次分明，语隐意深，如陈廷焯所评"较子同作自远不逮，而遣词琢句，精秀绝伦，亦佳构也"（《云韶集·卷一》），但其所谓"远不逮"，恐非是。

顾　敻

顾敻（xiòng）（生卒年、籍贯皆不详），前蜀王建时为内廷小臣，后擢为茂州刺史。又事后蜀孟知祥，官至太尉，世称"顾太尉"。顾敻以艳词著称，为花间派重要作者。其《醉公子》尤为时人所称道。况周颐云"顾敻词《全唐诗》五十五首，皆艳词也。浓淡疏密，一归于艳。五代艳词之上驷矣"（李冰若《花间集评注》引），又云"工致丽密，时复清疏。以艳之神与骨为清，其艳乃益入神入骨"（《餐樱庑词话》）。《花间集》录其词五十五首。

虞美人

其五

深闺春色劳思想①,恨共春芜长②。黄鹂娇啭泥芳妍③,杏枝如画倚轻烟④,锁窗⑤前。

凭栏⑥愁立双蛾细⑦,柳影斜摇砌⑧。玉郎⑨还是不还家,教人魂梦逐杨花⑩,绕天涯⑪。

注释

①劳思想:使人思念忧愁。劳:使……忧愁,使动用法。思想:想念,思念。②"恨共"句:怨恨随同春草一起生长。芜:杂草。长:生长。③黄鹂:亦名黄莺,毛色鲜艳,鸣声婉转,常作观赏鸟。娇啭:鸣声婉转、清润。泥:缠绕。芳妍:美丽的花丛。④轻烟:轻柔淡薄的烟雾。⑤锁窗:镂刻有连锁图案的窗棂。⑥凭栏:倚靠着栏杆。⑦双蛾:双眉。蛾:蛾眉的省称。双蛾细:指女子眉毛修长、美丽。⑧摇砌:摇动于台阶上。⑨玉郎:形容郎君的美貌,一般为女子对郎君或情郎的爱称。⑩逐杨花:追逐柳絮,飘飞不定。⑪天涯:天边,极远的地方。

赏析

顾夐的六首《虞美人》皆写闺怨,即闺人的别恨春愁。这首词作是公认的最佳作品。

上片以铺叙春景为主,但见春色而起春愁。开篇二句就直达主旨,表达了触景伤情的相思之苦。"深闺",女子所居的卧室。因郎"不还家",故少妇空闺独守。因此,她见春色而无人共赏,故忧愁(劳)。由"春色"而生离愁别恨,并巧妙地比之于具体事物,"恨共春芜长"。怨恨随同春草一起生长,绵绵无际,亦如李煜《清平乐》"离恨恰如春草,更行更远还生"。在中国古代诗词中,春草往往与离别联系在一起,如《楚辞·招隐士》中就有"王孙游兮不归,春草生兮萋萋"之句。这里的"春芜"一语,化用传统的离别内涵,将思念在外郎君的主题隐含其中。李冰若在《栩庄漫记》中认为"恨共春芜长"是"佳"句,其原因就在于"喻巧而理至",且又翻新以草喻离情而意味隽永也。接着以对仗的笔法描绘"劳思想"的春色:在美丽花丛中黄鹂鸣声悠扬婉转,轻烟簇拥着杏花,花朵开放得格外明艳。而这时,人正立于"锁窗前"(雕饰的小窗前),交代了望春景的视角,并且也引出了下文的抒情。前既言"劳"、言"恨",则知是以乐景写哀。

下片主要抒发春思。这时,她由室内走出,"凭栏愁立",望见金黄色的柳丝在台阶上轻轻摇曳。"双蛾"一语,不仅作为叙述语代指少妇,也作为描述语状其美貌。古人折柳赠别,以表离情。"柳影"一句是下片唯一的景物描写,是少妇"凭栏愁立"之所见,为下文春恨的描写做铺垫,因此也不是单纯的景语。情思由隐而显,至此直诉"愁""恨"的原因是"玉郎还是不还家"。春归人应归,但人不归,一愁也;而且"还是"不归,已非一年,愁上加愁也。多年来,少妇就在这种盼望与失望之中煎熬着,岂能不恨!面对春景,她想:春去可春来,但青春去而不复,而且红颜易老,人能有几度春秋呢?"还是"二字,不知含有多少凄苦。既然郎君不归,那就只有梦中相逐了。她魂牵梦绕,魂不守舍,愁苦之情如飘飞的杨花,任它逐遍天涯。"魂梦",古人认为人的灵魂会在睡梦中离开肉体,故有此称。"魂梦逐杨花"的意象,既呼应了"柳影斜摇砌"的白日所见之景,而且又将杨花飘飞的特点与思妇的情怀巧妙沟通,构思新奇。晏几道《鹧鸪天》(小令樽前见玉箫)中的"梦魂惯得无拘捡,又踏杨花过谢桥",也是用杨花的这种内在意蕴翻新出奇而铸成佳句的。

清代王夫之评《诗经》云:"以乐景写哀,哀景写乐,一倍增其哀乐。"这首词正是以乐景写哀情的典型范例。上片的乐景与下片的哀情在"春"的绾结下形成强烈反差,从而将闺怨的主题阐发得淋漓尽致。历代评论家都强调词作应借助对比的手法达到深婉曲折的效果,甚至以为这是词较之诗的优异之处。沈际飞在《草堂诗余别集·卷二》中有云:"味深隽,诗词转关之际。"徐士俊也说:"调佳则词易美,如此数阕,皆人所能言,然曲折之妙,有在诗句外者。"(《古今词统》)

其六

少年艳质胜琼英①,早晚别三清②。莲冠稳簪钿篦③横,飘飘④罗袖碧云轻,画难成⑤。

迟迟少⑥转腰身袅,翠靥⑦眉心小。醮坛⑧风急杏花香,此时恨不驾鸾凰,访刘郎⑨。

注释

①胜:胜过,超过。琼英:玉似的花朵,喻美丽的花朵。琼:白色美玉。②早晚:一解为何日、何时,表示企盼;又解为哪得、何曾,有焦躁烦虑意。柳永《剔银灯》:"如斯佳制,早晚是读书天气?"三清:道教所尊的三位天神,即玉清元始天尊(亦称天宝君)、上清灵宝天尊(亦称太上道君)、太清道德天尊(亦称太上老君)。三神所居的天外仙境亦称玉清、上清、太清,合称三清。此指道教中的仙人所居之所。诗词中常用以指仙境。③莲冠:道家所戴的莲花帽。稳簪:安插。钿篦:以金银贝壳等镶嵌的梳篦。④飘飘:罗袖轻薄,飘飘如碧云。⑤画难成:谓女道士的丰姿比画还美,谁想画也画不好。⑥迟迟:舒缓貌。少:稍微。⑦翠靥(yè):古代妇女的面饰。用绿色"花子"贴在眉心,或制成小圆形贴在嘴边酒窝的地方。靥:酒窝。⑧醮坛:道家求神拜天之台。⑨刘郎:此泛指所爱的男子。

赏析

这首词吟咏女冠(即女道士)的情思。

上片写女道士的美貌。"少年艳质",赞美她青春美艳。"琼英",喻美丽的花朵。其中着一"胜"字,显示女道士的艳质非同一般,冠绝群芳,但是在这样美妙年华的她,首先想到的是"早晚别三清"。"早晚"者,何日、何时也,表企盼之急切。"别"者,告别也。为什么要如此急切地"别"仙界（三清）呢？一是"少年"，二是"艳质"。娴静清雅、鸟语花香的道冠，对于一个妙龄美艳的女道士来说，竟成为幽禁的牢笼。她燃烧着青春的火焰，希望寻求人间的美满幸福生活。一"别"字，不仅表企盼、焦虑，而且点明全篇主旨，见用字之精练。写了女道士的思凡心情，再补笔具体写其美艳：头上戴着道士的莲花帽，安稳地插着镶金的篦子。"飘飘罗袖碧云轻"，描绘她在云遮雾绕之中，"风吹仙袂飘飘举"的轻盈姿态。然后以侧笔结上片，"画难成"，是形容她的美丽，即使用画工之笔也难写其真。

下片着重写女道士的春情。女道士缓缓地转身，腰肢袅娜，如柳丝般轻盈，眉清目秀，映衬着如花的面饰。"迟迟"，状其娇态；"少转"，见其稳重。接着笔势突然一转，写一阵急风吹过求神拜天之坛，飘来杏花的芳香，触动了女道士的春心，恨不得驾鸾乘凤，寻访她心爱的刘郎。杏花在春天盛开，易萌动人的春心，"风（春风）急"的"急"，呼应后面的"恨"字。"此时"后缀一"恨"字，状其迫不及待的心情，与"急"一脉相承。李冰若在《栩庄漫记》中云："惟顾词实非佳制，如'醮坛风急杏花香'一语中，忽用一'急'字，便为粗率是也。""粗率"之评过于武断。女道士虽然没有明确的恋爱对象，但是她要"访"，要寻求，态度何其坚决，希望何其执着，追求何其大胆。"访刘郎"照应上片的"别三清"，脉络清晰。

女冠追求人间幸福美满的生活，这是有社会意义的。况周颐《餐樱庑词话》云"顾敻艳词，多质朴语，妙在分际恰合"，应以此读顾词，否则会有失偏颇。

河 传

其二

曲槛①，春晚。碧流②纹细，绿杨丝软。露花鲜③，杏枝繁，莺啭④，野芜平似剪⑤。

直是人间到天上⑥，堪游赏，醉眼疑屏障⑦。对池塘，惜韶光⑧，断肠⑨，为花须尽狂。

注释

①曲槛（jiàn）：曲折的栏杆。②碧流：绿水。③露花鲜：带露珠的花朵格外鲜艳。④莺啭：黄莺鸣声婉转。⑤"野芜"句：原野上的春草平整得像人工修剪过一样。⑥"直是"句：谓从地面到天空，景色无一不美，都值得游赏。直是：果然是，简直是。⑦"醉眼"句：是说自己被美景所陶醉，竟怀疑眼前之景是屏风上的图画。屏障：用作遮蔽的东西，此指屏风。⑧惜：可惜。韶光：美好的春光。这里也指美好的青春年华，双关。⑨断肠：本来形容极度悲痛，此处形容极度欣喜。

赏析

这首词描绘绚丽多彩的春光，但有所寄托。

上片描绘了一幅绚丽多彩的春光图。春天的傍晚，曲折的雕栏旁，碧水长流，波纹纤细；绿柳轻拂，枝条柔嫩。"纹细""丝软"，观察入微，描绘细腻。花朵捧着晶莹的露珠，显得格外明艳；杏花娇红，枝繁叶茂；黄莺歌喉婉转，声音特别清亮。极目眺望，原野上的春草无边无际，整齐得像经过人工修剪似的。一"剪"字，把"野芜平"写活，见用字之妙。

下片抒赏春之情。他此时感到地面天空，景色无一不美，简直如临仙境。他为春光所陶醉，目光已变得朦胧，周围的一切就像屏风上的画一样。"醉眼"句为下片之眼，承上启下。结尾四句因景而生感慨。面对池塘，这美好景色，深深地感染着他。只可惜韶光易逝，时不我待，应当欣喜才是。"惜韶光"，虚写景，实写人，一语双关。青春年华也如韶光一样易逝，见惜春之慨。因惜春而"为花须尽狂"，出语奇峭，言尽意不尽。这里的"花"，既是眼前春晚美景，也是他思恋中的美人。"景"是美景，"花"是花容月貌的美人，两相映衬，彼此更美。所以"景"在这里起了微妙的作用。

杨柳枝

秋夜香闺①思寂寥②（漏迢迢③），鸳帷罗幌麝烟销④（烛光摇）。
正忆玉郎游荡⑤去（无寻处），更闻帘外雨潇潇⑥（滴芭蕉）。

注释

①香闺：弥漫着香烟的闺房，此指女子所居内室。②寂寥：寂静，空旷。③漏迢迢：刻漏水滴声持续不断，谓夜正深。④鸳帷罗幌：饰有鸳鸯图案的绫罗帷帐。麝烟销：麝香的烟消失散去。⑤游荡：游玩浪荡。⑥潇潇：风雨声。

赏析

这首词抒写思妇香闺独处的寂寞和幽怨。

上片以时间的延续写秋夜闺中之寂寞。秋夜独守香闺，漏声点点，清晰可闻，一片寂静；只觉长夜漫漫，愁思绵绵，夜已深沉。顺势用暗喻的手法写孤寂难眠。"鸳帷罗幌"应是夫妻双双同眠共枕之处，可如今形影相吊，独守空房，白白让"麝烟销"。麝香之烟缭绕，本应熏欢情合抱之衾枕，眼下却徒然消失散尽。红烛之光原当在情侣携手共入鸳帐时熄灭的，可目前却剪烛夜候，烛泪低垂，一直到天明，其苦况自见。

下片以空间写幽怨。"无寻处"，那个"玉郎"不知跑到哪儿眠花卧柳去了！空间的阻隔愈大，孤独的寂寥感愈深，时间的跨度愈长，更何况现今是"无寻处"，茫茫不知所之。结尾二句景中含情，气氛凄凉。"更闻帘外雨潇潇（滴芭蕉）。""更"照应上片"漏迢迢"。从听觉的角度来体现孤独的思念之苦，以表现其心境。"滴芭蕉"，点点滴在芭蕉叶上，点点打在思妇心头；风声、雨声，特别是雨打芭蕉声，声声入耳，这岂不是"秋风多，雨相和，帘外芭蕉三两棵，夜长人奈何"（李煜《长相思》）吗？愈静愈孤寂，愈觉闺房空虚，愈觉思念之苦，风雨声愈增寂寞之感,孤苦心境愈显。

此词意在言外,以物以景传情,委婉缠绵。

诉衷情

其二

永夜抛人①何处去?绝来音②。香阁掩③,眉敛④,月将沉。争忍不相寻⑤?怨孤衾⑥。换我心,为你心,始知相忆深。

注释

①永夜:长夜。抛人:将情人抛弃在家。②绝来音:即来音绝,没有音信到来。③香阁掩:掩住华丽楼阁之门窗,此指女子之闺阁。④眉敛:双眉紧锁,即皱眉。⑤争忍:怎么忍心。相寻:寻思,思念。⑥孤衾(qīn):即拥被独眠。

赏析

这首词抒写闺妇刻骨铭心的相思情怀。

词起即以直白之笔,抒愤激之情。在这漫漫长夜里,抛弃我的那个负心人,又到什么地方去了呢?竟连个音信也不捎来。"永夜",交代了时间,还表达了闺妇孤独之深。人们对时间的体验,往往忙碌觉时短,寂寞觉时长。空闺独守,岂不寂寞!"夜"而饰以"永",便加入了怨恨的情绪。"抛人"一词更是对男子不负责任、浪荡在外的指责。"抛人",一怨也;"绝来音",再怨也。"何处去""绝来音"既是责问,又是关切,将闺妇曲折、细腻的情愫刻画了出来。她夜深等郎君不至,只好将闺门关闭,愁锁双眉,虽说"怨孤衾",但仍忍不住去思念他。而这时月亮西沉,天将破晓。"月将沉",揭示了闺妇等待的长久。"争忍"二句承"香阁掩"而来,等郎君不至,只好掩门睡觉,但拥被孤眠,又勾起独处的痛苦。从以上独白,我们看到了闺妇坐也不安、卧也不宁的彻夜愁苦。而这种愁苦，也只有情到深处之人才能体会得到，所以结尾二句用假设之词，将其一片深情和对男子薄情的嗔怨婉转地表达了出来。"换我心，为你心，始知相忆深"，言浅意深，表达了她真挚的爱情。这二句深得王士禛好评，他在《花草蒙拾》中赞道："顾太尉'换我心，为你心，始知相忆深'，自是透骨情语。徐山民（注：徐照）'妾心移得在君心，方知人恨深'，全袭此。然已为柳七（注：柳永）一派滥觞。"

质朴、真切、深婉，是本词最大特点。陈廷焯在《白雨斋词话》中云"元人小曲，往往脱胎于此"，可见其天真烂漫的词风影响之大。

荷叶杯

其四

记得那时相见，胆颤①。鬓乱四肢柔，泥人②无语不抬头③。羞摩羞④，羞摩羞？

注释

①胆颤：羞怯难当的心态。②泥人：以柔情、娇态或软语缠人。③不抬头：深情羞怯貌。④羞摩羞：女子调侃自羞语。

赏析

这首词描绘女子初入情网时的忸怩娇羞之情态，生动逼真。

"记得"总领全词，正说明这一相见往事是难以忘怀的，同时把镜头推向昔时。相见竟"胆颤"，要么是初次相会，要么是环境使然，或者两者皆有，否则她不会胆战心惊。"鬓乱四肢柔"，"鬓乱"也许是匆匆而来未加修饰，也许是相会时手足无措而弄乱了鬓发，见惊喜之状。"四肢"，这里指代女子的整个身体，而"四肢柔"，则是骨软筋舒，是快意的感受。所以李冰若认为"'柔'字入木三分"（《栩庄漫记》）。

接下仍承前刻画女子情态："泥人无语不抬头。"这七字有三层意思："泥人"，撒娇缠人，羞喜皆有之；"无语"，"此时无声胜有声"（白居易《琵琶行》），心里暗暗高兴；"不抬头"，状羞怯之态。最后用叠句作结："羞摩羞，羞摩羞？"是问己亦是问人。问己之中有得意，问人之中有调笑，既有娇态，也有爱意。

仅二十六字的小令，将女子的情态、痴情、撒娇、作态，描摹尽致，极尽形容之妙。

其九

一去又乖期信①，春尽。满院长莓苔②，手挼裙带③独徘徊。来摩来④，来摩来？

注释

①乖：违背，引申为误。期信：所约定的日期。②莓苔：青苔。隐花植物的一种，绿色丝状体，多生于潮湿地带。③挼（ruó）：揉搓。裙带：系裙的腰带。④来摩来：有"还不来"之意，急切盼望之词。

赏析

这首词抒写女子盼望情人尽早到来约会的心情。

眼看春天将尽，情人一去不归，再违约期。一"又"字，见违约非一次也，含怨尤之意。"春尽"，隐含惜春伤春之叹。春去尚可春归，青春却去而不复，更何况红颜易老，人能有多少青春年华！顺"春尽"而描写庭院的荒凉之貌，因为是独守空闺，无人来往，更无心打扫，"满院长莓苔"。每天，她在这荒芜的庭院中，手搓揉着腰带，独自徘徊、等待。"手挼裙带"，活画出女子的痴情神态，也见其无所适从；"徘徊"，见其无可奈何之状。尽管如此，她仍情不自禁地念叨着情人为什么还不到来。故结尾叠句"来摩来，来摩来"，既表达出期盼之急切，也表达出对情人久不到来的幽怨之情。

这首词以清丽见长，从李冰若的评述中可见其特色："顾敻以艳词

擅长，有浓有淡，均极形容之妙。其淋漓直率处，前无古人。"(《栩庄漫记》)

醉公子[①]

其一

漠漠[②]秋云澹[③]，红藕[④]香侵槛[⑤]。枕倚小山屏[⑥]，金铺向晚扃。[⑦]睡起横波慢[⑧]，独望情何限[⑨]。衰柳数声蝉，魂消[⑩]似去年。

注释

①醉公子：又名《四换头》，因其四换韵。唐教坊曲名，始见于《教坊记》。双调，五言八句，四十字，上下片各四句，第一、二句押仄声韵，第三、四句押平声韵。另有慢词一体，双调，一百零六字，仄韵。②漠漠：云雾密布貌。这里形容秋云广袤，布满天空。③澹(dàn)：此处含有安静、悠闲之意。④红藕：红莲。⑤槛：栏杆。⑥小山屏：画有山水的屏风。⑦金铺：门上的铺首，成兽形而衔门环。此为门户美称。向晚：傍晚。扃(jiōng)：关门的门闩，这里指关闭。⑧横波：女子眼神流动，如水波，故以此比喻眼神、眼光。慢：通"曼"，妩媚，美好。⑨何限：无边，无限。⑩魂消：即销魂，形容极度悲愁。

赏析

这首词描写闺妇秋日的相思与幽怨。虽然仍是闺怨题材，但结构和意象都别具一格，其"字字呜咽"(陈廷焯《白雨斋词话》)的效果，深得后人青睐。

上片写景，景中寓情。词起先写户外秋色：远处，云彩广袤，布满天空；近处，池塘里莲花的清香飘过栏杆。"云澹""藕香"突出了秋日特点。这两句既交代了思妇怀远的时节和环境，也为下片的触景生情做了铺垫。接着转写室内景况：卧室内，玉枕斜倚在屏风前；黄昏时，厅堂前的朱门关闭。这种铺陈,表现了思妇昼寝的情形,同时也透露出无聊、寂寞的心态。

下片写人。先写思妇的神态:她睡醒后眼波妩媚,柔情脉脉。一"独"字,点明其夫君在外,空闺独守。"横波慢",一副娇美形象;"独望情何限",一副心事重重之貌。接着写人之心情:枯柳枝上秋蝉的数声凄鸣,又将她带入去年的分别时刻,令人十分悲愁。"魂消"二字为一篇之眼,既交代了今日"独望"之原因,又写出了去年离别的悲伤。去年离别已"魂消",今日夫君仍不归来,岂不愁上加怨!今昔的心情在这里重叠,情感的厚度在此得以显现,其景中寓有无限怨恨。在意境的创造上,这两句绾结离别前后,时间跨度之大、情感之深,颇受后人好评。李冰若在《栩庄漫记》中的评论揭示了其意境的感人之处:"'衰柳'二句,语淡而味永,韵远而神伤。"

其二

岸柳垂金线①,雨晴②莺百啭。家住绿杨边,往来多少年。③
马嘶芳草远,高楼帘半卷④。敛袖翠蛾攒⑤,相逢尔许⑥难。

注释

①金线:谓嫩柳枝条金黄如线。②雨晴:雨后天晴。③"家住"二句:女子家住柳树边,可以看到来来往往的许多少年。④帘半卷:谓女子半卷珠帘。⑤敛袖:挽袖。翠蛾:青黛色的修长眉毛。攒(cuán):聚在一起。这里是皱眉之意。⑥尔许:如此,这样。

赏析

这首词描写楼上少女见一风流少年,暗生爱意而不得亲近的情态。

词起先描绘明媚春景:岸边低垂的嫩柳枝条,细如金线;雨后晴空万里,黄莺婉转唱鸣,一片春光融融。接着转而写人,极富诗情画意:绿柳映屋,倩影婆娑;屋前来来往往,不知有多少风流少年。美景当前,美人在屋,故游赏少年甚多。少年们是来观景,还是来看人?也许二者皆有之。反之,女主人公也在看他们,并暗示其已有了意中人,否则,她不会闻马嘶而登楼远眺。因此,这是一个惹起春情的季节,也是一个惹人忆起年少情事的地方。

下片写女子回忆所暗恋之人远去时的情怀。马鸣声声,意中人已骑马远去,实际是人已远,萋萋芳草更远,连绵无际,以芳草写情。人已远去,但她还依依不舍,登楼眺望,人去影空,仍伫立呆望,痴迷失望之情是何等深沉。一"远"字,很传神。登楼眺望,似乎没有结果,只说"帘半卷",点到即止。是人远去而无踪影,因失望而"帘半卷";或者是怕人看见,因害羞而"帘半卷",也许是皆而有之,此所谓唐五代词的含蓄之处。结尾二句写女子在意中人远去之后的情态:"敛袖翠蛾攒,相逢尔许难。"前句写伤情,后句则写心理活动。"敛袖",示其无所适从之状;"翠蛾攒",以皱眉表愁态。她无可奈何,惆怅已极,发出既问人又问己的嗟叹:相会竟是如此之难。可见其盼相见之心何其急切!

全词以清丽流畅之笔,以垂柳金条、莺歌婉转的环境为烘托,委婉曲折地描写一位少女暗恋中的怀春之情。郑文焯评曰:"极古拙,极高淡,非五代不能有此词境。"(《花间集评注》引)

孙光宪

孙光宪（901—968），字孟文，自号葆光子，陵州贵平（今四川省眉山市仁寿县附近）人。唐末为陵州判官，后仕荆南（即南平国），累官荆南节度副使、检校秘书少监，因称孙少监。后归宋，授黄州刺史。孙光宪出身农家，博物稽古，性嗜经籍，勤奋好学。著作甚丰，惜多亡佚。今存《北窗琐言》二十卷，存词八十四首，《花间集》录六十一首。善小词，内容较为丰富，较少脂粉气，尤长于描绘江南水乡风光，词风清丽疏朗。李冰若《栩庄漫记》云："词婉约精丽处，神似韦庄。"

浣溪沙

蓼岸①风多橘柚②香,江边一望楚天长③,片帆烟际闪孤光④。
目送征鸿飞杳杳⑤,思⑥随流水去茫茫,兰⑦红波碧忆潇湘⑧。

注释

①蓼(liǎo)岸:长满水蓼的江岸。蓼:一年或多年生草本,有水蓼、红蓼、刺蓼多种。②橘柚:橘子和柚子,两种水果。③楚天长:指南方一带的天空辽阔无际。楚:古代长江中下游一带属楚国,故用以泛指南方。④"片帆"句:片帆:一片船帆,此代指孤舟。烟际:遥远的云烟处。这句是说远望烟雾渺茫的江上,闪动着孤舟的帆影。⑤"目送"句:征鸿:即征雁,迁徙的雁,喻亲友。杳(yǎo)杳:幽远。这句是说眼看着鸿雁向高远的地方飞去。⑥思:心思,思绪。⑦兰:即红兰,为兰草的一种,秋天开红花而香。江淹《别赋》:"见红兰之受露,望青楸之罹霜。"⑧潇湘:除了指潇水与湘水,还包含湘妃寻舜而殉情的传说故事。此当指亲友前去之所。

赏析

这首词从送行者的角度抒写秋日离情别绪,别具一格。

起句写送别亲人时,所见的典型南国风光:蓼花绕岸,争奇斗艳;清风徐来,送来阵阵橘柚扑鼻的馨香。在这蓼花盛开、橘柚成熟的季节,本应与亲人团聚,品尝蜜橘甜柚,那该多么美好啊!然而就在此时,亲友却要相别,这实在令人感到惋惜。起句所描绘的美丽景致,又为次句陡然转入江边凄清、楚天幽远的迷茫之景,抒发惆怅之情,做好了铺垫和衬托。乐景一句,随即就转入抒发惜别之情,这种构思恰到好处,否则,过多地描写乐景,就会冲淡离愁别绪,改变词作的基调。"一望"二字,表现了主人公顷刻之间由喜悦变为忧愁的神态,十分传神。第三句紧承次句高远广阔的"楚天",写江上亲友乘坐一叶小舟,孤身只影，在遥远云烟深处的江中飘荡，闪烁着微微的白光。天上江中，景色凄清一片。江边与船上，通过"望"字，把惜别的情怀表达到极致，亦如李白的"孤帆远影碧空尽，惟见长江天际流"（《黄鹤楼送孟浩然之广陵》）。送行者伫立江岸，目送友人远去，仍不忍离开，词中洋溢着深厚的情谊。"片帆烟际"，一幅优美的风景画，但配上"闪孤光"一语，就完全改变了词句的感情色彩，给人一种孤寂凄凉之感。寓情于景，借景抒情，浑然一体，深得后人赞誉。陈廷焯在《白雨斋词话》中曾两次赞道："'片帆'七字，压遍古今词人。又'闪孤光'三字警绝，无一字不秀炼，绝唱也。"

下片前两句，上句写空中、写目送，下句写水中、写"思随"，构思新颖巧妙，对仗工整，意境深远，成为脍炙人口的名句。"征鸿"，比喻离去的亲友，亲友已经走远，他仍痴情"目送"。亲友乘"片帆"远去，作者的心也随着茫茫的流水而去。这两句，以"目送征鸿"远去，象征送别亲友的依依不舍之情；以"思随流水"，象征心随着亲友远去。把送行者对亲友的惜别留恋之情，表现得淋漓尽致。结句照应首句，写送别的时间、景物。兰草开着，波浪清碧；清澈的潇湘，流传着湘妃的故事。秀丽的江景使人留恋，岂能不"忆"！这一"忆"字，看似铭记景物，实则铭记别情，但其婉转曲折之处，非直达可比。其妙处，如李冰若所言："'兰红波碧'四字，惟潇湘足以当之，他处移用不得，可谓善于设色。"（《栩庄漫记》）"忆潇湘"，包含湘妃寻舜而殉情的传说，是以真挚忠诚的爱情，比喻远在天际的亲友彼此思念。所以，"兰红波碧忆潇湘"一句才具有特别令人神往的意境。

从起句到结句，句句都在写景，借景抒情，以抒情为主，通过景色描写，来表现他与亲友依依不舍的真挚感情。这就是本词的抒情特点，别具一格。

其六

兰沐初休曲槛①前，暖风迟日②洗头天，湿云新敛未梳蝉③。
翠袂④半将遮粉臆⑤，宝钗长欲坠香肩⑥，此时模样不禁怜⑦。

注释

①兰沐：用兰香融热水洗头。沐：洗头。初休：刚刚洗完。曲槛（jiàn）：曲折的栏杆。②暖风迟日：指春天。③"湿云"句：头发刚洗完太湿，只略微梳拢一下，还未挽成蝉鬓的发型。云：古人多以云比喻美丽而浓密的头发。梳蝉：梳好发型。蝉：指古代妇女的一种发型，挽发如蝉翼。④翠袂（mèi）：绿色衣袖。⑤粉臆：雪白的酥胸。⑥坠香肩：下垂到香肩。⑦不禁怜：禁不住爱怜。

赏析

这首词描写美人洗发后的娇态，颇为后人称道。

这是一位出身高贵的丽人，她用兰香融水刚刚洗过头发，站在曲折的栏杆前；春光和煦，暖风拂面，心旷神怡，这真是非常美好的天气。"兰沐""曲槛前""迟日"，状玉立光鲜之态。"湿云新敛未梳蝉"，补充首句之意，更进一层。她湿漉漉的头发散披两肩，尚未挽发如蝉翼。"湿云"指她刚洗完，随便拢了拢头发，就到了"曲槛前"，可见她展示美的心切。"湿云""未梳蝉"，描美人妩媚娇柔之状。词的上片，不仅交代了地点、时间、事件，而且还描绘了一位玉立栏前而又容貌光鲜、妩媚娇柔的美人。

下片前二句以对仗的形式，写未梳妆时的模样，由发到胸到头饰。唐五代贵族妇女着装微露胸脯，因此，她用绿色衣袖半遮着雪白的酥胸。"半将"，似遮非遮，活见犹豫之神情。头发松散，宝钗将要坠落肩上。"欲坠"，将坠不坠，见其娇慵之态。在沈雄《古今词话·词品·下卷》中，江尚质评道："《花间》状物描情，每多意态，直如身履其地，眼见其人。……孙光宪之'翠袂半将遮粉臆，宝钗长欲坠香肩'是也。"此时此刻，她娇柔妩媚美丽之极，岂能禁得住爱怜！徐士俊《古今词统·卷四》云："'此时模样不禁怜'句，本于《子夜歌》'何处不相怜？'"沈际飞《草堂诗余别集·卷一》评道："清商曲：'宿昔不梳头，丝发被两肩。婉伸郎膝上，何处不可怜。'（《子夜歌四十二首》其三）竟不必读，'不禁怜'妙。"《子夜歌》自称"何处不可怜",而对方未必如此,不如以第三者口气述之。词情以韵味胜,方为上乘,故沈际飞称"妙"。

其九

乌帽斜攲倒佩鱼①,静街②偷步访仙居③,隔墙应认打门初④。
将见客时微掩敛⑤,得人怜处且生疏⑥,低头羞问壁边书⑦。

注释

①乌帽:官员所戴的乌纱帽,隋唐时富贵者喜戴此帽。斜攲(qī):谓乌帽倾斜以遮面,可略遮耳目。攲:倾斜,歪向一边。倒佩鱼:佩鱼倒挂。佩鱼:唐代五品以上官员的服饰,按品级不同,分别佩带金、银、铜所制成的鱼形挂饰。《新唐书·车服志》:"中宗初,罢龟袋,复给以鱼。郡王、嗣王亦佩金鱼袋。景龙中,令特进佩鱼,散官佩鱼自此始也。"②静街:净街也。谓街道戒严,禁止通行。③访:询问。仙居:仙人所居之地。此指娼妓所居之处。④"隔墙"句:意思是隔着墙刚刚敲门,她便能识别来者是谁。应认:应能识别。打门:敲门,叩门。因为熟悉,故曰"应认"。初:刚刚。⑤"将见"句:谓刚见到客人时,微含羞涩而遮遮掩掩。掩敛:掩面敛容,含羞。⑥"得人"句:她得到了人的怜爱时,还故意做出怯生、疏远之态。且:还。生疏:不亲密。⑦"低头"句:低着头,含着羞,而问墙上的字。书:书法作品。

赏析

这是一首讽刺官员冶游之词。

上片写一官员偷偷到妓馆冶游。第一句写装束。因是官员,到"仙居"游乐而衣冠不整,"乌帽斜""倒佩鱼",极写心虚、心急之状。因所为暗昧之事,乌帽歪向一边,想掩人耳目。与下句"偷步"呼应。"倒佩鱼",达官服饰,佩鱼竟倒挂,可见其心急、心慌。"斜攲"与"倒",含歪斜、颠倒之贬刺意。在"静街"(戒严)之时,却"偷步"

寻访"仙居"（妓馆），可谓色胆包天，行为已经触犯禁律。"步"前冠一"偷"字，绘出鬼鬼祟祟之形貌。"隔墙"句尤妙，刚一敲打门环，墙里面的女子凭声音便听出是谁来了，可见这位官员是常客。"应认"与"初"，弦外有音，暗示得妙。

下片转写女子接待官员时的娇柔之态。一句一层，第一是"微掩敛"，刚见到客人时，她掩面敛容，面色微红，遮遮掩掩，略含羞涩之态。第二是"且生疏"，她得到人的怜爱时，还故意做出怯生、疏远的样子，见扭捏之作态。"敛"以"微"字修饰，"生疏"以"且"字修饰，虽然彼此都是熟人，但此妓女仍然如此装模作样，可见是精于此道者。卓人月《古今词统·卷四》云："'千呼万唤始出来，犹抱琵琶半遮面'，与'将见客时微掩敛，得人怜处且生疏'，可谓曲尽娇憨之态矣。"第三是"羞问"，低着头，含着羞，却问墙上的书法作品怎么样。羞而转言他事，再现撒娇撒痴之态。

此词上片写官员到"仙居"寻欢作乐，如见其形。下片写女子心性，刻画细腻入微，但并无猥亵淫荡之态，表现了对此女子的真切怜爱。陈廷焯云："迤逦写来，描写女儿心性，情态无不逼真。"（《云韶集·卷一》）

河 传

其四

风飐①，波敛②，团荷闪闪③，珠倾露点④。木兰舟⑤上，何处吴娃越艳⑥？藕花红照脸。

大堤狂杀襄阳客⑦，烟波隔⑧，渺渺湖光白。身已归，心不归，斜晖，远汀鸂鶒飞。

注释

①风飐：此为风吹的意思。②波敛：波起皱纹。敛：收缩，引申为

起皱折、起波纹。③团荷闪闪：团团的荷叶上露珠闪闪。④珠倾露点：风吹荷叶动，稍一倾斜，滚落的露珠像珍珠一般。⑤木兰舟：用木兰树所造的船。⑥吴娃越艳：吴越之地的美女。李白诗云："吴娃与越艳，窈窕夸铅红。"⑦大堤：歌曲名。原指襄阳沿江大堤。宋齐梁时，常以大堤为题作曲，故称《大堤曲》。狂杀：狂极，感情难以节制。襄阳客：作者自谓。孙光宪曾长期在荆南为官，正在襄阳，又是客居他乡，故称襄阳客。⑧烟波隔：谓自己与那些美人分手，为烟波所阻隔。

赏析

这首词抒写一男子对娇娃艳女的爱恋之情。

上片写襄阳客游湖所见。清风徐来，平静的湖面，微波荡漾。起四字所写亦如"风乍起，吹皱一池春水"（冯延巳《谒金门》）。接下八字描绘出一幅水上清丽景色：风吹叶动，团团的荷叶稍一倾斜，滚落的露滴像珍珠一样，闪闪发光。在这明丽的画面中，人物出现了：突然间，在那华丽的木兰舟上，不知哪里来的这么多漂亮活泼的南方少女，她们粉红色的面庞与荷花交相辉映，倍增美艳。"何处"，见其惊喜之状。"藕花红照脸"，这一简洁隽语，表现了南国少女的青春美丽。为下面的描写做好了铺垫。

下片写襄阳客目睹"吴娃越艳"的心情。"狂杀襄阳客"的是《大堤曲》，这是作者自谓，即是说：那些娇艳少女（吴娃越艳）所歌唱的《大堤曲》，真让我如痴如狂，着迷到极点。这是借用《大堤曲》赞美少女，表示襄阳客对"吴娃越艳"的倾慕。"烟波隔"，姑娘们渐渐远去，被烟雾水波阻隔，"我"还留恋不舍，目送舟行，直至再也看不见人影，只剩下湖光渺渺。"身已归，心不归"，暗示"我"的心已随伊而去，但出语真率，情意真切。李冰若评道："'身已归，心不归。'情至语不嫌其直率。"（《栩庄漫记》）结尾二句，景中有情，"斜晖，远汀鸂鶒飞"，夕阳西下，只见远处沙洲上紫鸳鸯成双成对地飞行。"斜晖"，亦如温庭筠的"斜晖脉脉水悠悠"（《梦江南》）之意。"鸂鶒飞"，既反衬自己的失意，也表达了羡慕之情，"我"还不如成对飞翔的紫鸳鸯啊!

全词景美、人美,情也美。爱美,追求美,是人的普遍心理。为美色而陶醉,仅仅是目迷心倾而已。欧阳修《玉楼春》云:"人生自是有情痴,此恨不关风与月。"有情而痴,只要情意真挚,不伤大雅,亦无可厚非。

菩萨蛮

月华①如水笼香砌②,金环③碎撼④门初闭。寒影堕高檐,钩垂一面帘。⑤

碧烟轻袅袅,红颤灯花笑⑥。即此是高唐⑦,掩屏⑧秋梦长。

注释

①月华:月光。②香砌:精美的台阶。③金环:门环。④碎撼:无节奏的摇动。⑤"寒影"二句:意思是月亮已升起,高高的屋檐垂下阴影,夜已深。寒影:月光下的阴影。"钩垂"句:帘钩空垂,帘幕放下。一面:一幅。⑥"红颤"句:意思是灯结花,灯光红而跳动。灯花又是吉祥之征兆。引出下句,盼望做一个好梦。红颤:红色的灯光闪动。颤:颤动貌。⑦高唐:梦境,即用楚怀王梦与巫山神女欢合的典故,表示男女眷恋的美好境界。⑧掩屏:掩闭屏风。

赏析

这首词将秋夜怀人的无限深情表现得含蓄婉转,余味无穷。

上片渲染出一幅静谧寒寂的秋夜图,给人以凄清萧索的感觉。月光如水,笼罩着精美的台阶,明净清幽;空闺寂寞,只闻门环零乱声响,原来是闺门刚刚关闭。"金环碎撼"是闲中着色,以声衬静,笔法同"蝉噪林逾静,鸟鸣山更幽"(王籍《入若耶溪》)。"碎撼"者,入夜闻关门之声,因待郎归而郎未归,又空等一天,故芳心已碎。后来,月亮升起,高高的屋檐投下阴影,夜已深也;帘钩空垂,帘幕放下,一片冷清，让人凄神寒骨，怎能入眠？

下片承"钩垂一面帘"，写室内情景。青色的灯烟缭绕着，缓缓飘升；灯芯结花，灯光红而跳动，如人之欢笑。"红颤灯花笑"一句，境界全出。灯花闪动而笑，是移情于物的表现手法。"灯花爆而百事喜"（《本草纲目·卷六》），对于一个独守空闺的女子来说，"灯花笑"，意味着远行的丈夫即将归来，是一种吉祥的征兆。词中巧妙地用此一物，事半而功倍，加深了词的意境，使所表之情更加含蓄婉转，缠绵不尽。那女子因见"灯花笑"，喜从中来，欣然入梦和丈夫相会了。凄清沉寂的夜，甜美迷人的梦，本来十分矛盾，有了"红颤灯花笑"一句，却显得和谐浑融了，而且词气顿活，几缕淡淡的温馨、欢悦之情，竟从那浓密的凄凉氛围中渗透出来。细品全词，一点灯花毕竟弱小，"即此"如楚怀王梦与巫山神女欢爱，"秋梦"再"长"，但梦醒之后，仍会像楚怀王那样再也见不到朝云暮雨的巫山神女了。这使人不禁要问，是丈夫真要归来，还是灯花无端而笑？"高唐"，毕竟是梦中情事，梦愈长，醒后仍是"掩屏"空闺独守，更加悲愁。

这是见灯花笑而喜的，还有见"灯花笑"而愁的。李清照《浣溪沙》"瑞脑香消魂梦断，辟寒金小髻鬟松。醒时空对烛花红"，写醒后情形，灯花笑而人不归，方知又被灯花误，愁上加愁，实在苦不堪言。如与孙词对看，灯花笑给人以希望，可是如果人不归，又带来更大的失望，由是又有嘱咐"归期未定须寄书，误人莫误灯花卜"（郭珏《送远曲》）。至于"沉恨处，时时自剔灯花"（周邦彦《渡江云》），"独抱浓愁无好梦，夜阑犹剪灯花弄"（李清照《蝶恋花》），则又是不怕被误，有希望总比毫无希望好。这些词都从灯花生发，可说弄姿无限，各臻其妙。

其五

木棉①花映丛祠②小，越禽③声里春光晓。铜鼓与蛮歌，南人祈赛多。④

客帆⑤风正急，茜袖偎樯⑥立。极浦几⑦回头，烟波⑧无限愁。

注释

①木棉：亦作木绵。热带落叶乔木，初春时开花，花大而红，果实呈长椭圆形，中有白棉，可装枕褥，亦可织布。盛产于两广。②丛祠：建在丛林中的祠庙。③越禽：泛指南方飞禽。孔雀一名越禽，此处非专指孔雀。④"铜鼓"二句：铜鼓：赛神用的打击乐器，高而大。蛮歌：南方人所唱的山歌。南人，即岭南之人。祈赛：求神保佑与获福答谢的祭祀。祈：求。赛：祭祀酬神之称。⑤客帆：客船上的帆，此处代指船只。⑥茜（qiàn）袖：绛红色的衣袖，此代指女子。偎樯：依靠着船上的樯杆。偎：依偎、依靠。樯（qiáng）：船樯。⑦极浦（pǔ）：遥远的水边平地。几：屡屡，多次。⑧烟波：烟雾茫茫的水面。

赏析

这是一首写南国风土人情的词，生活气息浓郁。

上片描绘祈赛场面。起二句展现了具有时间、地点含义的风物背景：高大的木棉树上花红似火，映衬着碧绿丛林中一所小小的祠庙；而这时越鸟声声，迎来了春天的清晓。听觉与视觉并用，声色兼备，把人带入一个古朴而清幽的环境中。在这样的环境中，正在进行一场南国的祈赛：铜鼓声与民歌声高亢激扬地响起来，一片欢快热闹景象，南国百姓正用歌舞祈求升平。这里的描述并未面面俱到，而是通过铜鼓、蛮歌的异于中原，由听觉来写祈赛的壮观。通过第四句的叙述，以一"多"字，补足了祈赛之为风俗的普遍性。

下片描绘江上景观，作者选取了一个小小的镜头来展现南国水乡的动人：恰在这时，一只客船在疾风中飞驰而过；船上，一位美丽的红衣少女在樯杆前站立，她凝情注目，船已行驶到遥远的水际，却还频频回首向祈赛的场景远望；面对烟波浩渺的水面，她不禁心怀惆怅，无限哀愁。这里未对人物作细致的刻画，只用寥寥几笔便勾勒出美人神韵，使其与江浦合为一幅动人的写意画卷。这位红衣美女为何"几回头""无限愁"呢？作者一字未提，给读者留下了想象的余地。她也许是看到岸上祈赛的热闹，而感到自己离乡漂泊之苦，或者勾起了深藏心中的某件情事。此时无声胜有声，一切尽在不言中。

选取典型的场面与典型的风物，以小见大，在短短四十字中描绘出南国春晓的独特意境，词风清朗，颇具特色。李冰若《栩庄漫记》评"南国风光，跃然纸上"，实非虚言。

河渎神

其二

江上草芊芊①，春晚湘妃庙②前。一方卵色楚南天③，数行征雁联翩④。

独倚朱栏情不极⑤，魂断终朝⑥相忆。兰桨⑦不知消息⑧，远汀⑨时起鸂鶒。

注释

①芊（qiān）芊：草木茂盛貌。②湘妃庙：即湘妃祠，供奉湘水女神的庙宇。③卵色：蛋青色，诗人多用于形容天空。楚南天：南方楚地的天空。楚南：即南楚，因楚地在中原的南边，故称。④征雁：迁徙的雁，此指大雁在春天北飞。联翩：鸟群连续不断。⑤朱栏：朱红色的栏杆。情不极：情思无限。极：尽也。⑥魂断：即断魂，销魂，形容极度悲愁。终朝：整天。⑦兰桨：借指船。⑧消息：音信。⑨远汀（tīng）：远处的小洲。

赏析

这首词写湘妃庙前怀人，具有浓郁的楚地色彩。

上片写景。春日黄昏的湘妃庙前，江边芳草浓密如茵，连绵不绝。起二句交代了时序、地点，但这些并非客观的景物描写，而有着丰富的意蕴："草芊芊"，令人产生"王孙游兮不归，春草生兮萋萋"似的惆怅。"湘妃庙"，自然带出娥皇、女英闻舜帝死，悲啼挥泪，洒竹成斑的生死恋情。接着转写空中景致：辽阔的南方天空纯净湛蓝，一行行大雁向北翩翩飞去。鸿雁是候鸟，秋日南归，春季北飞，故古人常有"雁归人不归"之惆怅。同时雁足传书的典故又使大雁承担了信使的角色，所以鸿雁北飞容易使人想起失期不归的行人。景中寓情，已将闺怨的主题隐隐喻示出来。

下片径直抒情。先描写女子形象：她独自倚着红色栏杆，情思无限；终日的思念牵挂，使她魂不守舍。"独"，点明其空闺独守的处境；"朱"，显示其身份的华贵；"独倚朱栏"，描画其站立形态；"情不极"，状其思念的神情；"终朝相忆"则写其相思伫立之久。最后再进一层，写心中期盼落空的痛苦，极其巧妙。目极天涯，远去的船只再无踪影，只见成对的紫鸳鸯在远处的沙洲上时飞时落。"两桨"既没有送回情郎，也未带来任何音信，含蓄地表达了"魂断"的原因。鸂鶒成对伴飞，不但加深了思妇的孤独之感，而且燃起了她与亲人相聚之希望。但"时起"一词，从侧面表现出她心情的多次起落，船始终没有归来，一次次的期盼反而增加了失望，怎能不令人"魂断"？以景结情，余音不绝。

后庭花①

其二

石城②依旧空③江国④，故宫⑤春色。七尺青丝芳草碧⑥，绝世⑦难得。

玉英⑧凋落尽，更何人识？野棠如织⑨，只是教人添怨忆⑩，怅望无极⑪。

注释

①后庭花：唐教坊曲名，后用作词调名，又名《玉树后庭花》。《南史·张贵妃传》："后主每引宾客，对贵妃等游宴，则使诸贵人及女

学士与狎客共赋新诗,互相赠答。采其尤艳丽者,以为曲调,被以新声。……其曲有《玉树后庭花》《临春乐》等。"王灼《碧鸡漫志》:"《玉树后庭花》,陈后主造。其诗皆以配声律,遂取一句为曲名。伪蜀时,孙光宪、毛熙震、李珣有《后庭花》曲,皆赋后主故事。"词有不同格体,俱为双调。②石城:石头城,亦名石首城。战国时楚威王灭越,置金陵邑,秦改为秣陵,两汉仍用此称,三国时孙权建都于此,更名建业,晋时更名为建康,唐武德八年(625年),又名金陵。城负山面江,南临秦淮河口,地形险固,当交通要冲,为兵家必争之地。故址在今南京市清凉山。③空:尽,空其所有。④江国:河流多的地区,常指江南。⑤故宫:旧时陈后主的宫殿(在石头城里)。⑥"七尺"句:七尺长发如春草碧色。《南史·张贵妃传》:"张贵妃(丽华)发长七尺,鬒(zhěn,头发浓密)黑如漆,其光可鉴。特聪慧,有神彩,进止闲华,容色端丽。每瞻视眄(miàn)睐,光彩溢目,照映左右。尝于阁上靓妆,临于轩槛,宫中遥望,飘若神仙。"⑦绝世:冠绝当世。⑧玉英:玉之精英,美玉。又指白色鲜花,草本植物的花称作英。此指张贵妃如玉英般美丽。⑨野棠:即棠梨,俗称野梨。织:比喻事物纷繁交错,此指棠梨花开茂盛。⑩怨忆:怨恨的思念。⑪怅望:惆怅地想或看。无极:无限。

赏析

陈朝灭亡后,人们联想到陈后主喜好声色导致亡国的故事,便常以《后庭花》为靡靡之音的代表,作为哀悼兴亡的题材,唐诗名句"商女不知亡国恨,隔江犹唱后庭花"(杜牧《泊秦淮》),"地下若逢陈后主,岂宜重问后庭花"(李商隐《隋宫》)等均是其代表。这首词咏调名本意,借张丽华抒发历史兴亡之慨叹。

词起即生无限感慨。长江边的石头城依旧,但临江而建的陈国宫殿,却荡然无存,只留下陈朝故宫里一片美丽的春色。"石城依旧"、皇宫曰"故",但江国则"空",物是人非的感慨深蕴其中。景物愈美,亡国的忧恨愈深,与杜甫"国破山河在,城春草木深"(《春望》)的感慨,可谓异曲同工。接着描写陈后主所宠爱的张贵妃之美色,以揭示后主贪色亡国的历史事实。七尺长发如春草一般,这样的美人冠绝当世,人间难得,但她的命运究竟如何呢?

下片写陈亡国后,美人如玉英凋落,再也无人赏识她了。张贵妃如玉英般美丽,所谓"凋落尽",指"晋王(杨)广命斩贵妃,榜于清溪中桥"(《陈书》)。"更何人识"(更没有人把此刻记住),就是对此而发的慨叹之言。结尾三句由此生发,是说棠梨花繁盛似锦,还如当年,而人事已非,只让人平添怨念,无限惆怅。词中深见兴亡感伤之情,亦如李冰若所评:"《后庭花》二首(本书只录其第二首)吊张丽华,词意蕴藉凄怨,读之使人意消。"(《栩庄漫记》)古有"红颜祸水"之论,张丽华亦难逃此论之谤,此词却未诿过于张丽华,实在难得。

生查子

其三

金井坠高梧①,玉殿笼斜月。永巷②寂无人,敛态愁堪绝③。
玉炉寒,香烬④灭,还是君恩歇。翠辇⑤不归来,幽恨将⑥谁说?

注释

①金井:井栏上有雕饰的井。坠高梧:秋天,高高的梧桐树落下叶片。②永巷:宫中的深巷、长巷,此指失宠宫人住所。又解:别宫名。③"敛态"句:收敛起笑容,心中悲愁欲绝。敛态:端正容态。④烬:灰,此处代指香火。⑤翠辇:饰有翠羽的帝王车驾,此处代指帝王。⑥恨:怨。将:向。

赏析

这是一首宫怨词,描写宫女独处的幽恨。

上片写宫中寂寞的景象。金井,贺铸《减字浣溪沙》:"金井露寒风下叶,画桥云断月侵河,厌厌此夜奈愁何?"宫中园林里的金井飞霜,高高的梧桐树飘落下宽大的叶片,美丽的宫殿笼罩在斜照的月光之中,如此秋夜,何其凄清、冷寂!宽大的梧桐树叶落地有声,一"坠"字,以声衬静,显示出人之寂寞。"永巷寂无人"承"斜月","寂无人",已知是深夜,也写其冷清。"永巷",点明宫女被幽禁之地。《史记·吕太后本纪》:"吕后最怨戚夫人及其子赵王,乃令永巷囚戚夫人。"司马贞索引:"永巷,别宫名,有长巷,故名之也。"宫女处境如此,岂不"厌厌此夜奈愁何"?她们装出一副若无其事的样子,心中却悲愁欲绝。为什么要这样呢?

下片承"敛态愁堪绝",写宫女的"幽恨"。"玉炉寒,香烬灭",描写夜晚环境的清冷。用"寒""灭"表示没有温暖,比喻君恩难临;同时,"寒""灭"也表示夜已深,透出宫女等待君王临幸的希望再次落空。"还是君恩歇",一"还"字,暗示宫女无数次希望之火,一一被"君恩歇"之冷水扑灭,令人悲痛欲绝,怨恨不已。结尾两句直吐心中幽怨,"不归来",有"去"才有"归",说明"翠辇"曾经临幸过;正因为被宠幸过,即使今天"君恩歇",失宠了,仍盼其"翠辇"归来,结果却是"不归来",哪能不"幽恨"!有了"幽恨",但所盼对象又是君王,既不能向人说,也不愿向人说,更不敢向人说,故无可奈何地问道:"幽恨将谁说?"满腔"幽恨"只能强忍于心中,这是何等的悲苦!作者虽然采取了儒家"怨而不怒"的态度,但对宫女的枉度青春却是同情的。

酒泉子

其一

空碛①无边,万里阳关②道路。马萧萧,人去去③,陇云④愁。
香貂旧制戎衣窄⑤,胡霜千里白⑥。绮罗心⑦,魂梦隔,上高楼。

注释

①空碛：空旷的沙漠。②阳关：古代关名，在今甘肃敦煌西南古董滩附近，因在玉门关之南，故称阳关。它与玉门关同为通往西域的交通门户，出玉门关者为北道，出阳关者为南道。王维《送元二使安西》："劝君更尽一杯酒，西出阳关无故人。"③去去：越离越远。④陇云：边塞地区的云。陇：地名，即六盘山，在今陕西、甘肃两省交界处。⑤"香貂"句：此句乃思妇设想之辞，是说征人所穿的旧日所制的貂皮军服因边塞早寒，现在已嫌单薄。戎衣：战衣。⑥"胡霜"句：胡地千里，白霜无边无际。胡：古代泛指北方少数民族。⑦绮罗心：思妇怀夫之心。

赏析

此词属征怨类，写征人戍边闺中思妇的哀怨。

上片虚写别时情景，全为下片铺垫。空旷的沙漠，无边无际，"西出阳关无故人"的道路悠远而辽阔，透出担忧之情。这二句笔力劲健，意境开阔，见孙词风格。一种苍凉之感油然而生，令人想起八月飞雪、飞沙走石的古战场。"马萧萧"三句顺势而下，使人想起"车辚辚，马萧萧，行人弓箭各在腰。爷娘妻子走相送，尘埃不见咸阳桥"（杜甫《兵车行》）。战马奔驰，萧萧嘶鸣，征人越去越远，边塞风云愁惨昏暗，渲染出悲莫能止而催人泪下的壮别气氛。

下片写思妇之牵肠挂肚，是实写。"香貂"二句构思巧妙，一是从对方说起，一是侧面落笔，以嘘寒见其深思。"窄"，单薄，如杜甫"垂老戎衣窄，归休寒色深"（《初冬》），这是思妇因秋风凄紧，想到边塞"胡天八月即飞雪"（岑参《白雪歌送武判官归京》），冬来甚早，临走时给他缝制的貂皮军服已嫌单薄，他如何能抵御塞上凛冽的西北风呢？一腔深情显得无限婉曲。这两句化用唐陈玉兰《寄外征衣》诗："夫戍边关妾在吴，西风吹妾妾忧夫。一行书信千行泪，寒到君边衣到无？"陈诗朴素直率，孙词熔裁后，更为精练含蓄。最妙的是将"戎衣窄"与"胡霜白"并列,无须多着笔墨,意象自出。两句虽然只说了一个"霜"字,可思妇之思深虑细,情之缱绻难解,却又尽在这"霜"字中。"绮罗心"有二意,一是怀念之心,一是担忧之心,即"胡霜白"而忧"戎衣窄"。"魂梦隔,上高楼",也极有味。梦魂无据,关山阻隔,于是怀愁登楼,想凭眺边庭,但哪怕是楼高千尺,也不可能看到心上人,只是怀远登高罢了。这给人以极大的想象余地。她的寒衣可能还未缝好,只因为"秋霜欲下手先知,灯底裁缝剪刀冷"(白居易《寒闺怨》),故期登高眺远,期望"征衣未寄莫飞霜"(张仲素《秋夜曲》)。这样,前面的"胡霜"就是一种担心了。或据陈诗,征衣早已制好寄出,是挂念"寒到君边衣到无",表现出思妇的一片深情、痴情和无限焦虑之情。

这首词虽催人泪下,却无一般花间词中那种惨绿愁红、缠绵悱恻、纤弱不扶的靡软之气,是花间词中征怨类的佳作。

清平乐

其一

愁肠欲断①,正是青春半②。连理分枝鸾③失伴,又是一场离散。
掩镜④无语眉低⑤,思随芳草萋萋⑥。凭仗⑦东风吹梦,与郎终日东西⑧。

注释

①肠欲断:即欲肠断,表示极度悲痛。②青春半:仲春二月。青春:指春天,春季草木茂盛,其色青绿,故称。③连理:异根草木,枝条连生。常用于比喻夫妻相爱。分枝:比喻夫妻离别。鸾:传说中凤凰一类的鸟。④掩镜:将镜子收藏起来。⑤眉低:指愁眉不展的样子。⑥萋萋:草木茂盛貌。⑦凭仗:依赖,依靠。⑧东西:作动词,指处处相随。

赏析

这首词以女性口吻抒写春日离别之情。

上片写别时之情。先声夺人,离情破空而出。心中的愁怨似乎要使人柔肠寸断,又恰逢美丽的春天。仲春二月,本是夫妻携手踏青的季节,然而却又要在此时节"离散",怎不令人"愁肠欲断"?"正是"一词,饱含一腔愁怨。以乐景写哀,倍增其哀。接着以倒叙补足"肠欲断"的原因——"离散"。纵有"在天愿作比翼鸟,在地愿为连理枝"(白居易《长恨歌》)的心愿,但连理却要分枝,双飞鸾凤却要失去伴侣,相爱的人如今又要分离。以连理枝与鸾凤鸟的被拆散为比喻,婉转、形象,也符合女性富于联想的心理。"离散"饰以"又是一场",说明这样令人肠断分离已不止一次了,真所谓愁上加愁。

下片写别后情怀。既然"又是一场离散",那就只能"掩镜无语眉低"。"掩镜",收藏起镜子,不再梳妆,写出别后"谁适为容"的慵懒之情,同时也兼有容颜憔悴而不忍再照镜子的意思。"无语",默默无言,示强忍之状;"眉低",紧锁双眉,见愁态。进而写分离后的内心之苦:相思之心随着满含别情的芳草向远处飞去,言思情之盛。"芳草"一词在古典诗词中,常常暗喻行人,如刘安《楚辞·招隐士》"王孙游兮不归,春草生兮萋萋"。要解决这分离之痛苦,在闺怨词中最为多见的办法就是盼归。但是才离别,随即盼归,显然不近人情,于是一反闺怨词常规,写女子的心愿:但愿那东风能将我的梦送到他身边,永远不离开。这想法恰切地表达出离别之初女子一片真挚的痴情,而女子温柔、善良的性格,也在字里行间显现出来。李冰若称这二句"语极缠绵沉挚"(《栩庄漫记》),陈廷焯更赞道:"痴情幻想,说得温厚,便有风骚遗意。"(《闲情集·卷一》)

写离愁别苦,结构安排超出常格,比喻、想象也不同一般,使得本词成为含蓄、凄婉词风的成功范例。

风流子[①]

其一

茅舍槿篱[②]溪曲,鸡犬自南自北。菰[③]叶长,水荭[④]开,门外春波涨绿。听织,声促,轧轧鸣梭穿屋。[⑤]

注释

[①]风流子:唐教坊曲名,始见于《教坊记》。有单调、双调两体。单调三十四字,仄韵。双调又名《内家娇》,一百一十字,平韵。[②]槿(jǐn)篱:以木槿树做的篱笆。槿:落叶灌木,高七八尺,花有白、红、紫色,叶缘锯齿形,农家多种以为篱笆。[③]菰(gū):多年生草本植物,生沼泽中,嫩茎即茭白,可作蔬菜。至秋结实,谓之菰米,亦称雕胡米,可食。储光羲《田家杂兴》:"夏来菰米饭,秋至菊花酒。"[④]水荭(hóng):亦作水䓑,一年生草本植物,茎有毛,花白色或粉红色,穗状花序长而下垂,可供观赏。[⑤]"听织"三句:听纺织之声,声音很急促,轧轧的织布声从屋里传出。

赏析

这首词描绘恬静、闲适的田家风光,清新自然。这在花间词中极为罕见。

作品所展现的是一幅水乡农村的风俗画。作者在艺术处理上的一个最大特色,是准确地抓住了一系列富有特征的水乡农村的景物和生活内容,用简练朴素的语言加以描绘。在一条小溪的拐弯处,由木槿树枝所编的篱笆,掩映着几间茅屋。春天已经到来了,溪边浅水中,菰叶长大,水荭开着白色或红色的花朵,春水碧波荡漾。这是一个安恬宁静的处所。作者又给这幅画面配上了动态与音响:屋外鸡犬往来觅食,屋内纺机声轧轧。词中虽未曾出现人物,但我们已经感受到这户农家忙碌的气氛了。作者的观察点是在室外,好像摄影一样,拍了一幅水乡农家图,生动质朴,具有浓郁的生活气息。李冰若《栩庄漫记》评道:"《花间集》中忽有此淡朴咏田家耕织之词,诚为异彩。盖词境至此,已扩放多矣。"实是确评。

定西番

其一

鸡禄山①前游骑②,边草白③,朔天④明,马蹄轻。
鹊面弓⑤离短韔⑥,弯来月欲成⑦。一只鸣髇⑧云外,晓鸿⑨惊。

注释

①鸡禄山:即鸡鹿塞。在今内蒙古自治区杭锦后旗西北部。《后汉书·孝和孝殇帝纪》:"永元元年(89年)……夏六月,车骑将军窦宪出鸡鹿塞……登燕然山,刻石勒功而还。"②游骑:担任巡逻突击的骑兵。③边草白:边地之草,枯后经霜呈白色。④朔天:北方的天空。⑤鹊面弓:弓名,弓背有鹊形纹饰。⑥韔(chàng):装弓的袋子。⑦"弯来"句:谓将弓拉开如满月一般。弯:拉开,动词。月欲成:将成满月形。⑧鸣髇(xiāo):鸣镝,响箭。⑨鸿:鸿雁。

赏析

这首词咏调名本意,写成边战士的英武雄姿。

上片以大漠荒寒衬托骑兵的飒爽雄姿。在鸡禄山前,一队巡逻突击的边防骑兵,骑着骏马,放马奔驰。在一望无际的大漠中,踏着枯后经霜的白草,顶着北方明朗的天空,马蹄翻飞,扬起阵阵尘土。"白",让人联想到"北风卷地白草折,胡天八月即飞雪"(岑参《白雪歌送武判官归京》),足见大漠的荒寒;"轻",表示战马之训练有素,战士骑术之娴熟,与"一只鸣髇云外,晓鸿惊"呼应。

下片写战士的马上骑射。从弓袋里取出有鹊形纹饰的弓，紧握手中，"挽雕弓如满月"（苏轼《江城子·密州出猎》），表现出臂力过人。"鹊面弓"，显示装备之精良。这时，一只响箭飞鸣着射向高高的云天，惊飞的鸿雁被射落下来。"鸿惊"，透示出战士射技之精湛，神采之威武。

上片景中见人，静中有动，见人之英姿。下片纯写人的活动，笔力遒劲，见人之威武。试想，有这样的将士守边，刻石记功，得胜凯旋，这是必然的。中国社会科学院文学研究所编《唐宋词选》评道："全词风格雄健，节奏紧凑，色调明朗。"

谒金门

留不得，留得也应无益。白纻春衫如雪色①，扬州初去日②。

轻离别，甘抛掷，江上满帆风疾③。却羡彩鸳三十六④，孤鸾还⑤一只。

注释

①"白纻"句：白纻（zhù）：细而洁白的麻布。《乐府诗集·白纻舞歌诗》："质如轻云色如银，爱之遗谁赠佳人。制以为袍余作巾，袍以光躯巾拂尘。"此句言白纻春衫之色美。②"扬州"句：初离扬州日，即分别之日。去：离开。③满帆风疾：是说船速甚快，情人远离自己。此乃女子想象之词。④彩鸳三十六：《乐府诗集·鸡鸣高树巅》："舍后有方池，池中双鸳鸯。鸳鸯七十二，罗列自成行。"又《玉台新咏·相逢狭路间》："入门时左顾，但见双鸳鸯。鸳鸯七十二，罗列自成行。"三十六对正是七十二只。此以众多鸳鸯皆成双成对反衬女子孤身一人之悲苦。⑤孤鸾：女子自喻。还：还是，意谓孤身已非一日。

赏析

这首词抒发一位女子对情人轻易离己远去的愁怨之情。

起句"留不得"（留不住他），直吐胸臆，达抒情高峰。为什么留不住他？难道非得分别不可？其中必有原因。但笔锋一转，意思进了一层，"留得也应无益"，即使留住他的身，也留不住他的心，这又有什么益处呢？仍扣住这个"留"字。两句一正一反，意不同而情同，语尽而情不尽，正所谓"至真之情，由性灵肺腑中流出，不妨说尽而愈不尽"（况周颐《蕙风词话》）。恨在其中，怨在其中，爱也在其中，强烈深沉，荡人心魄。接承"留不得"而来，转入细腻的刻画和描写，追忆当时离别景况，点明时间、地点、人物。"白纻春衫如雪色"，回忆男方在扬州时的潇洒风流神采，可见愤怨中又怀念着男方的美好形象，这是爱与恨的矛盾统一。"扬州初去日"，交代离别之处——扬州，并和下片"江上满帆风疾"句一起，点出是在若干年后的今天，仍然对这"初去日"留有深深的记忆。

下片首句在意脉上是紧承上片"留得也应无益"而来，交代"无益"的原因。"轻离别，甘抛掷，江上满帆风疾"，一"轻"、一"甘"，似乎让我们看到对方的薄情。其实，对方未必就真的那么无情，全是她由爱生怨的主观感觉而已。如这"疾"字，既可能是船行快，更可能是女方的主观感觉。因为扬州一带的长江水面宽阔，水流比较缓慢。结二句承"江上"，而目光触及汀州，"却羡彩鸳三十六，孤鸾还一只"。彩鸳双双对对，交颈私语，卿卿我我，孤零之苦，不偶之感，怅然而起。彩鸳与孤鸾对举，仍是一正一反，拍合词首，而且形象宛然，倍觉凄苦。以"彩鸳"反衬自己的孤凄，借"孤鸾"自况，用"却"字转折其间，进一步反映了别后的孤栖和哀愁。

传统的婉郁词，写情都比较含蓄缠绵，这首词却以直露而决绝之笔，表现出沉郁曲折之至情。词以突起、劲折、急转，一波三折，巨细无遗地表现了人物复杂矛盾的心情以及激烈的感情冲突，回肠荡气，切肤入骨。孙词尤以气骨见长，如陈廷焯所评："孙孟文（孙光宪字）词，气骨甚遒，措语亦多警炼。"（《白雨斋词话·卷一》）

魏承班

魏承班,生卒年不详,字里无考。父魏宏夫,前蜀王建养子,赐姓名王宗弼,封齐王。魏承班为驸马都尉,官至太尉,世称魏太尉。工词,多言情之作,题材较狭窄。魏词总体说来艳而不浓,清而不朗。元遗山云:"魏承班俱为言情之作,大旨明净,不更苦心刻意以竞胜者。"(沈雄《古今词话·词评·上卷》引)今存词二十一首,《花间集》录十五首。

菩萨蛮

其一

罗裾①薄薄秋波染②,眉间画时山两点③。相见绮筵时,深情暗共知。④

翠翘云鬓⑤动,敛态⑥弹金凤⑦。宴罢入兰房⑧,邀人解珮珰⑨。

注释

①罗裾:丝绸之裙。裾:衣服的前襟,借代为衣裙。②秋波染:谓女子眼睛如染了色一般,黑白分明,特别明亮。又解:如碧波之色染成,即深蓝色。如白居易《缭绫》诗:"织为云外秋雁行,染作江南春水色。"③山两点:谓眉妆入时,指眉画成远山两点。《西京杂记·卷二》云:"文君姣好,眉色如望远山。"④"相见"二句:谓在精美酒宴上相见时,两心相契,暗自钟情。绮筵:华丽的酒宴。⑤翠翘:妇女头饰,似翠鸟尾上之长羽,故名。如"花钿委地无人收,翠翘金雀玉搔头"(白居易《长恨歌》)。云鬓:形容两鬓头发如乌黑之云。⑥敛态:端正容态。白居易《琵琶行》:"沉吟放拨插弦中,整顿衣裳起敛容。"⑦金凤:指饰有金凤图案的琴瑟或琵琶。⑧兰房:犹兰室、兰闺,即女子居室。⑨珮珰:指耳环,或泛指玉佩。

赏析

这首词以男子口吻,写青年男女一见钟情的场景。

她穿着薄薄的丝裙,眼睛特别明亮,含情脉脉,动人心神;双眉弯弯,如远山两点,是那么的娟秀。通过服装、眼神、双眉的描写,一位姣美而两眼含情的女子玉立于前。"罗裾薄薄",透示出女子身形的曲线美,与李煜的"淡淡衫儿薄薄罗"(《长相思》)相似。"秋波染"的"染",即染色、着色,同时亦可作"感染"解,这不仅写了眼睛的明亮，而且也写出它含情脉脉，让人受到感染。"染"字，见用字之活。"秋波染"与"眼色暗相钩，秋波横欲流"（李煜《菩萨蛮》）的"秋波横欲流"（缩写即"秋波流"）构词相同。"秋波横欲流"，是说眼睛水汪汪的，所含之水仿佛要夺眶而出。此句的"流"，如仅作"流动"解，显然不符合诗的模糊性，因为它还可引申为"灵动"，这样就写活了眼神，补足上句"眼色暗相钩"之意。她不仅是个美女，而且还是个多情女："相见绮筵时，深情暗共知。"在精美的酒宴上相见时，两心相契，暗自钟情。"共知"，即两情心心相印。在"深情"与"共知"之间着一"暗"字，更耐人寻味：是老相识呢，还是一见钟情？或者是"眼色暗相钩"，眉目传情，彼此心领神会？可谓文情曲折。

下片写女子弹琴的姿态和对爱的追求。"翠翘"二句，承上片首二句而有转，描写女子的善歌和美丽：她的发钗，如翠鸟之尾羽，高高翘起；她端容正态，弹着精美的琵琶，乐曲悠扬，歌喉婉转，声声传情，如云的乌发也为之颤动。"动"字，见出女子弹奏和歌唱时的投入；"敛态"，端正容态，示其严肃。因"弹"而"动"，以乐曲歌声传情，故有"宴罢入兰房，邀人解珮珰"。宴刚罢，随即就入闺房，何其急切！"邀人"入闺房，并为己解佩玉，又是何其大胆！真所谓爱得不顾一切了。李冰若评曰："艳冶似温尉（温庭筠）。"（《栩庄漫记》）中肯之评。

玉楼春①

其一

寂寂画堂梁上燕②，高卷翠帘横数扇③。一庭春色恼④人来，满地落花红几片⑤。

愁倚锦屏⑥低雪面⑦，泪滴绣罗金缕线。好天凉月尽伤心，为是⑧玉郎⑨长不见。

注释

①玉楼春：此调即《木兰花》之别名。见前韦庄《木兰花》（独上小楼春欲暮）注①。②画堂：绘有图案的堂屋。梁上燕：屋梁上双栖之燕。③翠帘：绿色窗帘。横数扇：打开几扇窗。④恼：烦恼。帘外"一庭春色"，并不为己所有，故有"恼人"之感。⑤"满地"句：满地红红的落花不知多少片。⑥锦屏：锦绣所制的屏风。⑦雪面：犹言粉面。⑧为是：因是。⑨玉郎：女子对情人或夫君的美称。

赏析

这是一首闺怨词，抒写闺妇对爱情生活不美满的怅恨之情。

上片写卷帘所见和感受。"寂寂画堂梁上燕"，"画堂"点明女主人公出身高贵，那么，她为什么有"寂寂"之感呢？"梁上燕"，在此有多层含意：其一，燕子是候鸟，此有燕归人未归之意，暗示女主人公是空闺独守，呼应结句"玉郎长不见"。其二，燕子往往成双成对，反衬女主人公之孤独冷清。其三，"画堂梁上燕"常呢喃软语，以声衬静，与牛峤的"画梁语燕惊残梦"有异曲同工之妙。独守空闺，又听见双燕呢喃软语，不只感到闺房"寂寂"，同时感到内心也"寂寂"。为了排解这寂寞、惆怅之情，她"高卷翠帘横数扇"，见到的却是"恼人"的满庭院之春色，而且是"满地落花红几片"。帘外"一庭春色"，因"玉郎"未归，不能携手共赏，故生"恼人"之感。"满地落花"，又引起女主人公对红颜易损、青春难再的慨叹。

下片承上"恼人"（伤春），先写触景伤情的形容仪态，"愁倚锦屏低雪面，泪滴绣罗金缕线"。屏风是固定于枕前的，兼有挡风、倚枕两种用途。"愁倚"，见慵懒之形；"低雪面"，状心有所思。"泪"是"滴"，而不是流，显示其强忍之状；尽管如此，滴出的泪竟然把绣罗衣的金缕线都湿透了，见滴泪之多、之久，知悲苦之深。她为何如此伤心呢？"好天凉月尽伤心，为是玉郎长不见"，因为郎君长久在外，不能相见，即便天气宜人，月色凉爽宜人，但无人与之共赏，故更惹人伤心。"好天"句与"一庭"句皆为移情手法,情意婉转,耐人寻味。对月怀人,这两句很好地抒发了对良辰、美景、赏心、乐事难全的忧伤之情。

上片景中言情,有伤春迟暮之叹;下片情中有景,深为"四美"难全而伤心。卒章显志,词意显豁,"语意爽朗"(陈廷焯《别调集·卷一》)。

其二

轻敛翠蛾①呈皓齿,莺啭②一枝花影③里。声声清迥遏朝云④,寂寂画梁尘暗起⑤。

玉斝⑥满斟情未已⑦,促坐⑧王孙公子醉。春风筵上贯珠匀⑨,艳色韶颜⑩娇旖旎⑪。

注释

①翠蛾:即翠眉,美人之眉。蛾:即眉,以其修长如蚕蛾触须,故称。②莺啭:歌声如黄莺鸣叫一样婉转动听。③花影:花丛里。④清迥:清越高亢。遏(è)朝云:形容歌声美妙,连天上的云都停止移动。典出《列子·汤问》:"薛谭学讴于秦青,未穷青之技,自谓尽之,遂辞归。秦青弗止。饯于郊衢,抚节悲歌,声振林木,响遏朝云。"⑤尘暗起:写歌声的夸张之词。刘向《别录》:"鲁人虞公发声清越,歌动梁尘。"⑥玉斝(jiǎ):玉制的酒器。斝:古代器具,圆口三足,一般用来盛酒,此代指酒杯。⑦未已:犹未尽,未了。⑧促坐:促使在座者。⑨贯珠匀:是说歌声连贯匀称,清脆动听。元稹《善歌如贯珠赋》,自注云:"以声气圆直,有如贯珠依次用。"⑩韶颜:美丽的容貌。⑪旖旎:本指旌旗飘扬貌,引申为柔美貌。

赏析

这首词描写一位美丽歌女的甜美歌喉和高超技艺。

全词分片而意不断。首句写歌女之美:她微微地端容正态,点翠之眉修长如蚕蛾之触须，秀美非常；轻启朱唇（暗写），露出洁白的牙齿。中间六句承"呈皓齿"，写歌声之美妙动听："莺啭"一句暗喻歌声如花丛里的流莺啼啭，甜美动听，如白居易的"间关莺语花底滑"《琵琶行》，形容生动。"声声"二句用夸张手法写歌声美妙：清越高亢的歌声在空中回荡，仿佛遏止了行云；又在堂屋的画梁间久久萦绕，震动梁上的轻尘暗暗扬起。这两句虽用典，但如出自然，即所谓"使事如不使"。"玉斝"二句从侧面写听者状态，烘托了歌唱者的高超技艺：玉杯里已斟满美酒，但王孙公子情意未了，仍如痴如醉地陶醉在歌声之中，并未把盏。人美、酒美，歌声更美。"春风"句再用暗喻进一步描写了歌者的圆润歌喉：春风吹拂着酒宴，美妙的歌声如拨动串串圆润的珠玉，清雅动听。结句再写歌女的仪容，与首句呼应，形成一个完美的整体。又是"艳色"，又是"韶颜"，又是"旖旎"，并且还在"旖旎"前冠以"娇"字，这些近义词反复重叠，让我们看到一位艳丽绝伦、温柔多情的歌女。

《汤显祖批评花间集·卷四》曰："无一败笔，才故相匹。抑亦此题之足恣其挥洒耶？"

诉衷情

其三

银汉①云晴玉漏②长，蛩声③悄画堂。筠簟④冷，碧窗凉，红蜡泪飘香⑤。

皓月泻寒光⑥，割人肠。那堪⑦独自步池塘，对鸳鸯。

注释

①银汉：银河，天河。②玉漏：玉制的刻漏，古代计时器。③蛩（qióng）声：蟋蟀叫声。④筠簟（yúndiàn）：竹席。筠：竹子的青皮。⑤红蜡泪：红蜡烛燃烧流下的蜡油状如眼泪。飘香：古之蜡烛多掺以香

料,燃时有香气飘出。⑥泻寒光:洒下清冷的光。⑦那堪:哪能忍受。堪:忍受,能支持。

赏析

这是首闺怨词,写思妇的相思愁怨,表现思妇对爱的追求。

上片从外界写到室内,以寂静、凄凉的环境衬托幽怨难平的心情。银河炯炯,群星灿烂,实属良辰美景,本可与夫君花前月下,携手共赏,但夫君何在?故词意陡转,玉漏声长。"长"字,既点明夜已深,又因思妇是孤身一人,空闺独守,更觉长夜漫漫,景物中已融入了她的怨情。绘有图案的堂屋空空,蟋蟀声声鸣叫,更显得四周一片静谧。"蛩声悄画堂"与"蝉噪林愈静,鸟鸣山更幽"意境相同,正体现了以声衬静的特点。"悄",是思妇的独特感觉,见人之幽寂。紧承画堂写室内静物:竹席、碧窗、红烛本是冷清之物,再加以"冷""凉"以至"泪"等词的修饰,更加深了凄苦悲怨的气氛。"红蜡泪"一语,既虚又实,有其独特的含意。香烛滴下蜡油,在心情悲痛的思妇眼中,竟如眼泪一般,真所谓"蜡烛有心还惜别,替人垂泪到天明"(杜牧《赠别二首》其二)。这"泪"暗示了思妇凄凉悲痛的原因,即离别。以艳辞写凄境,这三句尤为感人。

上片写景,景中寓情;下片侧重于抒情。"皓月"二句是对上片景与情的总揽。明月洒下的寒光犹如利刃一般,割着寸寸柔肠,传达出思妇独处空闺冷阁的无限伤痛。此与"海畔尖山似剑芒,秋来处处割愁肠"(柳宗元《与浩初上人同看山寄京华亲故》)有异曲同工之妙。"皓月泻寒光"已是佳句,再承以"割人肠",极尖锐、新颖。李调元《雨村诗话·卷一》云:"词非诗比,诗忌尖刻,词则不然。魏承班《诉衷情》云:'皓月泻寒光,割人肠。'尖削而不伤巧。词至唐末初盛,已有此体。如东坡'割愁遂有剑芒山',巧矣,以之入诗,终嫌尖削。"最后以思妇"独自步池塘,对鸳鸯"对比写来,进一步揭示主题:对一个魂已断的人,独自行到冷清的池塘边已经不能够忍受(那堪)了,又怎能再面对那双双对对弄水嬉戏的鸳鸯呢?使用对比手法,不言怨而怨已出，极衬其孤独相思之苦。

生查子

其一

烟雨晚晴天，零落①花无语。难话此时心，梁燕双来去。②
琴韵③对薰风④，有恨和情⑤抚⑥。肠断断弦频⑦，泪滴黄金缕⑧。

注释

①零落：凋谢。②"难话"二句：谓此时的心情难以形容，只见梁上的燕子成双成对飞来飞去。③琴韵：琴声。④薰风：和风，指初夏时东南风。又解，香风。薰：一种香草，也泛指花草之香味。⑤和情：含情，带着感情。⑥抚：弹奏。⑦肠断：形容极度悲痛。断弦频：琴弦频频断绝，也指由于内心伤悲而频频中断弹奏。⑧黄金缕：犹言镶金线的衣服。

赏析

这首词也属闺怨类，写抚琴女子孤栖的幽怨。

上片由落花飞燕引起身世之感。春雨如烟似雾，好不容易等到傍晚才天晴，凋谢的花儿默默无言地洒满一地。首句状景，次句起兴，花零落而无语，景中有人，一语双关，实（花）虚（人）兼到。"零落花"，即花零落，花儿凋谢，寓美颜受损，故人"无语"。女主人公面对满地落红，倍感伤心，而此时的心情是复杂难言的，想说也说不明白。"难话此时心"是"无语"的人情再现，又开启"梁燕双来去"一句。梁间燕子亲昵地双飞双宿，而女主人公却孤身一人，形影相吊，两相对照，叫人说什么好呢？宋代晏殊名句"无可奈何花落去，似曾相识燕归来"（《浣溪沙》）意境与此相似。华钟彦《花间集注》评"难话此时心"二句云："隽语也，隽在不言，而有不尽之意。"

  下片写怀恨弹琴。承"难话此时心",但忧伤之情总要发泄,于是"琴韵对薰风,有恨和情抚"。这是说怀恨之情"难说","长歌当哭",只好寄希望于弹琴。临"薰风"(香风)而弹琴,本应是快意之事,只因由情生恨,以至柔肠寸断,琴弦频频为之断绝,其愁苦之状不言而喻。以"断弦"写"肠断"之愁,再加一个"频"字,又兜转过来,再次阻断了女主人公宣泄愁苦之情的出路,于是眼泪夺眶而出,连镶金线的衣襟都湿透了,悲痛何其深也。这里两个"断"字连用,很妙:一是表因果关系,弦断乃因肠断,突出了愁苦之深;二是巧妙而含蓄地以有形之"断弦"写无形"肠断"之愁,将情感具体化,韵味无穷。"断弦"暗寓情欲断而难续,委婉含蓄,在魏词中实为难见。

  首句状景,次句起兴,再以燕子之亲昵反衬人之孤凄。下片怀恨弹琴,虚中寓实,卒章吐怨。李冰若评道:"魏词浅易,此却蕴藉可诵。"(《栩庄漫记》)

鹿虔扆

鹿虔扆（yǐ），生卒年不详，字里无考。后蜀进士，累官永泰军节度使，检校太尉，加太保。与欧阳炯、韩琮、阎选、毛文锡等五人工小词，为后蜀主孟昶赏识，时人忌之，称"五鬼"。蜀亡不仕。今仅存词六首，《花间集》全录之。虽入花间，但其词作能脱去绮丽香艳，有的沉痛苍凉，有的则秀美疏朗。其沉痛苍凉的怀古伤今之词，如《临江仙·其一》（金锁重门荒苑静），抒发亡国之恨，寄托遥深，在晚唐五代词中实为罕见。

临江仙

其一

金锁重门荒苑①静,绮窗②愁对秋空。翠华③一去寂无踪④。玉楼歌吹⑤,声断⑥已随风。

烟月⑦不知人事改,夜阑⑧还照深宫⑨。藕花⑩相向野塘⑪中。暗伤亡国⑫,清露泣香红⑬。

注释

①金锁:一作"金琐",指门上雕刻或绘有金色的连环花纹。又解,金锁:金色门锁,即铜锁。重门:重重叠叠的宫门。荒苑:荒废的禁苑,指宣华苑。王衍年少荒淫,建宣华苑,"与诸狎客、妇人日夜酣饮其中"(《新五代史·前蜀世家》)。苑:帝王的园林。②绮窗:雕画美观的窗子。③翠华:帝王仪仗中用翠鸟羽作装饰的旗子。此处借指帝王。④寂无踪:了无踪影,指王衍被杀之事。925年,后唐庄宗李存勖以皇子魏王李继岌为帅,枢密使郭崇韬为副,伐蜀,十一月攻入成都,前蜀后主王衍请降。⑤玉楼:华丽的楼阁,此指宫殿。歌吹:歌声和乐声。⑥声断:声音消逝。⑦烟月:云雾笼罩的月亮,朦胧的月亮。⑧夜阑:夜深。⑨深宫:宫禁之中,帝王所居住处。⑩藕花:即荷花。⑪野塘:野外的池塘或湖泊。⑫伤:伤悼。亡国:指后蜀孟昶亡国。又解,指前蜀王衍亡国。⑬香红:借代指荷花。

赏析

这是一首怀古伤今的词,抒发亡国之恨,寄托遥深,在晚唐五代词中实为罕见。倪瓒评曰:"鹿公高节,偶尔寄情倚声,而曲折尽变,有无限感慨淋漓处。"(《词林纪事·卷二》引)

上片写今之故宫景象。废置的宫门重重紧锁,荒芜的宫中园林一片寂静；雕画得很美的窗子，忧愁地望着秋天的夜空。一"锁"字，展现出人去楼空的萧索、冷落景象，与李煜的"寂寞梧桐深院锁清秋"（《相见欢》）一样工于造句，既渲染了秋色，又巧妙地传达出怀念故国的情怀。苑本荒芜，又加之以"静"，其凄寂如在眼前。一"愁"字，将物拟人化，而对着寥廓的天空，见人愁思之重。故宫如此，那么宫中之人呢？"翠华一去寂无踪"，此指前蜀王衍请降被杀之事。既然故国已是"一去寂无踪"，那么当时的繁华也自然是"一去寂无踪"：昔日高楼的欢歌艳舞，都已随风飘逝，了无踪迹。以（歌吹）"声断"，衬托昔日的轻歌曼舞，互相映照，尤显出今日之境界的凄凉、抑郁，委曲婉转之极。"锁""静""愁""寂""断"等词，带出极度的荒凉、肃杀之气；这里既使用了直接描写，也运用了反衬之法。"金锁""绮窗""翠华""玉楼""歌吹"等词，暗示着昔日的繁华，将今非昔比的兴亡之感和盘托出，可说是景中含情。

下片抒兴亡之感，也不用直笔，而是借景抒情。朦胧的月儿哪知人事的迁异。怨烟月不知人事而依旧夜照深宫，寄托了景物永恒、世态变迁的深沉追怀，读之令人俯首沉吟。"烟月"二句本不新，前人早已道过，如李白《苏台览古》："只今惟有西江月，曾照吴王宫里人。"刘禹锡《石头城》："淮水东边旧时月，夜深还过女墙来。"而值得注意的是，"烟月"是与"藕花"对比，一有情，一无情，藕花尚且因亡国而有恨，以清露为泪，人何以堪？以藕花"伤亡国"而对朦胧之月"不知人事"，其中沉痛不难体会。这是以物拟人，"藕花"是作者自己的化身，"烟月"自然是那些不知亡国恨的人了。李冰若《栩庄漫记》评曰："此阕之妙，妙在以暗伤亡国托之藕花。无知之物，尚且泣露啼红，与上句'烟月还照深宫'相衬，而愈觉其悲惋。"精详之评。

其二

无赖①晓莺惊梦断，起来残醉初醒。映窗丝柳袅烟青。翠帘慵卷，约砌②杏花零。

一自玉郎游冶③去，莲凋月惨仪形④。暮天微雨洒闲庭。手挼⑤裙带，无语倚云屏⑥。

注释

①无赖：不讲道理。②约：屈曲。砌：石阶。③游冶：游荡娱乐，后来多指追求声色，寻欢作乐。④莲凋月惨：以莲、月喻美好容貌。仪形：仪容形体。⑤挼（ruó）：两手揉搓。⑥云屏：云母装饰的屏风，或绘有云雾的屏风。

赏析

这也是一首闺怨词，抒写女子的幽怨与相思之情。

上片写女子梦断早起的情态。起句化用金昌绪《春怨》诗"打起黄莺儿，莫教枝上啼。啼时惊妾梦，不得到辽西"。女子之所以骂黄莺是"无赖"，只因为梦断后"不得到辽西"，即不能与所爱之人相见。美梦难成，能不恼莺？美梦惊破，天时尚早，虽然残醉刚醒，再无睡意，只好起来，一副怅然若失之愁态。接着写起床后所见：柳枝如袅袅青烟，倩影映窗，婀娜多姿。"映"字用得极活，映者，反影也。柳影能反射到窗上，可知已红日东升，是个艳阳好天。但是女子却"翠帘慵卷"，见人之无奈、无聊。"慵"字，不仅写活了人的懒散之形，而且写出了人的无奈之神。窗帘既已卷起，她看到曲阶旁边的杏花已经凋谢、零落。见杏花凋谢，暗叹红颜易损，青春易逝，惜春伤春之感已见。

下片起二句写玉郎离去后，她因相思而形容憔悴。"一自玉郎游冶去，莲凋月惨仪形。"玉郎离开（"去"），已经使人"黯然销魂"了，更何况他一离开就去寻花觅柳（"游冶"），其悲痛更甚。悲痛至极，本来是花（"莲"）容月貌之仪容，因此而凋零憔悴（"凋"），愁容满面（"惨"）。"暮天微雨洒闲庭"句，既是写景，也交代了时间从早到晚的进程。她又在悲痛中度过了一天，迎来的仍将是"莺惊梦断"的又一个夜晚，这样的循环不知要到何时。一"闲"字，明写庭院的安静，暗写人的孤寂。空闺独守，玉郎一去就"游冶"，但她仍怨而不怒，无可奈何。"手挼裙带，无语倚云屏"，由早到晚，从女子"挼裙带""无语""倚云屏"的行动中,透露她终日心绪不宁、百无聊赖的相思之情。

女冠子

其一

凤楼琪树①,惆怅刘郎②一去,正春深。洞③里愁空结④,人间信莫寻。

竹疏斋殿迥⑤,松密醮坛⑥阴。倚云低首望,可知心⑦?

注释

①凤楼琪树:是说女道士生活环境之清幽雅丽。凤楼:凤阁龙楼,极言楼阁的华丽。琪树:仙境中的玉树。惆怅:失意,伤感。②刘郎:用刘晨、阮肇在桃源洞前遇二仙女的故事,见前韦庄《天仙子》(金似衣裳玉似身)注④。③洞:指女道士所居之仙洞,与下句"人间"对举。④愁空结:空结愁。⑤斋殿迥:佛殿幽深。⑥醮(jiào)坛:道士祈祷所设之坛。醮:道士设坛做法事。⑦可知心:能知道我的心意吗?

赏析

这首词抒写女道士的心曲,表现出对人间美满爱情生活的向往。

上片写女道士内心的愁怨。用刘晨、阮肇在桃源洞前遇二仙女的故事,暗指女道士所心爱的男子去而不归。正是暮春时节,她伫立于凤楼玉树之前,"刘郎一去",了无踪影,给她留下了无穷无尽的惆怅。"一去"而"惆怅",表明她相爱之深。词起径直抒情,直贯而下,"洞里愁空结,人间信莫寻",在人间,音信都尚且无处寻找,所爱之人更难相见了。他这"一去",恐怕是山高水遥、天涯海角了。既然如此,所结之愁自然是"空"的了。明知"结愁"而"空",却偏要"结愁",可见情之痴。

下片写女道士的心愿。先是描绘道院环境："竹疏斋殿迥，松密醮坛阴。"幽深的庙殿外，翠竹只有那么三两枝，松林里的法坛一片阴森。一"疏"一"迥"，一"密"一"阴"，俱见环境的冷清、幽静，给道观蒙上一层神秘感。因道观建在高处，女道士方能"倚云"。"低首"，见深思之貌，"望"是愿望，思之结果。那她的愿望是什么呢？女道士询问人间的"刘郎"：你能知道我的心意吗？这是爱与怨的独白，真是柔情万种，一片真挚。女道士追求人间爱情，在那个时代是一种极其大胆的行为。

阎 选

阎选,生卒年不详,字里无考。后蜀布衣,故《花间集》称其为处士。善小词,多写男女艳情,词尚秾艳,感情真挚。李冰若《栩庄漫记》云:"阎处士词多侧艳语,颇近温词一派,然意多平衍,盖与毛文锡伯仲耳。"今存词十首,《花间集》录八首。其秾艳者,以《虞美人》二首为代表。

虞美人

其一

粉融红腻莲房绽①,脸动双波慢②。小鱼衔玉③鬓钗横,石榴裙染象纱④轻,转娉婷⑤。

偷期⑥锦浪荷深处,一梦云间雨⑦。臂留檀印⑧齿痕香,深秋不寐漏初长⑨,尽思量。

注释

①粉融红腻:浓妆艳抹,刻意修饰。莲房绽:荷花开,喻美人之面庞。莲房:莲蓬。莲蓬内有莲子,各子分隔如房,故名"莲房"。绽:裂开。②双波:双眼。慢:通"漫",放纵。③小鱼衔玉:指鱼形玉制钗饰。④石榴裙染:指石榴色(朱红色)的裙子。象纱:纱的一种,此指象纱做的裙子。⑤娉婷:娇美貌。⑥偷期:暗地约会。⑦云间雨:即巫山云雨,指男女欢爱之事。⑧檀印:口红印。⑨漏初长:指深夜。漏:漏壶,计时器。

赏析

这首词用倒叙手法,描写了一名男子秋夜怀人之情。

上片以男子视角写女子的美丽动人。从结句"深秋不寐漏初长,尽思量",知前面皆是对那段温馨往事的回忆。她"粉融红腻",面庞犹如盛开的荷花般美丽,慢慢地转过脸来,双眸含情,眼波流转。此二句以"莲"写面,以"波"写眼神;以"粉""红"敷色,以"动""慢"传情,描绘了女子娇艳的容颜。接着写女子服饰之美及其轻盈妩媚:鱼形玉钗插在鬓边,朱红色的纱裙轻盈飘逸,真是娇媚艳丽极了。

下片仍以男子视角写两人幽欢佳会。他们幽会于"锦浪荷深处"。"锦浪""荷深处",以环境的幽静、美丽衬托欢会的神秘、温馨。"一梦云间雨",用楚怀王梦与巫山神女欢合的传说,表现男女间的情爱。后一句写欢会时情状:手臂上留下口红的印记,而且齿痕香味犹存。一"印"一"痕",表现了当日欢会时的任情放纵。最后转写眼前现实:"深秋不寐漏初长,尽思量。"在这个深秋的夜晚,因不能入睡而觉长夜漫漫,为什么"不寐"呢?原来是念念不忘那段温馨欢会的往事。人美,情美,怎能不"尽思量"?

本词构思新巧,以今之"尽思量"而"不寐"之悲,衬昔日"偷期"之欢。写幽会穷形尽相,入木三分,但无秽语,如周济《宋四家词选》评周邦彦《少年游》词:"此亦本色佳制也。本色至此便足,再过一分,便入山谷(黄庭坚)恶道矣。"

浣溪沙

寂寞流苏①冷绣茵②,倚屏山枕惹香尘③,小庭花露泣浓春④。
刘阮信非⑤仙洞客⑥,常娥⑦终是月中人,此生无路访东邻⑧。

注释

①流苏:用彩羽或丝线等制成的穗状垂饰物,常用于车马、帷帐上。此代指帐子。②绣茵:绣花垫褥。③倚屏:倚靠着屏风。山枕:枕形边高中凹,如山形,故称"山枕"。惹香尘:指沾染上芳香的尘土。④泣浓春:仿佛在为大好春光即将逝去而哭泣。⑤信非:确实不是。⑥仙洞客:神仙中人。仙洞:神仙所居洞府。⑦常娥:即嫦娥,神话中的月中女神。⑧东邻:宋玉《登徒子好色赋》:"楚国之丽者,莫若臣里;臣里之美者,莫若臣东家之子。东家之子,增之一分则太长,减之一分则太短;着粉则太白,施朱则太赤。眉如翠羽,肌如白雪;腰如束素,齿如含贝。嫣然一笑,惑阳城,迷下蔡。"又司马相如《美人赋》:"臣之东邻,有一女子,玄发丰艳,蛾眉皓齿。"故以"东邻"代指美女。

赏析

这首词抒发了男主人公对情人的怀念之情。

上片描绘女子所处环境的孤寂。前二句写室内：寂寞笼罩了闺中的流苏床帐和绣花的垫子，挨着屏风的玉枕也沾染上芳香的尘土。"惹"，有招惹、沾染之意，山枕上沾染"香尘"，说明闺房已久无人住。人去室空，能不"寂寞"吗？能不"冷"吗？闺房中华丽的日用品却饰以"寂寞""冷""香尘"等词语，渲染了主人公孤独、忧伤的情怀。接句转写室外之景：花露犹如泪珠般洒向小庭，似乎在告别盛春。"浓春"，本是携手并肩踏青的好时节，但伊人不在，花露因此而变成了眼泪，美景也着上了伤心的色彩。王国维云："以我观物，则物皆着我之色彩。"（《人间词话》）这种奇妙的感受凄艳非常。

下片直吐主人公思念之情。"刘阮信非仙洞客，常娥终是月中人"，以"刘阮"自比，"信非"（确实不是）与"终是"（终究是）对偶，连用两个神话典故，写人、仙不能团聚，暗喻男女之间难诉相思、欢爱不再。感情跌宕起伏，缠绵尽致。结构曲折，耐人寻味。结句仍用典故，反映了一个失恋男子的长叹：今生今世，恐难访询东邻美女，暗示出阻碍两人的并不是实际的距离，而是人为的障碍，由此更加深了悲剧的程度。

此词或以景寄情，或以典抒怀，皆用侧笔，具有婉约曲折、清丽含蓄之美。

河 传

秋雨，秋雨。无昼无夜①，滴滴霏霏②。暗灯凉簟③怨分离，妖姬④，不胜⑤悲。

西风稍急喧窗竹⑥，停又续，腻脸⑦悬双玉⑧。几回邀约雁来时⑨，违期⑩，雁归人不归。

注释

①无昼无夜：不分昼夜。②滴滴：象声词。霏霏：雨雪纷飞貌。③暗灯：昏暗的灯光。凉簟：冰凉的竹席。④妖姬：娇艳的女子。⑤不胜：不能承受。⑥喧窗竹：使窗前的竹子发出声音。⑦腻脸：涂有脂粉的脸庞。⑧双玉：两行眼泪。⑨邀约：相约。雁来时：指秋季。雁为候鸟，春分后飞往北方，秋分后飞往南方。⑩违期：失期，错过了期限。

赏析

这首词着力描绘秋天景色，衬托闺妇的盼归情结。

上片起四句描绘了秋雨连绵不断的典型环境。"秋雨，秋雨"，仿佛听到了主人公的责怪之声。叠语之后，继之以"无昼无夜"，不仅见"秋雨"时间之长，而且更见其连绵不断之势；"滴滴"，闻水滴下注之声，"霏霏"，见秋雨铺天盖地之貌。通过以上描画，虽未见人，但闺人对淫雨的厌烦之情已隐约可见。汤显祖赞道："三句皆重叠字，大奇大奇！宋李易安《声声慢》，用十重叠字起，而以'点点滴滴'结之，盖用其法，而青于蓝者。"（《汤显祖批评花间集·卷四》）浓墨重笔地渲染秋雨后，接写室内：灯"暗"，簟"凉"，这冷冷清清的环境与外界融合，更添悲怨。室内陈设都着上了忧伤的色彩，而此室中"妖姬"之所以"不胜悲"，就在于"怨分离"。"不胜悲"，见主人公黯然销魂的神态。

上片写"怨分离"，下片写期盼落空的痛苦。室外西风渐急，摇窗喧竹，断断续续的凄厉之声扰乱"妖姬"的缠绵心绪，粉妆的俏脸上垂下两行如玉之泪。"悬双玉"，这是承上片妖姬"不胜悲"的特写镜头。以上笔法属于客观叙述，而结尾三句则改为第一人称手法，由外在形态进入内在心态的刻画。"几回邀约雁来时"，"邀约"而"违期"还要"几回"，可见女主人公之深情、痴情；"几回邀约"却都"违期"，可见男子之薄情、绝情，也表现出女主人公之哀怨。以随雁回来的旧约为念，而怨"雁归人不归"，且已"违期""几回"了，写出怨之由，收束全章，语气舒缓而情更急切。李清照的"雁过也，正伤心，却是旧时相识"(《声声慢》),也无疑有本词末句情语的影子。陈廷焯曾两次对本词起结的情景交融给予赞评:"起笔胜,结笔缓。"又云:"起疏爽,结凄婉。"(《词则·别调集·卷一》)

尹 鹗

尹鹗，生卒年不详，成都人。仕前蜀王衍，为翰林校书，累官至参卿。工诗词，与李珣友善，性滑稽。其词以写女子容貌及心理活动见长，开柳（永）周（邦彦）慢词之先声（尹鹗有一首九十四字的《金浮图》慢词）。尹词"以明浅动人，以简净成句"（张炎《词源》），"似韦而浅俗，似温而繁琐，盖独成一格者也。其写冶游，写情思，均分明如画，不避详琐"（李冰若《栩庄漫记》）。《临江仙》二首最具代表性，其一（一番荷芰生池沼）抒写一男子旧地重游，对往昔风流韵事的幸福回忆；其二（深秋寒夜银河静）是首闺怨词，写思妇秋夜梦后伤情，是前一首的续章。今存词十七首，《花间集》录六首。

临江仙

其一

一番荷芰①生池沼,槛②前风送馨香③。昔年于此伴萧娘④。相偎伫立⑤,牵惹叙衷肠。

时逞笑容⑥无限态,还如菡萏⑦争芳。别来虚遣思悠飏⑧。慵窥⑨往事,金锁⑩小兰房⑪。

注释

①一番:一片。荷芰(jì):荷花和菱角。②槛(jiàn):栏杆。③馨香:散播很远的香气,此指花的馥郁。④萧娘:泛指美貌女子,此处指情人。⑤伫立:久立。⑥逞笑容:展露笑容。⑦菡萏(hàndàn):荷花的别名。⑧悠飏:久远,连绵不断。⑨慵窥:懒于回顾。⑩金锁:此指门上雕刻或绘有金色的连环花纹。又解,金色门锁,即铜锁。⑪兰房:指妇女所居之室。

赏析

这首词抒写一男子旧地重游,对往昔风流韵事的幸福回忆。

全词分三层。起二句为第一层,写眼前景,触景生情。池塘里一片绿荷菱叶,亭栏前秋风送爽,飘来醉人的芳香,触动了过去难忘之情事。中五句为第二层,写昔年情事。"昔年于此伴萧娘",既点明这次是故地重游(昔年于此),也追忆此景中的情事(伴萧娘)。接着具体描绘"伴萧娘"的情景:"相偎伫立,牵惹叙衷肠"。那时曾与情人在此相拥相倚,忘情久立,缠绵缱绻,互诉衷情。"伫立"二字,见两人忘情之态。"牵惹"者,牵连招惹也,表明两人情意相通、心心相印。"叙衷肠"一语,表现出两人山盟海誓,情话绵绵。写了两人的忘情缱绻,接着写女子的美:她当时纵情欢笑,展露出无限的娇姿艳态,正可与荷花争奇斗艳,俏丽至极。后三句为第三层,叙此时离愁,点明词旨。如此良辰佳事已成过去,但思念却长久不断,愈想排遣,愈觉枉然,故言"虚"。"别来"已经如此,以至不敢再回忆往事,甚至连过去相聚时的小屋也干脆锁起来了。"锁兰房",是因为现在人去屋空,见屋也会触动离愁别苦。

先扬后抑,昔喜今悲,追忆往昔两情缱绻,伊人活泼、多情、美丽,更衬托出今之留恋不已。全词形象鲜明,情韵撩人,用语婉丽。

其二

深秋寒夜银河静,月明深院中庭。西窗幽梦等闲成①。逡巡觉后②,特地③恨难平。

红烛半消残焰短,依稀暗背银屏④。枕前⑤何事最伤情?梧桐叶上,点点露珠零。⑥

注释

①等闲成:随意做成。②逡巡:犹豫不决,欲进不进貌。此句说梦醒后,反复思索回味,更加怅恨不已。觉后:醒后。③特地:特意或特别。④背银屏:背对着银色屏风,或者是掩住银屏,即用银屏遮住灯光。⑤枕前:枕上。⑥"梧桐"二句:谓梧桐叶上露珠滴落的声音更增加人的伤感。

赏析

这是首闺怨词,写秋夜梦后伤情,是前一首的续章。

上片写梦后离怀。闲倚西窗,不知不觉进入幽幽梦境。"西窗幽梦等闲成",该句语出新意,一反前人写闺怨的"梦难成""夜无眠"等,却说梦易成。"等闲"一词,可见其因终日相思,苦极倦极,易于入睡。而一入睡幽梦便成,更见其相思之深、之久。这样描写是一种顿挫手法,非作者本意,其本意是"逡巡觉后,特地恨难平"。一梦醒来,反复思索回味,怅恨不已。梦中的欢娱,梦后的愁苦,更何况梦境本身就是虚无的,几经咀嚼,能不"特地"而"恨难平"吗?"特地"一词,真是意味深长。梦醒后,这时深秋夜寒,银河宁静,见不到牛郎、织女的身影,只有月色映照着深深的庭院。"银河静",暗示出他们相见无期(每年七月七日牛郎、织女鹊桥相见)。"静",反衬出她梦后内心的不平静;"寒",梦后更添恨,怎能不心寒?一"静"、一"寒",渲染了环境的凄寂气氛。

下片写梦后伤情。承上,(梦醒后)眼前红烛残焰摇曳,时暗时明,朦胧映照着她屏风上的身影。以室内的凄凉寂寞衬托"恨"情,而无限的感伤尽在这背影之中,"此时无声胜有声"。"枕前何事最伤情"承前启后,把"伤情"由室内引向室外。至于"伤情"的原因,词人并未直言回答,而是以景结情,将一切情语都蕴蓄在两句清幽的景致之中:"梧桐叶上,点点露珠零"。梧桐叶上零落的点点露珠,正是"枕前"难眠之人的盈盈珠泪,十分细腻地表达出她心灵深处的悸动。同时也暗示"枕前"人空闺独守,辗转反侧,夜不能寐,连梧桐叶上点点露珠滴落之声都能听清,再难成梦了。不怨人而怨声,这是一种移情手法。李清照词"梧桐更兼细雨,到黄昏,点点滴滴"(《声声慢》)似由此化出。此二句与前句"枕前"相合,用语简净而情意婉曲。俞陛云《唐五代两宋词选释》评此词云:"结句尤有婉约之思,'只有一枝梧叶,不知多少秋声'(张炎《清平乐》)与'零露'句同感也。"

菩萨蛮

陇云暗合秋天白,俯窗独坐窥烟陌①。楼际角②重吹,黄昏方醉归。荒唐③难共语,明日还应④去。上马出门时,金鞭莫与伊⑤。

注释

①窥烟陌:望着暮烟笼罩的道路。②角:画角,军中乐器,因其外有彩绘,故称"画角"。军中用以报昏晓。③荒唐:犹言放荡。④应:应当,推测之辞。⑤"金鞭"句:将马鞭收藏起来,明日丈夫出不了

门,就再也无法放荡了。伊:他,此指丈夫。

赏析

这首词题为《菩萨蛮》,实则写《醉公子》,表现了女子对放荡嗜酒丈夫的痴情与怨意。

上片写少妇的盼归与丈夫的醉归。词起写景:陇上浓云密布,从四面八方合拢来,秋日的天空还泛着白色。在此暮色中,出现了一位"俯窗独坐窥烟陌"的少妇,她独自坐在楼上的窗前,俯瞰着暮雾笼罩着的道路。一"独"、一"窥",既表现出少妇的心事重重而又有所期盼的心情,同时也见出避人耳目、小心翼翼的心态。"窥"字,用得极活,把人物的神情、状态写出来了。接着以特写镜头刻画"俯窥"的结果:戍楼上的画角再度吹起,暮色更浓了,一名大醉的男子,东倒西歪趔趄地在路上慢慢出现。这个浪荡公子就是少妇久等不归的丈夫。"醉归",令她失望与伤心,但在那个时代,即使浪荡子醉酒晚归,在少妇看来,总比彻夜不归要好,否则又会独守空闺。

下片写少妇的独白与沉思。承上转折,丈夫归来,她本应高兴,但她一想到丈夫日日酒绿灯红、大醉而归,不禁悲从中来,感到"难共语"。她还想到,明日他又要去醉生梦死,寻欢作乐,自己又将饱受孤独的折磨。这两句巧妙地刻画了少妇心中的苦闷与无可奈何。正如唐无名氏《醉公子》词:"门外猧(wō,小狗)儿吠(fèi,狗叫),知是萧郎至。刬(chǎn,只穿袜子着地)袜下香阶,冤家今夜醉。扶得入罗帏,不肯脱罗衣。醉则从他醉,还胜独睡时。"层层曲折,微妙尽情。丈夫的荒唐已非一日,恶习难改,女主人公冥思苦想,计上心来,"上马出门时,金鞭莫与伊"。这是一种无奈之举,十分天真,也十分可笑。但此中之情,却耐人玩味。况周颐《餐樱庑词话》云:"尹鹗《菩萨蛮》云云,由未归说到醉归,由'荒唐难共语'想到明日出门时,层层转折,与无名氏《醉公子》略同。'金鞭莫与伊',尤有不尽之情,痴绝,昵绝!"

毛熙震

毛熙震,生卒年不详,蜀人。后蜀主孟昶时,官至秘书监,世称毛秘书。善作词,题材较广,闺情绮语之作较多,秾艳如飞卿。周密《齐东野语》谓毛熙震词:"中多新警,而不为儇(xuān)薄(轻薄)。"所谓"中多新警,而不为儇薄",如《清平乐》和《南歌子》二首。其中以《南歌子》(惹恨还添恨)最有名,上片写女子之悲怨,下片直接抒怀,表现了女子对爱情生活的渴望。今存词二十九首,《花间集》尽录之。

清平乐

春光欲暮①,寂寞闲庭户②。粉蝶双双穿槛舞③,帘卷晚天④疏雨。含愁独倚闺帷⑤,玉炉⑥烟断香微。正是销魂时节,东风满树花飞。

注释

①欲暮:将要过尽。②庭户:庭院。③穿槛(jiàn)舞:(粉蝶)飞舞着穿过栏杆。④晚天:黄昏之际。⑤闺帷:闺房的帷幕。⑥玉炉:香炉的美称,或者为玉制香炉。

赏析

这首词通过描写女子的伤春情怀,反映了独处深闺的寂寞与期盼。

上片描绘暮春晚天疏雨的背景,景中寓情。春将尽,正值暮春时节也,已暗含伤春之意。春去可春来,春归人未归,但青春不再,红颜易损。"寂寞闲庭户",此处的"闲",并非悠闲,而是安静。"闲"与"寂寞",不仅描写了庭院的冷清,而且更描写了庭院中人的孤独。"粉蝶双双穿槛舞,帘卷晚天疏雨",粉蝶成双成对,对于一个独守空闺的女子,这是令人伤怀的,更何况蝴蝶还穿过栏杆在面前飞舞、炫耀,这就更使人烦恼了。"帘卷晚天疏雨","疏雨"(微雨)是"春",独守闺房之人见粉蝶双双飞舞,反衬其孤独,托出"恨"。"帘卷"一词,注明所见景象皆由女子在"晚天"时从闺中看见,同时也引出下片的内容。

下片写女子的闺愁。"含愁独倚闺帷",是整个画面的中心,也是词旨所在。因其孤独,才"含愁"倚闺门而望,直到身后的玉炉香消烟灭,可见其凝望之久。摹写生动,委婉含蓄。"玉炉烟断香微"句,一箭双雕,透示出女子因"独"而懒于打理。"正是销魂时节",为什么?因为"寂寞""粉蝶双双",更因为"倚闺"而望的落空,"满树花飞",她能不"销魂"吗?东风一阵,满树花飞,落红遍地,与起笔暮春景色相合，又有暗喻美人迟暮的深意，幽怨之情已在不言之中，如陈廷焯所评"'东风'六字精湛，凄艳"（《白雨斋词话》）。

南歌子

其二

惹①恨还添恨，牵肠即断肠②。凝情不语一枝芳。③独映画帘闲④立，绣衣⑤香。

暗想为云女⑥，应怜傅粉郎⑦。晚来轻步出闺房。髻慢钗横⑧无力，纵猖狂⑨。

注释

①惹：招引；招惹。②断肠：形容极度悲痛。③"凝情"句：指女子深思不语如一枝鲜花一样。④闲：安静。⑤绣衣：绣有花纹的绸衣。⑥云女：指楚怀王梦与巫山神女合欢事。⑦怜：爱。傅粉郎：指代美男子。三国时何晏，字平叔，貌美而肤色白皙。《世说新语》："何平叔美姿仪，面至白，魏明帝疑其傅粉，正夏日，与热汤饼，既啖，大汗出，以朱衣自拭，色转皎然。"傅粉：搽粉，抹粉。⑧髻慢：发髻松散。钗横：玉钗横向一边。⑨纵猖狂：即使多情也无所谓。纵：即使。猖狂：多情。又解，猖狂：放纵。

赏析

这首词写女子对爱情生活的渴望。

上片写女子之悲怨。因爱而引来恨（惹恨），本已有恨；而越想越恨，故"添恨"，更深一层。本已牵肠挂肚，无可奈何，已够人愁苦的了，随即又"断肠"，更加悲痛，再进一层。"恨"与"肠"叠用，对举成文，把相思与愁怨时的柔弱娇姿，由"惹""添""牵""断"几个动词细腻生动地表现出来。恨不能恨，想不能想（牵肠），故"不语"。虽不愿说（或不能说），但总是要想的。接着便描绘女子"凝情"时的形象：她冥思苦想，就如一枝美丽的鲜花。她独自静立帘前，身影映照在帘上，留下朦胧的倩影；绣衣上飘出缕缕幽香，这是一位娇艳的美人。

下片直抒其怀，她回忆与情人幽会的情景，发出了符合情理的呼声，"暗想为云女，应怜傅粉郎"。"应怜（爱）"，见她一往情深。她毫无顾忌地要像巫山神女一样去幽会，她发髻松乱，玉钗横斜，夜里，她小心翼翼地步出香闺，即使是胆大妄为、自作多情，也要一往无前地去爱玉郎。描写细腻而委婉，人物形象栩栩如生，形神兼备。

这首词情感真挚、强烈，为追求自己的幸福，女主人公敢恨敢爱，是对封建时代禁锢妇女自由相爱的一种有声反抗，具有一定的时代意义。

后庭花

其一

莺啼燕语芳菲节①，瑞庭②花发。昔时欢宴歌声揭③，管弦清越④。
自从陵谷追游歇⑤，画梁尘黦⑥。伤心一片如珪月⑦，闲⑧锁宫阙⑨。

注释

①芳菲节：香花芳草繁茂的季节，也是春光明媚的时节。②瑞庭：庭院的美称。瑞：吉祥。又解，瑞阙，宫廷。③揭：扬，高亢。④管弦：管乐和弦乐。清越：清脆悠扬。⑤陵谷：丘陵和山谷。又特指地面高低形势的变动。《诗经·小雅·十月之交》："高岸为谷，深谷为陵。"后用以比喻世事变迁，高下易位。追游：追随游览，寻胜而游。歇：停息。⑥画梁：有彩绘装饰的屋梁。尘黦（yuè）：灰尘污渍之黄黑色斑痕。黦：黄黑色。⑦珪（guī）月：珪同"圭"，古代帝王、诸侯所执

的长形玉版，上圆或尖，下方，取其形，以示月亮不圆，常以喻亡国。再解，珪月：比喻晶莹明洁的月亮。珪：玉石。⑧闲：安静。⑨宫阙：古代帝王所居宫门前有双阙（皇宫门前两边的楼），故称宫殿为宫阙，此处指宫廷。

赏析

王灼《碧鸡漫志》云："伪蜀时，孙光宪、毛熙震、李珣有《后庭花》曲，皆赋后主故事。"这首词明写陈后主沉醉于声色而亡国，实乃缘题而发，为悼后蜀主孟昶之亡（965年，后蜀主孟昶降宋后至汴京，七天后死去）。

上片写昔日繁华之盛景。处处莺啼燕舞，又到了春光明媚的季节；深深的庭院里百花绽放，花影重重。春光无处不在，一派欣欣向荣，因而引出对当时之悬想，"昔时欢宴歌声揭，管弦清越"。旧日的欢宴，酒绿灯红，歌声高亢，管弦齐奏，乐声清脆悠扬，曼舞翩翩，恣情欢娱。"昔时"二字很关键，点明这是抚今追昔，是对旧日宫廷美好生活的回忆，是对亡国前的追叙，也暗含物是人非之慨叹。

下片承上，写今，写悼亡。自从后蜀主孟昶降宋之后，欢歌笑语的玩乐就已悄然停歇了；雕梁画栋上满是尘土，黯然失色。一片冷落荒凉之景，令人慨叹无限。以"陵谷"高低形势的变动，比喻世事变迁，高下易位，沉痛至极。人事如此，景物也充满悲伤之情，"伤心一片如珪月，闲锁宫阙"。悲伤欲绝的心情，一如那难圆的珪月；寂寞的清辉映照着废弃的宫阙。因"珪月"残照着安上锁的"宫阙"，故"伤心"。"闲锁"一词，表明人去楼空，一派荒废景象，写尽家国之恨。

上片由景物而人事，下片由人事而景物，景起、景结，今昔对比，含蓄而韵味悠长。王国维《毛秘书词·跋语》："余尤爱其《后庭花》，不独意胜，即以调论，亦有隽上清越之致。"

菩萨蛮

梨花满院飘香雪①,高楼夜静风筝咽②。斜月照帘帷③,忆君和梦④稀。

小窗灯影背⑤,燕语惊愁态⑥。屏掩断香⑦飞,行云山外归⑧。

注释

①香雪:梨花清香扑鼻,色白如雪,故称"香雪"。②风筝:悬挂在楼阁、檐下的金属片,风起作声,又称"铁马"。咽:声音滞涩悲切。③帘帷:门窗的帘子和帏帐。④和(hè)梦:相应的梦。⑤灯影背:背对灯影。⑥愁态:满面的愁容。⑦屏掩:掩住屏风遮挡。断香:香炉中升起的袅袅轻烟。⑧"行云"句:指梦中与君相会,暗用宋玉《高唐赋》"旦为朝云,暮为行雨"句。

赏析

这首词写闺妇因相思而入梦的情景,情致凄婉。

上片写景,景中寓情。满院梨花绽放,清香扑鼻,色白如雪,又到了暮春时节。飘零的花儿虽美,却引发了红颜难再、青春易逝的感慨。同时,春归人应归,所以春的消逝更增添了对情人归来的期盼。高楼上的风铃声,衬托出夜晚的寂静,加深了闺妇的孤独感,因此才觉得风铃的声音也如呜咽。接着由户外转入室内,悬挂西天的月光映入窗帘,已是深夜了,但她仍难以入梦。她日思夜想,期盼着和情郎相会、相聚,但总是落空,于是把唯一的希望寄托在梦中,能如愿吗?"忆君和梦稀",因"忆"切,本应有梦,然而却"梦稀",连梦见也很难,痛苦之情便因此而深化,婉转而凄清。

下片着重写闺妇思念的痴情。她独立窗下,忧愁的容颜,被燕语惊起。"燕语惊愁态",她因相思而憔悴,因此对燕子的呢喃声很敏感,意蕴丰富。燕子成双成对,反衬她的孤独;燕子的卿卿我我,则引起她的烦恼。"惊"字下得很灵动,与其说惊"愁态",还不如说思妇自惊。在这无理而妙的怅惘中她回转身来,产生瞬间的视错觉:香烟袅袅从低掩的屏风下升起,仿佛是从屏风上的小山中飘回的云朵。"行云"在古代诗词中,已成为远行在外郎君的代名词,如词人《临江仙》中就有"暗思闲梦,何处逐云行"。这种错觉是日思夜盼的恍惚思绪所造成的。用典自然,以景结情,思念的痴情更深一层。

  此词构思巧妙而独特,略去花间派词人描绘思妇形态的常规叙述,直接描写女子的心理活动,写眼中之景及其引发的相思之苦,通过曲折细腻的心境刻画,形成了"凄清怨抑"(李冰若《栩庄漫记》)的风格。

李 珣

　　李珣（约855—约930），字德润，其祖先为波斯（今伊朗）人。唐代安史之乱时入蜀，始定居梓州（今四川省绵阳市三台县附近）。前蜀亡后不仕，著有《琼瑶集》，今佚。词风清婉明丽，较少雕饰，独具特色。伊磋《花间词人研究》云："（李珣词）不尽为闺情之类，颇多抒写潇洒的处士心怀。"《花间集》称之为"李秀才"，代表作为《南乡子》十首。今存词五十四首，《花间集》录三十七首。

浣溪沙

其三

访旧伤离欲断魂①,无因②重见玉楼人③。六街④微雨镂香尘⑤。
早为不逢巫峡梦⑥,那堪虚度锦江⑦春?遇花⑧倾酒莫辞⑨频。

注释

①断魂:即销魂,形容极度悲伤。②无因:没有机缘。③玉楼人:华丽楼阁中的美人。④六街:唐代长安城中的六条大街,泛指繁华的闹市。司空图《省试》诗:"闲系长安千匹马,今朝似减六街尘。"⑤镂香尘:用于此处似说微雨过后,仍见妇女步后荡起微尘。又解为雨洒在铺满落花的地上。⑥巫峡梦:指楚怀王梦与巫山神女欢爱之事。⑦锦江:在四川成都平原,传说古人织锦濯其中,因此称锦江。⑧花:此处指花里、花丛,也可喻美人。⑨莫辞:不要推辞。

赏析

这首词写一男子故地重游,无缘再见意中人的感伤。

上片写访而不知伊人所踪的哀伤。"伤离",因离别时两情依依不舍,极度悲伤,已见两人情深。如今故地重游,首先想到的就是访"玉楼人",更见其情之所钟。然而作者却不写往日的钟情与离愁别苦,只着重描写没有机缘再见"玉楼人"而"欲断魂"。这样写既形容其一往情深,又表示极大的遗憾和悲伤。不仅如此,而且还把这种情感融于"六街微雨镂香尘"的景象之中,缠绵凄恻。在繁华的都城闹市中,美女如云,虽然飘着毛毛细雨,但她们行走时仍扬起微尘。在这众多的美女中,却没有男子日夜思念的那个人。此句与辛弃疾的"众里寻他千百度。蓦然回首,那人却在,灯火阑珊处"(《青玉案·元夕》)词意不同,但都在"千百度"地寻找自己钟情的人,一个在"灯火阑珊处"

见到了,但可望而不可即;一个是连踪影都不知,却要寻她"千百度",其情之痴可知。

下片承上,写慨叹。"早为不逢巫峡梦",巫山云雨梦,表示男女欢爱。早就为见不到意中情人而遗憾了,哪能再虚度这明媚的锦江春色呢?青春易逝,美景当前,岂能虚度!"早为""那堪",自然呼应,进一步表达了对玉楼美人的怀想。结句应前句"虚度"而来。既然旧梦难觅,欢情不再,干脆在花丛之中频频举杯,一醉方休。在颓丧语中寄托着无可奈何的一片深情,亦如李冰若所言:"'无因重见玉楼人',故'遇花倾酒莫辞频',非日及时行乐,实乃以酒浇愁,故其词温厚而不儇薄(轻薄)。"(《白雨斋词话》)

其四

红藕花①香到槛②频,可堪闲③忆似花人④,旧欢如梦绝音尘⑤。
翠叠画屏山隐隐⑥,冷铺纹簟⑦水潾潾⑧,断魂⑨何处一蝉新⑩?

注释

①红藕花:荷花。②槛:栏杆。③可堪:哪能忍受,怎能忍受。闲:安静,或悠闲。④花人:像花一样的人,指情人。⑤绝音尘:断绝了音信。⑥"翠叠"句:指屏风上所画峰峦叠翠之景。山隐隐:隐隐约约的样子。⑦纹簟(diàn):有花纹的竹席。⑧潾潾:同"粼粼",指竹席的水波纹图案。⑨断魂:形容极度悲伤。⑩一蝉新:新听到一声蝉鸣。蝉鸣则秋将至,有"一叶落而知天下秋"的情致。

赏析

这首词追忆旧欢如梦,以抒发今时的孤独与悲伤之情。

上片写男子的苦闷。荷花的清香不断地飘到槛廊上来,使人想起了那貌如红花的情人。以荷花拟人,那必定是一位风姿绰约、如荷花般高洁的美人。如此美人,他不仅不能安下心来"忆",而且更不能忍受这种"忆",原来是"旧欢如梦绝音尘"。过去相聚时的欢乐,如今想起来犹如虚无缥缈的梦幻一般,更何况音信久已断绝?由荷花想到似花的情人,想到旧欢如梦,音信断绝,顺理成章,出语自然。

下片抒发男子的思念之情。屏风上描绘的山峰,重峦叠翠,隐约可见;竹席透出丝丝凉意,纹如水波粼粼。室内的冷清处境,衬托出对情人的思念,同时表现出山遥水远,天各一方,再相思也是无奈。正如俞陛云所言:"'屏山''纹簟'句,虽眼前景物,如隔山水万重;小桥南畔,不异天涯也。"(《唐五代两宋词选释》)思念无望,因而对物候特别敏感,即使是不知"何处"的一蝉新鸣都能听到,深感"一叶落而知天下秋"。那么,为什么他不能忍受"一蝉新"的鸣叫呢?秋之将至,萧瑟秋风将更添人愁思,可谓一思百转,不禁悲从中来。

渔歌子

楚①山青,湘水渌②,春风澹荡③看不足。草芊芊④,花簇簇,渔艇棹歌⑤相续。

信浮沉⑥,无管束,钓回乘月归湾曲⑦。酒盈樽,云满屋⑧,不见人间荣辱。

注释

①楚:指长江中下游一带。②渌:水清澈貌。③澹(dàn)荡:荡漾。④芊芊:草茂盛貌。⑤棹歌:渔歌。棹:船桨,此代指船。⑥信浮沉:听任渔船随水飘荡,全然不予理睬。喻己于世,听其自然。信:此为听凭、任随之意。⑦"钓回"句:钓得鱼回来,披着一身月色,将渔船停歇于河湾。⑧云满屋:月光和江雾笼罩,如云满屋。

赏析

这首词写渔人生活的悠闲自在,寄托作者追求的一种生活情趣——恬淡自然,荣辱不惊。

上片写作者对美景的迷恋。楚山青翠欲滴,湘水清澈泠泠,春风拂面，美丽的景色令人百看不厌，流连忘返。这几句浑然天成，不见雕琢之痕，李冰若也认为"'楚山'三句，淡秀可爱"（《栩庄漫记》）。写了山水，再写花草：绿草在和风中展现出无限生机，茵茵满地；花团锦簇，香飘四野，令人心旷神怡。镜头由远而近，在这春意盎然的背景下，悠扬的渔歌声此起彼伏，回荡在青山绿水、香花碧草之间，更增添了春的生气。这样的"桃花源"，正是下片"渔夫"生活的环境。

下片写渔夫自由自在的生活情趣。由外到内，听任渔船随水飘荡，全然不予理睬，不受任何拘束。喻己于世事，听其自然。"浮沉"一词，含意丰富，可引申为得失、盛衰，也指随俗俯仰。他钓鱼归来，披着一身月色，将渔船停在河湾。最后直抒情怀：月光和江雾笼罩着四周，屋内云烟弥漫，酒杯斟满，畅怀痛饮，丝毫见不到人间的荣辱俗气，卒章显志。

本词明写渔夫，暗写词人自己。作者是一个封建时代的正直知识分子，追求一种绝意仕进、与世无争的理想，体现了对当时社会的强烈不满。

其四

九疑山①，三湘水②，芦花③时节秋风起。水云间，山月里，棹月穿云④游戏。

鼓⑤清琴，倾渌蚁⑥，扁舟⑦自得逍遥志。任东西，无定止，不议人间醒醉⑧。

注释

①九疑山：亦作九嶷山，在今湖南省。传说舜葬于此山，峰秀岭奇。②三湘水：湘水之三条支流。旧说有二：湘水源出广西，与漓水合，称漓湘；与潇水合，称潇湘；与蒸水合，称蒸湘。合称则为三湘。一说潇湘、蒸湘、沅湘为三湘。古诗词中常用以泛指洞庭湖南北、湘江流域一带。③芦花：芦絮。芦苇花轴上密生的白毛。④棹月穿云：月与云倒映水中，舟行其上，棹点水中月，舟穿水中云影。棹：船桨。⑤

鼓：奏，弹。⑥渌蚁：也作绿蚁，酒。浊酒有滓，初熟时如蚁浮于酒面，呈淡绿色。⑦扁舟：小舟。⑧"不议"句：谓不议论人的是与非。醒醉：暗用屈原《渔父》之文意，渔父劝屈原与世沉浮，屈原回答："举世皆浊我独清，众人皆醉我独醒。"

赏析

这首词以秋天为背景，描写渔父无拘无束的生活，表现对功名利禄的鄙视。这也是作者借渔父而写自己的生活情趣。

上片景中寓情，描写渔父生活的舒畅、闲适。三湘之水碧波荡漾，倒映着九疑山的秀峰奇岭；秋风阵阵，正是芦花飘飞的时节。在这仙境般的景色中，转笔扣题写船：山月与白云倒映水中，小舟行驶其上，桨点水中月，波光粼粼，船穿行于水之云影中，仿佛是一场好玩的游戏。"游戏"，此为游乐、玩乐。"水云间，山月里，棹月穿云游戏"与《古诗十九首·青青陵上柏》中"驱车策驽马，游戏宛与洛"一句所表达的人生短暂、及时行乐的主旨不同，但追求自然、逍遥闲适、畅所欲为的心态是一致的。

下片写渔父的志趣。渔父弹奏着清新的乐曲，倾酒畅怀痛饮，驾一叶扁舟，逍遥于碧波绿水之中，以遂自得之心志。任小船东游西荡，漂来漂去。生活如此自在，"不议人间醒醉"。此句暗用屈原《渔父》之文意，表示作者厌弃功名，誓不与世俗同流合污，态度鲜明。《渔父》也与本调《渔歌子》相合。姜方锬《蜀词人评传》："专写田园之佳趣。名利尘埃，高节可风矣。"

"九疑山，三湘水""水云间，山月里""鼓清琴，倾渌蚁"等，都是在急促的音节中运用了对偶排比手法，工整流畅，如珠走盘，增强了词的美学效果。

巫山一段云

其二

古庙依青嶂①,行宫枕碧流②。水声山色锁妆楼③,往事思悠悠。
云雨朝还暮,烟花④春复秋。啼猿何必近孤舟,行客自多愁。⑤

注释

①古庙:指巫山神女庙。宋玉《高唐赋》云,楚怀王游高唐梦遇神女后,"故立为庙,号曰朝云"。依:偎依。青嶂:指巫山十二峰。葱翠的山峰,如屏障高耸横空。嶂:高耸险峻,如屏障似的山峰。郦道元《水经注·江水》:"重岩叠嶂,隐天蔽日。"陆游《入蜀记·卷六》载:"过巫山凝真观,谒妙用真人祠。真人,即世所谓巫山神女也。祠正对巫山,峰峦上入霄汉,山脚直插江中。"又云:"庙后,山半有石坛,平旷,坛上观十二峰,宛如屏障。"②行宫:又名离宫,帝王出京在外时所住宫室。《入蜀记》载:(早抵巫山县)"游楚故离宫,俗谓之细腰宫。有一池,亦当时宫中燕游之地,今湮灭略尽矣。三面皆荒山,南望江山奇丽。"枕:临,靠近。行宫靠水而筑,如枕水中。碧流:指江水。③妆楼:行宫里嫔妃宫女的寝楼。④烟花:指自然界的美好景物。⑤"啼猿"二句:谓啼叫着的猿何必接近孤舟哀鸣呢,舟上的客子已经够愁的了。

赏析

这首词缘题而发,借咏怀古迹,抒发对人事沧桑之慨叹。

上片写望中所见。"古庙依青嶂,行宫枕碧流",此二句互文:巫山神女庙与帝王行宫偎依着葱翠的犹如屏障的巫山十二峰,也临靠碧波荡漾的池水。古庙、行宫、山、水这些景物,一经词人用"依""枕"二字加以连缀,便形成一个整体。再以"水声山色锁妆楼"一句,把人的视线又吸引到了"妆楼"这一风景点上,写尽了楚怀王的骄奢淫逸。"声""色"二字,既指水流声和山的颜色,又指楚怀王追求声色,语义双关。一个"锁"字,透露了当年宫女的幽闭之苦与作者的深切同情,于是作者发出了"往事思悠悠"的慨叹,暗示了楚亡国的原因,令人遐想。

下片写舟中所感,紧承"往事思悠悠"。谓无论是一梦云雨的楚怀王,还是幽禁妆楼的宫妃,甚至自然界的美丽景色,总会经历盛衰的更替,难免会引起孤独、惆怅之感。虚实合写,古今同咏,在空灵缥缈中,将时过境迁、世态变换的慨叹悠然吐出。最后抒写自身的感受:行客至此,本已十分忧伤、失意,何况又听到舟旁催人泪下的猿啼呢?以景结情,语浅情深,含思凄绝,耐人寻味。

南乡子

其二

兰棹①举,水纹开,竞携藤笼②采莲来。回塘③深处遥相见,邀同宴,渌酒一卮④红上面。

注释

①兰棹(zhào):兰木做的桨。②藤笼:藤筐。③回塘:堤岸曲折回环的水塘。张衡《南都赋》:"分背回塘。"李善注引《广雅》曰:"塘,堤也。"④渌酒:清酒。卮(zhī):盛酒的器皿。

赏析

这首词通过对采莲女生活片段的描写,反映轻松愉快的江南水乡生活,生活气息很浓。

荡着兰木的双桨,船儿划过平静的水面,劈波斩浪向前驶去。因有"举"的动作,才有下面的"开",一因一果,见出动作之轻盈灵巧。

那么她们去干什么呢?"竞携藤笼采莲来。"一"竞"字,透露出采莲的紧张。"举""开""竞"等动词用得贴切生动,为宁静的池塘增添了勃勃生机。后三句描绘她们相邀欢宴的场面。深幽的曲堤上时时遥遥相见,互相邀约,同赴家宴;清酒一杯饮罢,红霞满面。既"深"又"遥",然而一"邀"就"同宴",见其相处的友好、和睦。"红上面",娇美之态如在眼前。

此词注重着色,有很浓的诗情画意。以"兰"写桨之华贵,见风物之美;以"渌"写酒之清冽,见人之好客;以"红"写面,见同宴之乐。浓淡相宜,情景合一。《汤显祖批评花间集·卷四》云:"这般染法,亦画家七十二色之景,上乘也。墨子当此,定无素丝之悲。"所评极是。

其四

乘彩舫①,过莲塘,棹歌②惊起睡鸳鸯。游女带香偎伴③笑,争窈窕④,竞折团荷遮晚照⑤。

注释

①彩舫:画船。②棹歌:少女们唱的船歌。③偎伴:少女们互相依偎着。④窈窕:姿态美好的样子。⑤晚照:傍晚的阳光。

赏析

这首词描写游女乘画船游玩的娇美、活泼情态,摹写逼真,生动入画。

词一开始就展开了一幅明净的江南水乡游乐图:五彩的画船在无边无际的荷塘里穿行,红绿相映,色彩十分鲜明。而"棹歌惊起睡鸳鸯"一句,又为这动态的画面配上了音响,构成一幅有声有色又有趣的景物画。接着由景转入乘舟的游女,进一步勾勒出一幅轻灵曼妙、充满青春活力的美女图:"游女带香偎伴笑",船歌惊动了栖眠荷底的鸳鸯,引得飘香游女的欢笑。"偎伴笑"一语,十分传神地刻画了少女们的笑态，这是一种顽皮的、娇憨的、稍带羞涩的笑。是笑鸳鸯惊恐的傻乎乎的样子，还是由双宿双飞的鸳鸯引起了对未来爱情的甜蜜憧憬，或者是在以鸳鸯戏谑女伴，作者未点明。总之，这是舒心的、无邪的、充满甜蜜与希望的笑。后二句则通过对少女举止的描写，表现其活泼可爱。夏天傍晚的阳光并不十分炽热，但少女们你争我夺地折下荷叶遮蔽阳光，在这嬉闹的动作中，就更显出姑娘们的婀娜多姿了。"争""竞"二字下得很灵活，表现出她们"竞折团荷"并不是为了遮阳，而是要尽量展现自己的青春和活力。试想，一群身着艳丽衣裙的女孩子，在画船上撑起一柄柄圆圆的绿荷，那姿态不可爱吗？词人精明地捕捉了这一情景，三两笔勾勒，就把少女们的倩影映在了黄昏的背景上。这是极其精练的速写，显示出作者高超的艺术表现力。

此词语言清新，朴素自然，极具诗情画意。李冰若云："写景物，写风俗，均以明净之句绘影绘声，引人入胜。"（《栩庄漫记》）

其八

渔市散，渡船稀，越南云树望中微①。行客待潮②天欲暮，送春浦③，愁听猩猩④啼瘴雨⑤。

注释

①越南：即南越，今广东、广西和越南承天以北一带。马端临《文献通考·舆地考·古南越》："自岭而南，当唐虞三代为蛮夷之国，是百越之地，自交趾至会稽七八千里，百越杂处，各有种姓。"云树：喻树高。望中微：远远望去微茫一片。②待潮：待潮起而便于船起锚。③送春浦：送客于春江岸边。④猩猩：亦称褐猿，类猴而体大，产于南方。李白《远别离》："猩猩啼烟兮鬼啸雨。"⑤瘴雨：指南方的瘴雾。瘴：瘴气，山林中的湿热空气。

赏析

这首词写行客日暮待潮时的感受。

词起写傍晚江边之景：白天人声鼎沸的渔市已经散去，往来的渡船也稀少了，岭南一带插入云霄的挺拔树木，也逐渐隐没在暮色之中，变得模糊起来。仅十三个字，作者将"渔市""渡船""云树"等物象，配以"散""稀""微"等词，为我们勾勒出一幅淡雅的中国水墨画，意境清旷而闲远，流露出一丝淡淡的愁绪。"越南云树望中微"的"望"字，点出景中有人。后三句顺势转入人事的叙写，展现出一幅黄昏渡头惜别图。"行客待潮天欲暮"，是一篇之关键。上述景物，是天将傍晚时等待着涨潮的行人望中所见。"送春浦"，典出江淹《别赋》："春草碧色，春水渌波，送君南浦，伤如之何！"主人送客于春江岸边，此时在蛮风瘴雾之中，传来了猩猩凄切哀伤的啼声，更增添了人的悲愁。"送君南浦"，就已"伤如之何"，又听猩猩哀鸣，岂不愁上加愁！"啼瘴雨"五字渲染了凄清的气氛，增强了词的抒情意味。陈廷焯《白雨斋词话》云："'啼瘴雨'三字，笔力精湛，仿佛古诗。"

其十

相见处，晚晴天，刺桐花①下越台②前。暗里回眸深属意③，遗双翠④，骑象背人先过水。

注释

①刺桐花：亦名海桐，热带落叶乔木，枝上有黑色棘刺。宋吴处厚《青箱杂记·卷六》："刺桐花，深红，每一枝数十蓓蕾，而叶颇大，类桐，故谓之刺桐。唯闽中有之。"②越台：即越王台，遗址在今广州市北越秀山上，汉时南越王赵佗所筑。③回眸：回头以目传情。深属（zhǔ）意：表示深切的情意。属：留意，寄托。④遗（wèi）：赠送。双翠：指一双饰有翠羽的发钗。

赏析

这首词描述一位南越少女示爱的情景，形象逼真，含蓄有致。

"相见处"，起笔非常突兀。读后必然要想：是何人、何时相见，相见的情况如何,这次相见为何总牵挂于心?"晚晴天,刺桐花下越台前",在雨过天晴的傍晚时分,有一位天真无邪的少女,在越王台前、刺桐花下,偶然见到一位青年男子,而且一见钟情。见而生情,随即写留情:她慢慢地回过头来,暗中以脉脉含情的眼波传达了深切的爱意,而且还有意留下一双饰有翠羽的发钗,作为爱情的信物。"暗里回眸深属意"一句,与李煜的"眼色暗相钩,秋波横欲流"(《菩萨蛮》)意境相似。"遗钗"应有所待,于是少女背过身,慢悠悠地骑上大象,先涉水而去。小伙子响应了吗?词中似乎未回答。但少女既已"先过水",有先必有后,那谁是后呢?不言而喻。

  词人以"暗里回眸""遗双翠""骑象""过水"等细节描写,丰富了"深属意"的内涵,表现了少女的殷切企盼与深情暗托。

酒泉子

其三

秋雨联绵,声散败荷①丛里。那堪深夜枕前听,酒初醒。
牵愁惹思②更无停,烛暗香凝③天欲晓。细和烟,冷和雨,透帘旌④。

注释

①败荷:枯荷。②牵愁惹思:牵动愁绪,惹起情思。③香凝:炉香已灭。④帘旌:帘额。张浩《全唐诗·附词》:"帘旌,帘端施帛也。"

赏析

  这首词描写闺中女子秋夜难寐的苦况,表现了她的孤独和寂寞。

  上片写酒醒后秋夜闻雨声而愁,用倒装写法。起二句描绘出一幅萧瑟凄凉的秋景:绵绵不断的秋雨,打在荷塘中枯干的荷叶上,也打在思妇脆弱而敏感的心头,声音四散,是那样的凄楚,令人无限愁苦。高洁明丽的荷花,在秋风秋雨中也凋零无迹。荷塘里,现在只剩下残枝败叶,还要饱受秋雨的敲击摧残。荷的悲惨命运如此,以之喻人,思妇愁苦的是如花青春将悄悄逝去,红颜将去而不复;担心的是这样的摧残不知还要持续多久。因此,独卧枕上的思妇,听到深夜雨打败荷的声音,不禁惆怅万千,哪能忍受得了(那堪)?"酒初醒",因消愁而饮酒,酒才醒就闻雨打枯荷之声,真是愁上加愁。

下片写醒后愁思之情状。雨牵动愁绪、惹起情思,一刻不停。"更无停",既指连绵的秋雨,也指酒后的愁思,情景相融。"牵""惹"二字,形象生动,照应上片"枕前",写室内。烛光暗淡,炉香已灭,天色将明。"烛暗香凝",写室内的昏沉、凄清,以衬托女子孤独、寂寞的情怀。再转回写雨,连接室内外而作结。细雨和着烟,冷风和着雨,穿透层层帘幕,进入闺房。两个"和"字,把秋风秋雨、如烟往事、惆怅哀怨之情融为一体。将不可捉摸的无形愁思,与连绵秋雨交织在一起,如牵如惹,觉其"细和烟,冷和雨",自夜至晓,"透帘旌",成为可感可触的具体形象,玲珑剔透。

菩萨蛮

其一

回塘①风起波纹细,刺桐花里门斜闭。残日②照平芜③,双双飞鹧鸪。

征帆何处客④?相见还相隔⑤。不语欲魂销,望中烟水⑥遥。

注释

①回塘:堤岸曲折回环的水塘。塘:堤也。②残日:夕阳。③平芜:草木丛生的旷野。④征帆:远行的船。⑤相隔:相隔离,或相间隔。⑥望中:视野之内。烟水:雾霭迷蒙的水面。

这首词写闺中女子的痴情与相思。

上片以景物入手,描绘出一幅寂寞凄凉的图画,也是女子所处环境。起句"回塘风起波纹细",与冯延巳"风乍起,吹皱一池春水"(《谒金门》)都于景中寄托了一种象征意义。堤岸曲折回环的水塘,微风轻拂,漾起一片涟漪。"风起波纹细",是自然中的一点微小变化,然而主人公捕捉到了,因为这景象与她寂寞而不安的心境相合。半掩着的院门隐在刺桐花影里,承上句交代了时节,也暗示出了人物。"风起",却"波纹细",与下句"门斜闭"相辅相成,给人以静感。夕阳西下,刺桐花鲜艳夺目,是美丽而宁静的景色,但她"门斜闭",把春色拒之门外,留给自己的却是孤独和寂寞。然而追求幸福的渴望是关不住的,于是把目光由庭院伸向广阔的外界。西下的夕阳,映照着草木丛生的旷野,成双成对的鹧鸪向远处飞去。双宿双飞的鹧鸪,象征着甜蜜美满的爱情,作者以此来衬托主人公的孤独和爱情的不幸。

下片写怀念的悲愁。承"双双飞鹧鸪",思念羁旅在外的丈夫。"征帆何处客",一是远行在外,天各一方,通信难,要相见更难;二是不知在"何处",连通信都不可能了,更不用说相见了。主人公之挂念、担心与悲苦可想而知。"何处"二字还暗示了男子的薄情,引出下句。才"相见",却又"相隔"(相离别),这太不近情理了。"黯然销魂者,唯别而已矣。"(江淹《别赋》)离别之际,悲伤至极,能说什么呢?因相别而相望,眼前唯有一望无际的雾霭迷蒙的茫茫水面,但她还是在望,寄托着痴情与忧思。从思到望,再到思,再到望的这个循环,鲜明地刻画了一个感情真挚、爱恋执着的思妇形象。

其三

隔帘微雨双飞燕,砌花①零落红深浅②。捻得宝筝③调,心随征棹④遥。

楚天云外路,动便经年去⑤。香断画屏深,旧欢何处寻?

注释

①砌花:落洒在台阶下的花片。②红深浅:落花的颜色有深有浅。杜甫《江畔独步寻花七绝句》(其四):"桃花一簇开无主,可爱深红爱浅红。"③捻(niǎn)得:弹拨。宝筝:精美的筝。④征棹(zhào):远行的船。⑤"动便"句:动不动一去就很长时间。动:往往,每每。便:即,就。经年:经过一年或若干年。

赏析

这首词写闺妇孤栖的惆怅及对远人的盼望之情。

上片着重写思念。词起是女主人公从室内向外看到的景象:"隔帘微雨双飞燕,砌花零落红深浅。"上句点明天气,下句点明时节。暮春雨天空气沉闷,令人抑郁,而且美景将逝,落红遍地,更令人伤感。这种低沉的基调,起到了烘托情绪的作用。女主人公隔着帘子看到成双的燕子在蒙蒙细雨中翩翩飞过,勾起自己凄凉孤寂之感,又看到雨中落红飘洒阶下,联想到红颜易老,青春将逝。这两句的意境与"落花人独立,微雨燕双飞"相似。空闺独守的女主人公,触景伤情,思绪烦乱,于是取来宝筝弹奏一曲,以排遣心中的悲愁,谁知筝弦一拨,立即就想到了远方的情人,心儿也随着情郎的征船来到了遥远的地方。

下片着重写哀怨。"楚天"二句,从上片"心随征棹遥"句而来,继续写女主人公思绪追随情郎的行程。"楚天云外路"是具体展现"征棹"之"遥"。"楚天",离蜀中本已很远,又缀以"云外",更远得无法望见了。这是以缥缈之景寄托沉重之情。而这沉重感情的由来,则是"动便经年去"。短暂离别尚可忍受,动不动就"经年",其悲苦亦如柳永的"此去经年,应是良辰好景虚设"(《雨霖铃》)。承"云外",进一步写哀怨。夫妇团聚和美,闺房自然焚香不断,眼下孤身独处,哪还有心焚香呢?孤独和寂寞,使闺房显得冷清,寂静中显得幽深。"深"是主观感受,是怕进闺房的心怯感。温馨和欢爱都已成过去,若要寻觅,连"何处"也不知啊!这真是一声绝望的哀叹。

河 传

去去，何处？迢迢巴①楚，山水相连。朝云暮雨，依旧十二峰②前，猿声到客船。

愁肠岂异丁香结③，因离别，故国④音书绝。想佳人花下，对明月春风，恨应同。⑤

注释

①巴：泛指四川一带。②十二峰：指巫山十二峰。③丁香结：指丁香花蕾。古代诗词中多用之，比喻固结难解之意，多形容忧愁深重。④故国：指故乡。⑤"想佳人"三句：遥想美人在花下，迎春风，对明月，她的离愁别绪同我一样。

赏析

这首词写羁旅者漂泊他乡的离愁别苦。

"去去，何处？"开头一问，将行者惆怅之情勾勒出来。"去去"，越去越远。回答是：千里迢迢巴楚，那里有山水相连。这使人更感到道路遥远，山高水长，直与长江大河相连。接着写行经之地：楚怀王梦游高唐，邂逅巫山神女，自荐枕席，恋恋而别，幻化成朝云暮雨，依旧徘徊于巫山十二峰前。此刻船正经过巫峡，那凄苦哀婉的猿声传到耳畔，更添人惆怅。离人去处虽然渺茫、遥远，但巴山楚水，朝云暮雨，十二峰前，总是相连，以喻离愁也似山水接连不断，距离愈远则愁苦愈深。自然用典，与下文"佳人"呼应。又用随船的猿声，衬托离人的愁思，妙不可言。

下片正面写行者之愁。"愁肠岂异丁香结"，是说自己的愁肠千转百结，正如丁香结那样固结难解。古代诗词中多用丁香结比喻忧愁深重，如李商隐《代赠》："芭蕉不展丁香结，同向春风各自愁。"又如李璟《浣溪沙》其二："青鸟不传云外信，丁香空结雨中愁。"这种比喻，将无形的愁思变成具体的事物，凄美可感。这忧愁是由于离别，而且故乡的音信也断绝了。结尾三句变换笔法，远扬开去，为妻子着想：想必佳人在花下迎春风、对明月，心中的愁怨正与我相同。花下、明月、春风，良辰美景，本可携手共赏，但此时天各一方，美景反而引出更多的忧伤。两情相悦，"心有灵犀一点通"，故"恨应同"。杜甫《月夜》诗就有"何时倚虚幌，双照泪痕干"，与此意境相似。结三句化虚为实，尤其空灵传神。陈廷焯《白雨斋词话》："一气舒卷，若断若连，有水流花放之致，结得温厚。"